dtv
premium

ANJA GOERZ

JAKOBS SCHWEIGEN

ROMAN

dtv

Von Anja Goerz
sind bei dtv außerdem erschienen:
Wenn ich dich hole (26147)
Der Osten ist ein Gefühl (34967)

MIX
Papier aus verantwortungsvollen Quellen
FSC® C083411

Originalausgabe 2020

Umschlaggestaltung: ZERO Werbeagentur GmbH
unter Verwendung eines Motivs von plainpicture/LUXart
Satz: Uhl + Massopust, Aalen
Gesetzt aus der Minion 11,2/15,3·
Druck und Bindung: CPI books GmbH, Leck
Printed in Germany · ISBN 978-3-423-26258-3

Da antwortete Jesus und sprach zu ihnen:
Wahrlich, wahrlich, ich sage euch:
Der Sohn kann nichts von sich selber tun,
sondern was er sieht den Vater tun; denn was dieser tut,
das tut gleicherweise auch der Sohn.
Der Vater aber hat den Sohn lieb und zeigt ihm alles,
was er tut, und wird ihm noch größere Werke zeigen,
dass ihr euch verwundern werdet.

Johannes 5,19-20

Als der erste Schuss fiel, spürte er nichts. Er dachte noch, dass der Lärm bestimmt dafür sorgen würde, dass Anke gleich die Tür zu seinem Büro aufriss.

Der zweite Schuss, nur Sekunden nach dem ersten, traf ihn an der Schulter. Die Schmerzen waren höllisch.

Er stand auf und hob in einer abwehrenden Geste die Hände, als der dritte Schuss fiel.

Er kannte die Waffe. Es war seine eigene. Er hatte sie von seinem Vater bekommen. Auf jeden Fall das gleiche Modell. Eine Česká, Kaliber 9 Millimeter. Halbautomatik mit Omega-Abzug. Sein Vater hatte sie sich für Wettkämpfe gekauft, zu denen er dann doch nie gefahren war. Woher war die jetzt wieder aufgetaucht?

Er wusste auch, wer da den Finger am Abzug hatte.

Aber warum?

Mit dem vierten Schuss kam die Schwärze.

Dora

Buchsbäumchen.

Überall Buchsbäumchen.

Buchsbäumchen, die, zu winzigen Hecken zurechtgeschnitten, die Beete einfassten, in denen wiederum Buchsbäumchen standen, die zu größeren symmetrischen Ovalen zurechtgestutzt waren. Buchsbäumchen in dekorativen Töpfen rund um den Rand der großzügigen Terrasse und neben der Bank vor dem Springbrunnen.

Wenn Dora Ahlendorf, so wie jetzt, aus den Fenstern ihres Wohnzimmers blickte, dann sah sie sehr viel dunkles Grün in verschiedenen Formen. Die Pflanzen auf einem Friedhof waren wahrscheinlich vielseitiger und bunter.

Blumen hatte Hanjo nicht geduldet. Erst recht keine blühenden Büsche, wie etwa Flieder. »Unkraut, viel zu gewöhnlich für unseren Garten. Das wuchert wie verrückt, und irgendwann ist die ganze Gartenplanung dahin.« Hanjos Worte. Rund um und auf sein Grab hatte sie auch Buchsbäumchen pflanzen lassen.

Dora hatte sich mit Margret aus ihrem Lesekreis beraten und lange mit Sigrid gesprochen, mit der sie regelmäßig im

Schwimmbad ihre Bahnen zog. Beide waren der Meinung, dass Buchsbaum natürlich pflegeleicht und ansehnlich, aber für einen parkähnlichen Garten wie den ihren doch etwas zu eintönig sei.

Peter, ihr nächster Nachbar auf der linken Seite, dessen Garten das ganze Jahr über ein Blütenmeer war, hatte ihr zu Hortensien geraten. Für den Anfang. Die würden sich sicher wohlfühlen und zu wahren Farbwundern heranwachsen. Nach und nach könne sie zum Beispiel ein Rosenbeet anlegen oder über Tulpen- und Hyazinthenzwiebeln nachdenken.

Dora winkte Herrn Theisen, dem Gärtner, der gerade eine Schubkarre aus dem kleinen Geräteschuppen am Grundstücksende schob. Er winkte zurück, und sie konnte seinen Atem in der kalten Luft sehen. Obwohl die Sonne bereits seit einigen Tagen schien, war es kalt in Bremen. Es wehte ein eisiger Ostwind, der längere Spaziergänge an der Weser momentan noch nahezu unmöglich machte.

Dora freute sich schon jetzt auf die blühenden Fliederbüsche im bevorstehenden Frühling. Und die Rhododendren würden eventuell schon in diesem Jahr pinke und weiße Tupfen in das ewige Dunkelgrün malen. Auf dem Rasen vor dem Haus zeigten die Krokusse bereits ihre blauen und gelben Spitzen. Vielleicht sollte sie für das kommende Jahr über noch mehr Blumen in den Beeten nachdenken.

Und danach endlich einige längst fällige Änderungen im Haus vornehmen. Drei Jahre schob sie das nun bereits vor sich her. Wenn sie sich im Wohnzimmer umsah, erinnerte immer noch zu vieles an ihren verstorbenen Mann.

Die Geweihe im Wohnzimmer hatte sie bereits wenige Wochen nach der Beerdigung abgenommen und in den

Keller gebracht, aber die Vitrine aus dunklem Mahagoniholz, in der die Erinnerungsstücke an Jagdausflüge untergebracht waren, stand nach wie vor zwischen den großen Panoramafenstern. Die musste verschwinden. Vielleicht ließ sie sich aber auch für das gute Geschirr nutzen. Passende Vorhänge zu den roséfarbenen Blumen auf dem Porzellan wären sicher eine gute Idee.

Wenn sie sich das Arbeitszimmer nebenan vornahm, musste auf jeden Fall ein Container her. Nicht einmal an einem so sonnigen Tag wie heute kam der Raum ohne künstliches Licht aus. Regale und Deckenpaneele aus dunklem Holz, Geweihe und andere Jagdtrophäen waren auf Vitrinen und Beistelltischchen verteilt. Das musste alles weg.

Das Präsentieren war Hanjo immer wichtig gewesen. Der wuchtige Waffenschrank machte in diesem Zimmer ohnehin jede Einrichtungsidee kaputt.

Dora hatte noch nie Gefallen an den dunkelgrünen Vorhängen aus Samt gefunden, noch wollte sie die Lampen mit Messingfuß behalten.

Seit Michael manchmal an Hanjos altem Schreibtisch arbeitete, war noch mehr Papier in Form von Akten und Fachbüchern hinzugekommen. Außerdem hatte ihr Sohn Kisten mit Unterlagen unter den Schreibtisch geschoben und in einer kleinen Kommode verstaut. Angeblich alles sensible Papiere, die er nicht im Büro lassen konnte und schon gar nicht zu Hause. Sie musste mit ihm sprechen. Diese Unordnung begann sie zu nerven. Dies war nun ihr Haus, in dem sie ganz allein bestimmte. Es war höchste Zeit für Veränderungen.

Dora schaute auf die Uhr und erschrak ein wenig, dass es schon so spät war. Sie würde es nicht pünktlich in die

Suppenküche schaffen. Schon hatte sie das sanfte Mahnen des Pastors im Ohr, der ihr erklären würde, dass es doch nicht zu viel verlangt sei, an diesem einen Termin im Monat um neun Uhr in der Gemeinde zu sein, damit die Aufgaben für die Essenszubereitung verteilt werden konnten. Damit hatte er natürlich recht, aber wenn man ein großes Haus und eine Familie und verschiedene Verpflichtungen hatte, dann klappte es eben nicht immer mit der Pünktlichkeit. Ihre Freundinnen wussten, dass man sich auf Dora verlassen konnte. Sie hielt sich an Absprachen, auch dafür war die Familie Ahlendorf bekannt.

Dora schob im Flur einen Leuchter näher an die Wand und rückte dann das gerahmte Bild von Michael und Jakob über dem Telefontischchen im Eingangsbereich gerade.

Einen Moment lang blieb sie stehen, um sich im Spiegel zu betrachten, und ordnete dabei ganz automatisch die Ponyfransen über der Stirn so, dass sie die Narbe verdeckten. Sie war sich nach wie vor nicht ganz sicher, ob es eine gute Idee gewesen war, mit dem Blondieren aufzuhören. Immer mehr setzte sich das Grau zwischen den blonden Strähnen durch. Machte das nicht unnötig alt? Andererseits, wem sollte sie etwas vormachen?

Sie fand sich in der hellblauen Bluse zu streng und öffnete den obersten Knopf. Schon besser. Immer noch hörte sie beim Blick in den Spiegel Hanjos Stimme mit Kommentaren zu ihrem roten Lippenstift (zu ordinär), ihrem Kurzhaarschnitt (zu maskulin) und ihrem Outfit, das heute aus einem marineblauen kurzen Rock (du bist zu alt für so etwas), hellblauer Bluse und grauer Kaschmirjacke bestand.

Sie nahm sich einen Mantel aus dem Garderobenschrank

und kontrollierte in ihrer Handtasche, ob sie ihr Handy, die Geldbörse und den Haustürschlüssel eingesteckt hatte.

Noch ein letzter Blick in den Spiegel, dann griff sie nach dem Autoschlüssel.

Es war alles so wie an jedem ersten Dienstag im Monat.

Noch.

Jakob

Jakob ließ die Wohnungstür mit Schwung ins Schloss fallen. »Bin wieder zu Hause! Jemand da?« Die Schultasche flog unter die Garderobe, die Schuhe streifte er sich einen nach dem anderen von den Füßen, ohne die Schnürsenkel zu öffnen, und ließ sie dort liegen, wo sie eben hinfielen.

David trat aus dem Schlafzimmer in den Flur. »Hey, schon zurück? Wie war's in der Schule?« Er trug einen nachtblauen Anzug mit weißen Karostreifen, dazu ein hellblaues Hemd und fummelte an den Stoffbändern um seinen Hals herum, vermutlich in dem Versuch, so etwas wie eine Schleife zu binden.

»Die letzten beiden Blöcke sind ausgefallen, wegen irgendeiner Lehrerfortbildung.« Jakob hängte seine Jacke an die Garderobe. »Wie soll es schon gewesen sein? Nicht anders als an jedem anderen beschissenen Schultag. Blöde Idioten sind das, was soll man da auch erwarten?«

»Geht es ein bisschen genauer?« David lächelte, vielleicht wollte er seiner Frage die Schärfe nehmen.

Jakob stöhnte. »Na, zum Beispiel Frau Gallert, die Deutschlehrerin, die möchte jetzt, dass wir den ganzen Aufsatz noch mal schreiben. Diese mittelmäßige Leistung zu bewerten sei unter ihrem Niveau, hat sie gesagt. Das musst du dir mal vorstellen! Du hast ihn doch gelesen, ich hab mich echt angestrengt.« Jakob bewegte sich durch den hellen Flur Richtung Küche. »Was soll das da sein?«, fragte er und deutete im Vorbeigehen grinsend auf die beiden Stoffenden, die um Davids Hals baumelten.

»Frag nicht.« David musste ebenfalls lachen, zerrte an der Schleife und warf sie hinter sich auf das breite Boxspringbett im Schlafzimmer. »Ich nehme wohl besser einen Binder. Das ist heute kein Tag, an dem ich mit ausreichend Geduld für das Binden einer Schleife gesegnet bin.«

Er folgte Jakob mit etwas Abstand in die Küche. »Ich muss gleich weg, aber ich kann dir vorher noch etwas zu essen machen. Bist du hungrig?« David nahm sich ein Glas Leitungswasser und lehnte sich mit dem Rücken gegen die Spüle.

»Schon gut, ich mach mir ein Brot. Wo musst du denn hin?« Jakob musterte seinen Dad von unten bis oben. Die auf Hochglanz polierten Schuhe, den Anzug und die mit Gel in Form gebrachten dunklen Haare. Wie immer war er zurechtgemacht wie für ein Shooting für eine Modezeitschrift.

Jakob hatte einmal versucht, seinen Dad zu Jeans und Kapuzenpulli zu überreden, seinem favorisierten Outfit. Da sie beide fast die gleiche Größe trugen, probierte David es mit Jakobs ausgeleierter Lieblingshose und einem grauen Sweatshirt. Aber als er dann vor ihm stand, bekam Jakob einen Lachanfall. Maßgeschneiderte Anzüge passten einfach besser zu David.

Jakob fand es immer wieder erstaunlich, mit welcher Hingabe David seine Outfits zusammenstellte und wie viel Zeit er damit verbrachte, in Geschäften und im Internet nach einer ganz bestimmten Krawatte zu suchen. Ernst nehmen konnte er den Modefimmel trotzdem nicht.

»Ist ja anscheinend nichts Offizielles, so, wie du wieder aussiehst.«

»Na hör mal. Das ist ein maßgeschneiderter Anzug aus Kaschmir und Seide. Nur Männer mit meiner Figur können einen solchen Schnitt überhaupt tragen.« David straffte sich und ging ein paar Schritte in der Küche auf und ab, die Hand in die Hüfte gestützt, wie auf einem Laufsteg. »Das sitzt wie eine Eins. Damit werde ich heute nicht nur die Damen um den Verstand bringen, da kannst du aber mal sicher sein, mein Sohn.«

Jakob stellte Margarine und Brot auf den Küchentresen, Tupperdosen und ein Glas Nutella. »Also, wo geht es hin?«

»Empfang bei einer neuen Designerin in Hamburg. Die will eine kleine Ladenkette aufziehen und überall ihre Fellpuschen unter die Leute bringen. Ich bleibe über Nacht und komme morgen Mittag wieder.«

»Fell wie tote Tiere?«

»Ja. Echtes Fell. Kuschelig weich und arschteuer. Genau das, was zum Beispiel deine Tante unbesehen kaufen würde, wenn man nur gut genug darüber schreibt, wenn man die Gier derjenigen weckt, die das nötige Kleingeld haben. So, wie meine liebe Chefin das nun mal von mir erwartet. Obwohl deine Tante momentan wahrscheinlich anderes im Sinn hat.«

»Such dir doch mal einen richtigen Job.«

»Immerhin finanziert dieser Job unter anderem deinen Führerschein.«

»Wohl eher Papas Kohle.« Jakob strich sich fingerdick Nutella auf sein Brot und leckte dann das Messer ab.

»Das würdest du garantiert nicht machen, wenn Michael hier stehen würde und nicht ich.«

»Tut er aber nicht.« Die beiden tauschten ein verschwörerisches Grinsen, und Jakob nahm einen großen Bissen von seinem Brot. »Gibt's wenigstens ein paar dunkle Geheimnisse, die du heute enthüllst? Eine lang verdeckte Affäre zwischen Politiker und Model? Oder triffst du einen Fußballstar, der eigentlich auf Männer steht?«

»Eher nicht.« David trank sein Glas leer und stellte es in den Geschirrspüler. »Aber so schlimm wird es sicher nicht werden, ich habe den nettesten Fotografen der Redaktion an meiner Seite. Mit dem ist es immer lustig, auch wenn der Mann keine Ahnung hat, wie man sich für so einen Anlass kleidet. Mein Zug geht in einer halben Stunde, deshalb düse ich jetzt mal los. Kommst du klar?«

»Ja. Wo ist Papa?«

»Im Büro. Bei dem wird's heute auch etwas später, soll ich dir sagen. Hat am Gericht zu tun und dann noch irgendein Arbeitsessen. Aber du kannst ihn anrufen, wenn etwas ist. Mich natürlich auch.«

»Eher nicht. Vielleicht treffe ich mich später noch mit Freunden.«

»Mit *Freunden*, soso …«

Jakob nickte kauend. »Wo ist eigentlich dieses Backbuch, das Oma dir mal geschenkt hat?«

»Sprich nicht mit vollem Mund.« David gab ihm einen spielerischen Klaps auf den Kopf. »Wozu brauchst du das?«

»Warte.« Jakob zog sein brummendes Handy aus der Tasche, schaute drauf, grinste und tippte eine Antwort.

»Hey, das macht man nicht, mitten im Gespräch Nachrichten beantworten. Wer schreibt dir denn da?«

»Dad, das geht dich wirklich nichts an. Privatsphäre, schon mal was davon gehört?« Jakob öffnete eine Tupperdose und steckte sich eine Scheibe Salami in den Mund.

»Also, was willst du mit dem Backbuch?«

»Ja, was wohl? Backen.«

Wieder brummte sein Mobiltelefon. Jakob las, tippte, wartete auf die Antwort, tippte wieder und legte das Handy vor sich auf den Tisch.

David öffnete den Schrank unter der Spüle und wühlte darin herum. Eine Flasche mit Glasreiniger kullerte über den Boden.

»Was machst du denn da?«

»Tadaaa!« David reckte die Hand mit dem Backbuch in die Höhe.

»Da hast du das hingelegt? Wertschätzung sieht aber anders aus.«

David wischte Staub vom Buch und legte es dann auf den Tisch. »Deine Oma hat sich noch nie dafür interessiert, was mir gefällt und was ich mir wünsche. So etwas nennt man Verlegenheitsgeschenk.« Er räumte den Glasreiniger zurück an seinen Platz. »Jetzt schau doch nicht die ganze Zeit auf dein Handy, wenn du mit mir sprichst.« David beugte sich vor und wollte das Telefon vom Tisch nehmen, aber Jakob war schneller.

»Nichts da.«

David zuckte zurück, als hätte Jakob nicht nach seinem Handy gegriffen, sondern zu einem Schlag ausgeholt. Sein Lächeln fiel etwas schief aus. »Na schön. Du willst einen Kuchen backen und mir nicht sagen, wer dir da im Sekundentakt Nachrichten sendet. Wenn ich durch meinen Job inzwischen nicht komplett verblödet wäre, würde ich da vielleicht einen Zusammenhang sehen. Oder? Zumal dein Vater gewisse Andeutungen gemacht hat hinsichtlich einer Mitschülerin von dir.«

»Kekse.« Jakob deutete auf das Buch. »Ich möchte Kekse backen. Musst du nicht langsam mal los zum Bahnhof?«

»Mehl ist im Schrank über dem Herd, und falls du mehr Margarine brauchst: im untersten Fach im Kühlschrank.« David deutete ein Winken an und verschwand. Kurz darauf hörte Jakob ein »Tschühüss«, und die Wohnungstür fiel ins Schloss.

Dora

Dora hatte sich an einen der kleinen Tische am Fenster gesetzt. Die Aussicht war zwar nicht gerade brillant, man blickte auf die gegenüberliegenden Bürogebäude, aber immerhin bekam sie etwas Tageslicht ab. Sie hasste es, unter den grellen Deckenstrahlern zu sitzen.

Ellen hatte vorgeschlagen, im Restaurant von Karstadt noch einen Kaffee zu trinken. Ihre Freundin gehörte, wie sie selbst, zu den freiwilligen Helferinnen in der Suppenküche. Ellen war heute etwas früher gegangen, um noch ein Geschenk für ihre Tochter zu besorgen, und hatte Dora in das Kaufhausrestaurant bestellt. Weil sie das Café aussuchen durfte, musste sie auch bezahlen.

Dora vertrieb sich die Wartezeit mit ihrem Smartphone. Schaute sich Fotos an und las, was Menschen aus aller Welt auf Twitter geschrieben hatten. Wieder einmal dankte sie im Stillen ihrem Enkel, der ihr nach Hanjos Tod diese Welt gezeigt hatte.

Jakob war so unsicher gewesen, als sein Opa starb. Er hatte Hanjo eigentlich nur von Fotos gekannt. Dora und er hatten sich entweder bei Michael zu Hause getroffen oder gemeinsam etwas unternommen. Dora brachte ihrem Enkel das Schwimmen bei, sie waren mit der Bahn nach Hamburg zu Hagenbeck gefahren oder mit einem Boot auf einem See im Bürgerpark gepaddelt. Ihr Enkel wusste nicht, wie er mit der Trauer seiner Oma umgehen sollte. Diese Unsicherheit hatte er mit Lehrstunden in Technik überspielt. Hatte ihr sein altes Handy überlassen und so lange mit ihr geübt, bis ihr vom Wischen bis zur Nutzung der sozialen Medien alles leicht von der Hand ging. Sie lachte gerade über ein Foto, das sie an Jakob weiterleitete, als Ellen ein Tablett mit zwei Piccolos und zwei Sektgläsern auf den Tisch stellte.

»Kaffee hatten wir genug. Lass uns mal ein bisschen feiern«, befand sie, schob Dora ein Glas und ein Fläschchen zu, und lehnte das Tablett dann gegen die Wand.

»Gibt es denn was zu feiern?«

»Dass wir am Leben sind?« Ellen schenkte sich ein Glas Sekt ein und nahm einen tiefen Schluck. »Ahhhh. Das habe ich jetzt gebraucht. Hast du mitbekommen, wie sich Gerda, diese alte Hexe, heute wieder aufgeführt hat?«

Dora schüttelte den Kopf und drehte den Schraubverschluss ihrer Flasche auf.

»Diese beiden Mädchen, die heute zum Helfen da waren, die aus der Schule deines Enkels, die wollten doch nur nett sein. Da haben sie halt schon mit dem Abräumen begonnen, als Gerda noch damit beschäftigt war, mit dem Pastor den neuesten Klatsch durchzukauen.«

Dora nippte an ihrem Sekt. Ekelhaft süß, fand sie. Noch dazu nicht richtig kalt.

»Da hat Gerda sich diese armen Dinger aber mal ganz schön zur Brust genommen. Ob sie sich nicht an Regeln halten können und wie das bei ihnen zu Hause läuft, wenn die Eltern eine Ansage machen? Also wirklich. Die kommen doch nie mehr wieder, dabei können wir jede Hilfe gebrauchen. Magst du nicht mehr?« Ellen deutete auf die angebrochene Flasche.

»Nein danke.« Dora schüttelte den Kopf. »Ich hab ja auch den Wagen dabei.«

»Verstehe. Aber wir wollen ja nichts verkommen lassen. Nicht?« Ellen schenkte sich aus Doras Fläschchen nach und schaute aus dem Fenster. »Endlich wird das Wetter besser. Hast du deinen Roller schon startklar?«

»Ja, aber es ist mir noch zu kalt.«

»Wie geht es denn mit Michael und dir?«

»Ach, wir verstehen uns ganz gut. Ich lasse es langsam angehen, du weißt ja …«

Ellen nickte.

»Aber es gibt da etwas … Also, wir planen eine gemeinsame Sache. Ich kann noch nicht darüber reden, aber es sieht ganz danach aus, als wären wir auf dem richtigen Weg.«

»Schließt euer Plan diesen Gefährten von Michael auch ein?«

Ellen hatte ein Problem mit schwulen Männern. Michael zählte für sie nicht dazu, weil sie ihn – so die merkwürdige Begründung – bereits als Baby gekannt hatte. Allerdings versäumte sie auch nicht, ab und an zu erklären, dass Michael sich »schon wieder besinnen« werde. Ein ewiger Streitpunkt zwischen ihr und Dora, die inzwischen ihren Frieden damit gemacht hatte, dass ihr Sohn keine Schwiegertochter ins Haus gebracht hatte. Am Anfang war das mehr als schwierig gewesen, auch weil Hanjo so etwas wie Ekel gegenüber Schwulen geäußert hatte. David wollte er deshalb nicht kennenlernen und seinen Sohn nach dem Outing ebenfalls nicht mehr treffen. Wenn sie an diesen ganz bestimmten Abend dachte, bekam sie sofort einen Anflug von Kopfschmerzen.

»David heißt er. Und ja, der ist Teil des Plans.« Doras Handy brummte, und sie las die Nachricht von Jakob. »Entschuldige, mein Enkel.« Sie schwenkte das Gerät vor Ellens Gesicht und legte es dann umgedreht auf den Tisch.

»Du und deine Technik. Das wäre mir ja alles viel zu lästig. Brauche ich nicht mehr. Die Leute sollen mich anrufen und mir sagen, was sie wollen. Oder vorbeikommen.« Ellen trank den letzten Schluck Sekt aus ihrem Glas.

»Ellen, ich muss dann mal …«

»Was, jetzt schon? Ich dachte, wir gehen gleich noch ein bisschen bummeln.«

»Ja, tut mir leid.« Dora schaute auf ihre Armbanduhr. »Ich hab zu Hause noch ein paar Dinge zu erledigen und wollte vorher kurz ins Fitnessstudio. Wenigstens eine kleine Runde Rad fahren oder laufen.«

»Du hast dich so verändert, seit Hanjo nicht mehr ist.« Ellen schaute Dora an. »Aber absolut zum Positiven, das kann ich dir sagen. Schön ist das. Endlich sitzt du nicht mehr nur zu Hause rum. Gehen wir nächste Woche mal wieder ins Kino?«

»Gern.« Dora nahm ihre Handtasche, und steckte das Telefon ein. »Lass uns am Wochenende telefonieren, ja? Ich rufe dich auf dem Festnetz an!«

Lachend gaben sie sich Küsschen auf die Wange, und Dora marschierte Richtung Rolltreppe, um das Kaufhaus auf dem schnellsten Weg zu verlassen.

Beim nächsten Mal würde wieder sie das Café aussuchen. Das stand schon mal fest.

Jakob

Jakob zog gerade das Backblech aus dem Ofen, als eine neue Nachricht einging. Ein Bild von einer alten Frau mit einem pinkfarbenen Irokesenschnitt. Seine Oma schrieb dazu: »Guck mal, die Frau hat ihrem Enkel diese Frisur versprochen, wenn sie es schafft, neunzig zu werden. Soll ich das auch machen? Oder würde dir Grün besser gefallen?«

Er tippte: »Blau, Oma. Und statt Iro lieber Rastalocken, das wird cool.«

Die Kekse rochen gut und sahen toll aus. Er nahm sich einen, verbrannte sich fast die Finger, biss vorsichtig ab und legte ihn wieder zurück auf das Blech. Die Kekse sahen nicht nur gut aus, sie schmeckten auch gut. Noch ein Pluspunkt für seine Oma. Sie hatte ihm gezeigt, wie man Plätzchen so hinbekam, dass sie außen knusprig und innen weich waren.

Lilly liebte die Cookies in dem Schnellrestaurant, in dem sie sich manchmal trafen. Diese hier waren genau so, auch mit dicken Schokostückchen drin.

Lilly liebte alles mit Schokolade. Und Jakob liebte Lilly. Seltsam, diese Sache mit der Liebe. Bis vor Kurzem hatte er sich kaum für Mädchen interessiert. Klar, mit Timo hatte er immer mal darüber geredet, wen sie gut fanden und welches Mädchen gar nicht ging. Aber mehr aus Jux. Und weil man eben so redete unter Kumpels. Wenn man im Bus eine sah, die tolle Haare hatte oder im Gegensatz zu allen anderen ein Kleid trug, oder wenn sich bei MCs eine das Tablett mit Essen volllud und es in sich reinmümmelte. Vor einem halben Jahr hatte er auf einer Geburtstagsparty mit einem Mädchen geknutscht, das bis oben hin voll war mit Mische. Sie hatte dann irgendwann gelallt, dass er doch einer von diesen Ahlendorfs sei, dieser Familie mit der geilen Villa. Ob es da auch einen Pool gebe, hatte sie wissen wollen, bevor sie ihm vor die Füße kotzte. Danach war sein Interesse an Mädchen erst einmal gleich null gewesen.

Partys konnte er sowieso vergessen. Papa wollte, dass er sich um seine Schulangelegenheiten kümmerte. Deshalb waren Treffen mit Kumpels am Abend nur am Wochenende erlaubt. Mit Alkohol durfte er sich erst recht nicht erwischen lassen.

Jakob zog eine Schublade auf und suchte die Brottüten aus Pergamentpapier. Ein dicker roter Filzer lag schon bereit.

Vor ein paar Wochen hatte ihn Lillys Freundin Jana in der Schulkantine angequatscht. »Willst du Lilly nicht mal einen Kakao ausgeben? Die würde dich gerne kennenlernen.«

Mit einem Schulterzucken hatte er Jana stehen lassen.

Er konnte sich noch gut daran erinnern, dass er gedacht hatte: Lilly? DIE Lilly? Wieso sollte die ihn kennenlernen wollen? Lilly war eines der beliebtesten Mädchen seiner Klassenstufe. Sie war fast einen Kopf kleiner als er, nicht so spargeldünn wie die meisten anderen, auch nicht dick, sondern gerade richtig.

Er schrieb mit dem roten Stift ihren Namen auf die Papiertüte und malte Herzen drum herum. Er wusste noch, wie gut ihre langen blonden Locken gerochen hatten, als er sie nach der ersten Verabredung zum Kino umarmt hatte. Bis zum ersten Kuss hatte es noch ein paar Tage länger gedauert.

Jakob testete mit den Fingern, ob die Kekse bereits ausreichend abgekühlt waren.

Er hatte sich mit Lilly bei ihr zu Hause getroffen. Als sie sich in ihrem Zimmer gerade auf das Sofa gekuschelt hatten, klopfte natürlich ihre Mutter. Das hatte sie förmlich an die entgegengesetzten Enden des Sofas katapultiert. Lillys Mutter machte nicht den Eindruck, als würde sie sich über die seltsame Sitzordnung wundern, stellte nur ein Tablett mit Getränken und Schokolade ab und verschwand dann wieder. Weil sie genauso nett war wie Lilly.

Jakob steckte je zwei Kekse in eine Tüte und knickte den oberen Rand um.

Lilly und er wollten sich nachher in der Eisdiele treffen. Er musste nur noch sehen, ob er irgendwo Geld fand. Vielleicht in der Dose mit dem Kleingeld fürs Parken, die auf der Kommode im Flur stand.

Wieder brummte sein Handy.

Jakob wurde heiß, als er las, was auf dem Display stand. Er spürte seinen Puls und konnte für einen Moment nur verschwommen sehen.

Er nahm das Blech mit den restlichen Keksen und warf es mit einem Wutschrei gegen die Wand. Versuchte, zu Atem zu kommen und zu begreifen, was er da gelesen hatte. Konnte es nicht fassen und wusste doch, dass es stimmen musste.

Dora

Dora warf gerade ihre Trainingskleidung in die Waschmaschine, als es an der Haustür klingelte. Sie hatte eine kurze Strecke auf dem Laufband absolviert, danach zwei Saunagänge, anschließend ausgiebig geduscht und auf dem Heimweg noch ein paar Kleinigkeiten für ein kaltes Abendessen besorgt. Sie musste sich jetzt ein wenig sputen, wenn sie pünktlich beim Lesekreis sein wollte.

Mit Schwung knallte Dora das Bullauge der Maschine zu und startete den Waschgang. »Ich komme gleich!« Sie vermutete, dass es ihre Tochter Kirsten war, die geklingelt hatte, obwohl sie einen eigenen Schlüssel besaß, und legte deshalb all ihre Wut in den Schrei.

»Hans!«

Vor der Tür stand ein Schrank von einem Mann. Mehr als zwei Meter groß, Schultern wie gemeißelt, der Schädel kahl rasiert, was die stechend blauen Augen noch intensiver leuchten ließ.

»Dora.« Hans Theessen, ehemaliger Chef der Kriminalpolizei von Bremen, nickte zur Begrüßung. Sein Lächeln reichte nicht bis zu den Augen.

»Komm doch rein.« Dora trat einen Schritt zurück, um den Hünen eintreten zu lassen. »Kann ich dir etwas anbieten? Ein Glas Wasser? Oder eine Tasse Tee?«

Hans schüttelte den Kopf, stand verloren in der Eingangshalle, warf einen Blick durch die offen stehende Tür ins Arbeitszimmer und Richtung Obergeschoss. »Bist du allein? Ist deine Tochter nicht da? Die wohnt doch wieder bei dir, oder nicht?«

»Ja, aber die ist um diese Zeit selten da. Wenn ihr Auto nicht in der Auffahrt steht, dann ist sie unterwegs. Einkaufen, Leute treffen, keine Ahnung.« Dora nahm Hans den leichten Mantel ab und hängte ihn in den Garderobenschrank. Dann deutete sie mit einer Handbewegung Richtung Wohnzimmer. »Kann ich dir wirklich nichts anbieten? Ich glaube, es ist auch noch Cola da. Mein Enkel darf die zu Hause nicht trinken, da ist Michael sehr streng. Aber Omas müssen ihre Enkel verwöhnen, dazu sind sie schließlich da, oder? Jakob könnte sich das Zeug sowieso an jedem Kiosk selber kaufen.«

»Dora, wir müssen reden. Können wir uns setzen?«

Die Ernsthaftigkeit in Hans' Stimme gefiel Dora nicht. Sie kannte den ehemaligen Jagdkumpel ihres Mannes als freundlichen und fröhlichen Menschen. Immer gut für einen Witz und sich selbst für keine Pointe zu schade. So wie heute hatte sie ihn noch nie gesehen. Sie legte ihm die Hand auf den Arm. »Was ist denn los? Ist was mit Sophia?«

Hans' Frau war nur selten zu den Einladungen ins Haus Ahlendorf gekommen. Hatte aber auf Dora immer einen guten Eindruck gemacht. Höflich und ruhig, klug und sehr verliebt in ihren Mann, auch nach vielen Jahren Ehe noch.

Hans schüttelte den Kopf und ging voraus. Dora folgte ihm beklommen. Im Stillen überlegte sie, was passiert sein könnte. Welche gemeinsamen Freunde krank gewesen und jetzt vielleicht gestorben waren.

Sie setzte sich auf die vordere Kante des Sofas, Hans ließ sich schwer in einen der beiden Sessel fallen. Er fuhr sich mit den Handflächen über das Gesicht, als wollte er sich den traurigen Ausdruck aus der Miene wischen.

»Am besten, ich sag gleich, was Sache ist.« Hans rutschte auf dem Sessel nach vorn und legte die Hände auf die Knie. »Michael ist tot, Dora.«

Für einen Moment fühlte sie so etwas wie Erleichterung. »Das ist wirklich ein ganz schlechter Witz, Hans. Ich habe gestern mit meinem Sohn zu Abend gegessen. Da war er gesund und putzmunter und …« Aber als sie den Blick von Hans registrierte, spürte Dora einen Stein im Magen. Einen riesigen. Sie schluckte und bekam kaum noch Luft. Fasste sich an die Kehle.

Stand auf, setzte sich wieder.

Sie musste sofort ihren Sohn anrufen.

»Dora … Es tut mir so unendlich leid.«

Michael konnte unmöglich tot sein, er war doch gesund. Gestern Abend war es ihm noch gut gegangen. Sie hatten Pläne gemacht, Wein getrunken.

»Das kann doch gar nicht … Wieso hat er denn … Hatte er einen Unfall?«

Ein Schluchzen stieg aus ihrer Kehle auf, und sie hielt sich die Hand vor Mund und Nase.

Hans war vom Sessel aufgestanden und hatte sich neben sie auf das Sofa gesetzt. Er streichelte ihr über den Arm und wartete, bis sie wieder Luft bekam. »Nein, Dora, kein Unfall. Er ist in seinem Büro erschossen worden. Und das ist leider auch noch nicht alles.«

»Erschossen? Hans, du musst dich irren. Wir sind in Bremen. Schießereien hier bei uns? Nein. Wirklich, das kann ich mir überhaupt nicht vorstellen. Und wieso in seinem Büro? Wer Geld will, der überfällt doch eine Bank und kein Anwaltsbüro. Das ist ein Ding der Unmöglichkeit.«

Dora wischte seine Hand weg und stand auf. Das Denken war plötzlich schwierig. Sie stellte sich vor Hans. Verschränkte die Arme vor der Brust.

»Bist du eigentlich wahnsinnig geworden? Tauchst hier auf und erzählst mir solch eine Räuberpistole? Was ist denn in dich gefahren? Ihr habt irgendeinen Toten, und der sieht Michael vielleicht sogar ähnlich, und dann kommst du hierher und …« Dora war sich jetzt sicher, dass Hans sich aus irgendeinem Grund einen miesen Scherz mit ihr erlaubte. »Mit wem steckst du unter einer Decke? Wer will mich hier veräppeln?« Dora drehte sich Richtung Tür, als ob sie noch jemanden im Haus vermutete.

Hans blieb ernst. »Das ist noch nicht alles, Dora. Die Kollegen verdächtigen deinen Enkel.« Er seufzte, griff schließlich nach ihrer Hand und drückte sie.

»Also, jetzt wird es ja richtig absurd.« Dora begann, neben dem Sofa auf und ab zu gehen, versuchte, einen klaren Gedanken zu fassen.

Hatte sie heute schon von Michael gehört? Hatte er eine Nachricht geschickt? Und Jakob? Wann hatte der sich zuletzt gemeldet? War das gestern gewesen oder schon vorgestern? Nein, sie hatte doch vorhin mit ihm Kontakt gehabt, als sie mit Ellen in diesem Kaufhauscafé saß. Da hatte er ihr geschrieben, nachdem sie ihm das lustige Bild gesendet hatte.

Hans sah sie an. Ernst und traurig. Er wiederholte: »Es tut mir so unendlich leid.«

»Das kann nicht wahr sein, das kann einfach nicht stimmen! Nicht Michael. Und Jakob soll …? Wie soll das gehen? Ich meine, wie soll so ein junger Mensch …? Und welchen Grund hätte Jakob, seinem Vater so etwas anzutun? Wie soll er das denn gemacht haben?«

Hans schüttelte den Kopf. »Dora, ich verstehe es selbst nicht. Ich war zufällig im Büro, wollte einen früheren Kollegen zum Kino abholen, als die Nachricht eintraf. Ich wollte nicht, dass zwei unbekannte Beamte hier bei dir vor der Tür stehen, um dir die Nachricht zu überbringen. Deshalb habe ich die Kollegen darum gebeten, ein paar Minuten Zeit mit dir allein zu bekommen.« Er schüttelte bedauernd den Kopf. »Ich kann dir auch nur das sagen, was ich gehört habe. Michael ist in seinem Büro erschossen worden. Jakob soll von einem Zeugen dabei beobachtet worden sein, wie er die Kanzlei verlassen hat. Offenbar kommt im Moment niemand sonst als Täter infrage. Aber das muss natürlich erst ermittelt werden. Die Kollegen stehen da noch ganz am Anfang. Sicher ist bisher nur, dass es sich um Fremdeinwirkung handelt, also, dass Michael …«

Dora hatte das Gefühl, als wiche jede Kraft aus ihrem Körper. Sie ließ sich auf die Sofalehne sinken. Die aufsteigenden Tränen schluckte sie hinunter. Niemandem war damit gedient, wenn sie jetzt hysterisch wurde.

Hanjo würde sie auffordern, sich zusammenzureißen, wenn er noch da wäre. Niemals Schwäche zeigen, Dora, das bietet den anderen nur Angriffsfläche, so gewinnt man nichts.

»Hans, das kann nicht wahr sein. Du kennst Jakob, und du kennst auch Michael, die beiden hatten ein gutes Verhältnis. Ein sehr gutes. So einen Vater würde sich jeder wünschen. Was die beiden alles zusammen unternommen haben …«

Vor ihrem inneren Auge sah Dora Bilder vorbeiziehen. Jakob als Baby, gerade in Bremen angekommen. Jakob mit seinen Vätern bei einer Sommerparty in ihrem Garten – einer ihrer seltenen Besuche im Hause Ahlendorf. Jakob auf den Knien seines Vaters, lachend »Hoppe, hoppe, Reiter« spielend. Jakob mit Schultüte. Jakob im Anzug bei der Feier nach dem Mittelschulabschluss.

»Dora, niemand kann in einen anderen Menschen hineinsehen. Wir wissen nicht, was in deinem Enkel vorgegangen sein mag, wenn er wirklich der Täter ist. Ich glaube ja auch nicht daran. Die allerersten Hinweise bei so einer Ermittlung sind in den seltensten Fällen die, die am Ende zur Aufklärung führen. Gib den Kollegen ein bisschen Zeit. Ich bin sicher, das ist alles ein großes Missverständnis.«

»Er war es nicht.«

Dora sah auf. In ein ehrliches und besorgtes Gesicht. Sie war sich sicher, dass sie Hans vertrauen konnte. Seit so vielen Jahren schon ging er bei ihnen ein und aus. Er hatte Hanjo gekannt, er kannte ihren Sohn und auch ihren Enkel. Und er kannte sich mit Polizeiarbeit aus.

»Was passiert denn jetzt?«

»Der Ermittlungsrichter muss entscheiden, ob Jakob in Haft kommt. Dazu wird er jetzt nicht nur den Haftgrund prüfen, der sicher auf Verdacht einer schweren Straftat lautet, sondern auch die Frage, ob dringender Tatverdacht besteht. Kann jedoch auch sehr gut sein, dass Jakob erst mal zu Hause bleiben darf. Das wird sich in den nächsten Stunden entscheiden. Ist ja alles noch ganz frisch.«

Ihr Enkel im Gefängnis.

Ihr Sohn tot.

Spätestens morgen würde das in der Zeitung stehen.

Hans schien in ihren Kopf zu sehen.

»Du musst damit rechnen, dass die Presse sich bei dir meldet. Zeitungsreporter, Radioleute. Am besten gehst du nicht ans Telefon und verlässt auch erst einmal nicht das Haus.«

»Wie stellst du dir das denn vor? Ich habe Verpflichtungen. Mein Sport und dann die Suppenküche und …« Sie schaute auf die Uhr und stellte fest, dass sie reichlich zu spät zum Lesekreis kommen würde. Die anderen hatten sicher schon angefangen mit der Auswahl der Lektüre für das nächste Treffen.

»Dora, ich habe zur Genüge mit derlei Fällen zu tun gehabt. Allein ein Mord*verdacht* reicht aus, damit Menschen sich abwenden. Deine besten Freunde werden sich fragen, ob sie mit der Oma eines Mörders noch Kontakt halten wollen. Die Nachbarn werden darüber nachdenken, ob sie neben dir wohnen wollen. Und was dein soziales Engagement angeht … Das wird sicher auch schwieriger.«

»Du übertreibst. Außerdem ist Jakob unschuldig, das wird sich sehr schnell herausstellen. Wieso sollte denn keiner mehr mit mir befreundet sein wollen? Du bist ja schließlich auch hier.« Dora fand selbst, dass sie klang wie ein bockiges kleines Kind.

»Das wird leider für viele deiner Bekannten überhaupt keine Rolle spielen.« Hans schüttelte den Kopf, stöhnte und ließ den Kopf sinken. »Ach, Dora, ich wünschte, es wäre anders gelaufen. Die Bergmann ist eine fähige Kollegin, aber die muss sich auf dem Posten auch erst noch beweisen. Da reagiert man manchmal eben schneller als nötig. Aber auch bei einer Mordermittlung gibt es Abläufe, an die man sich halten muss. Verdächtige befragen, Beweise sichern, mit

Menschen sprechen, die Kontakt zum Opfer hatten, Zeugen vernehmen.«

Dora hörte nicht mehr richtig zu. Ließ die Worte von Hans an sich vorbeirauschen.

Ein Mörder in der Familie. Undenkbar.

Sie war sicher, dass Jakob auf gar keinen Fall und unter keinen Umständen seinem Vater etwas angetan hatte. Ihr lieber, ruhiger, friedlicher Enkelsohn war zu so etwas gar nicht in der Lage. Der aß ja nicht einmal Fleisch.

Vielleicht war das in Michaels Büro ein anderer gewesen. Möglicherweise saß ihr Sohn putzmunter in irgendeinem Gericht. Oder war in der Weltgeschichte unterwegs, um dabei zu helfen, Ungerechtigkeiten gegen Homosexuelle zu bekämpfen. Machte er doch dauernd.

»Woher weißt du überhaupt, dass es Michael ist, der erschossen wurde?«

»Dora.«

»Ja, was?« Dora hatte sich nicht mehr unter Kontrolle. Sie wurde laut. »Kommst hierher und tischst mir so eine Horrorgeschichte auf. Michael engagiert sich, wie du weißt, für Minderheiten. Da ist er sehr viel unterwegs. Was weiß ich denn, wer sein Büro vielleicht benutzt, wenn er nicht da ist?«

»Dora, Anke war da.« Hans sah sie fragend an, redete weiter, als sie nicht reagierte. »Seine Sekretärin. Die hat auch die Polizei gerufen, nachdem sie ihn gefunden hat. Sie hat bestätigt, dass es Michael ist.«

»Aber woher will sie das wissen. Sie ist seine Sekretärin und nicht seine Mutter!« Dora fing an zu weinen.

»Du kannst ihn natürlich noch mal sehen, wenn du das möchtest. Allerdings nicht heute. Die Kollegen werden einen DNA-Abgleich machen, den Zahnstatus vergleichen, falls es

Unsicherheiten gibt. Aber er hatte seinen Ausweis und seinen Führerschein in der Sakkotasche.« Hans stand auf, um Dora in den Arm zu nehmen.

Sie wollte diese Nähe nicht, machte sich los. Ging ein paar Schritte Richtung Fenster. Es war inzwischen dunkel geworden. Der Mond tauchte den Garten in ein diesiges Licht. Die Eintönigkeit der Bepflanzung hatte plötzlich etwas Tröstliches.

»Was tun deine ehemaligen Kollegen, um den wirklichen Mörder aufzuspüren?« Dora fand, dass ihre Stimme schon wieder fester klang.

»Das kann ich dir nicht sagen. Darüber haben wir nicht gesprochen. Dafür ist es auch noch zu früh. Sie werden Spuren sichern, den Tatort gründlich untersuchen. Weitere Vernehmungen führen. Ich weiß nur das, was ich dir gesagt habe. Alles andere wird sich in den nächsten Stunden und Tagen ergeben. Ich werde versuchen, dich auf dem Laufenden zu halten. Aber ich kann nichts versprechen, denn eigentlich müssen die nicht mit mir reden. Ich gehöre nicht mehr zum Team.«

»Damit willst du mir sagen, dass sie sich bereits auf Jakob festgelegt haben?«

»Damit will ich dir sagen, dass du dich auf all das vorbereiten sollst, was solch ein Verdacht mit sich bringt. Du gehörst als Mutter des Opfers und Großmutter des mutmaßlichen Täters zu den wichtigen Zeugen, die Kollegen werden dich befragen. Dein gewohntes Leben wird sich möglicherweise verändern, weil Menschen dir nicht mehr trauen oder nichts mehr mit dir zu tun haben wollen, wenn sich der Verdacht herumspricht. Vielleicht musst du Geld lockermachen, um eine gute Verteidigung für deinen Enkel auf die Beine zu stellen. Denk einfach ganz in Ruhe über alles nach.« Hans druckste herum. »Ich muss gehen. Vermutlich werden jeden Moment die Kollegen da sein, um mit dir zu sprechen. Tut mir leid. Alles.« Er überlegte, fragte dann: »Soll ich jemanden anrufen? Eine Freundin?«

»Schon gut. Danke, dass du dir die Mühe gemacht hast, extra herzukommen. Das weiß ich zu schätzen. Kann ich zu ihm?«

»Zu Michael? Nein, habe ich doch gerade gesagt, nicht heute.«

»Zu Jakob.«

Hans schüttelte den Kopf. »Tut mir leid, momentan nicht. Die Kollegen befragen ihn noch. Aber sicher ist er bald wieder zu Hause. Mach dich nicht verrückt. Ruf Kirsten an und bereite sie darauf vor, dass vielleicht Journalisten vor eurer Tür rumlungern. Redet nicht mit denen, okay?«

Dora wandte sich vom Fenster ab und ging Hans voraus. Sie nahm ohne ein weiteres Wort seinen Mantel aus dem Garderobenschrank.

Hans beugte sich vor und hauchte ihr einen Kuss auf die Wange. Sie konnte sein Aftershave riechen. Er benutzte dasselbe wie Hanjo früher. Sie schüttelte sich kurz und öffnete die Haustür. »Halt mich wirklich auf dem Laufenden, ja?«

»Natürlich, so gut es geht, habe ich ja gesagt. Es tut mir so leid, Dora. Ich wünschte, ich könnte mehr tun.«

»Du hast schon mehr getan als manch anderer in deiner Situation. Danke.«

»Wenn du ein wenig zur Ruhe gekommen bist, dann denk darüber nach, wer als Täter infrage kommen könnte. Wen kennst du aus Michaels Umfeld, der ein Problem mit ihm hatte?«

»Woher soll ich das wissen?« Dora fröstelte. Die Temperaturen am Abend waren noch im Winter stecken geblieben. »Michael war zufrieden und glücklich. Wir haben Pläne geschmiedet, und wenn er Streit hatte, dann höchstens beruflich.«

Eine vage Erinnerung an etwas, das Michael gestern Abend bei ihrem Gespräch über die gemeinsame Zukunft gesagt hatte, schob sich in Doras Kopf und verursachte ihr auch jetzt noch einen schalen Geschmack im Mund. Aber sie konnte die Erinnerung nicht greifen.

»Ruf mich an, wenn ich irgendwie helfen kann.« Hans nickte ihr noch einmal zu und wandte sich dann in Richtung Gartentor.

Dora schloss die Haustür und lehnte sich mit dem Rücken dagegen. Sie wehrte sich nicht mehr gegen das aufsteigende Schluchzen. Schrie ihren Schmerz und ihren Kummer heraus und ließ die Tränen laufen. Bis nichts mehr übrig war von der ersten Traurigkeit.

An der Wand gegenüber hing das Foto, das Michael ihr zum letzten Geburtstag geschenkt hatte. Jakob, Michael und David auf Sylt. Am Strand, mit dem Meer im Hintergrund. Alle mit einem leichten Sonnenbrand auf der Nase und alle fröhlich strahlend. Ein Sohn und seine Väter.

Sie würde alles verlieren, was sie sich nach Hanjos Tod aufgebaut hatte.

Es sei denn, sie unternahm etwas.

* * *

Dora saß in der Küche. Hans war vor einer gefühlten Ewigkeit gegangen, bei einem Blick auf die Wanduhr stellte sie aber fest, dass es nicht einmal zwei Stunden her war. Vor sich hatte Dora einen Becher mit inzwischen kaltem Kaffee.

In der Spüle standen benutzte Tassen und Teller, schmutziges Besteck war achtlos ins Porzellanbecken geworfen worden. Ein Handtuch lag zerknüllt neben einer kleinen Wasserpfütze auf dem Boden.

Dora fehlte die Energie, sich um etwas so Belangloses wie den Abwasch des Tages zu kümmern. Sie hatte es ja versucht, aber immer wieder musste sie an das denken, was Hans erzählt hatte. Wie unerheblich dreckiges Geschirr im Angesicht des Todes wurde. Über Jahre antrainiertes Verhalten war mit einem Schlag wie ausgelöscht.

In den vergangenen beiden Stunden hatte Dora nachgedacht.

Kirsten war immer noch nicht zu Hause. Dora hatte ihr eine Nachricht hinterlassen, dass sie unbedingt sofort zurückrufen solle. Typisch Kirsten, mitten in der Woche einfach abzutauchen. Ohne die Regelmäßigkeit ihres Jobs in der Klinik war auf sie kein Verlass mehr. Es wäre schön gewesen, jetzt nicht allein zu sein. Mit ihrer Tochter über all das Schreckliche zu reden. Außerdem sollte Kirsten lieber von ihr erfahren, was passiert war, und nicht von irgendeinem Journalisten.

Seit die beiden Polizisten gegangen waren, saß Dora auf der Küchenbank und starrte auf das Wachstischtuch. Sie folgte mit den Augen dem Muster aus blauen, roten und weißen Kringeln und Streifen. Ein Labyrinth ohne erkennbaren Ausgang.

Wenn Hanjo noch da wäre, würde sie nicht so tatenlos hier herumsitzen. Ihr Mann hatte immer gewusst, was zu tun war. Er hätte gesagt, Dora, mach dies oder das, sie hätte es so gemacht, und dann wäre alles sehr schnell wieder gut gewesen. Früher jedenfalls war das so gewesen.

Dora spielte mit ihrer Halskette und versuchte, ihre Gedanken zu ordnen.

Nicht zu wissen, wie es ihrem Enkel ging, machte sie schier wahnsinnig. Aber bei der Polizei anzurufen traute sie sich nicht.

Sie hatte gerade noch einmal mit Hans telefoniert, aber der hatte sich herausgeredet. Er sei schließlich nicht mehr aktiv im Dienst, und sie müsse es seinen Kollegen schon hoch anrechnen, dass sie ihm den Vortritt gelassen hätten, um ihr die Todesnachricht zu überbringen. Mehr könne man momentan nicht erwarten. Über das, was Jakob den Kollegen erzählt hatte, wisse auch er nichts. Sie solle sich beruhigen, sicher sei Jakob schnell wieder zu Hause.

Das Telefon klingelte. Schon wieder.

Vorhin war sie rangegangen. Ein Fehler.

Menschen, von denen sie seit Jahren nichts gehört hatte, wollten wissen, wie es ihr gehe. Ob sie helfen könnten. »Sollen wir dir vielleicht einen Topf Suppe bringen, liebe Dora? Oder brauchst du sonst etwas? Möchtest du Gesellschaft?« Eigentlich war denen nur daran gelegen, möglichst viel Neues zu erfahren, so viel war ihr klar. Elisabeth, die heute Gastgeberin beim Lesekreis gewesen war, hatte sich gemeldet. Hatte sich doof gestellt, als wüsste sie von nichts, und gefragt, ob sie noch auf Dora warten sollten. Vielleicht suchten sie sich ja jetzt einen Krimi aus.

Mord und Totschlag für den nächsten Small Talk im Freundeskreis.

Dora bekam es einfach nicht in den Kopf. Michael konnte nicht tot sein. Gestern Abend hatten sie doch noch über die Idee mit dem Haus gesprochen. Jetzt, da sie ihren Sohn endlich wiederhatte, sollte sie ihn gleich wieder verlieren?

Durch die Hand ihres Enkels?

Es war schwierig für sie, das Klingeln des Telefons zu ignorieren, aber schließlich gewöhnte sie sich an das wiederkehrende schrille Geräusch.

Hanjo, was würdest du tun?

Michael konnte sie auch nicht um Rat fragen. Michael.

Bei dem Gedanken an ihren Sohn kamen die Tränen und die Verzweiflung zurück.

Sie rief sich selbst zur Ordnung. Wem half es, wenn sie sich jetzt nicht konzentrierte? Auf das Wesentliche.

Jakob war schließlich noch am Leben.

David. Was war eigentlich mit David? Wieso hatte der sich noch nicht bei ihr gemeldet? Und wieso hatte sie ihn nicht längst gefragt, was er von der ganzen Sache wusste.

Dora nahm einen Schluck von dem kalten, bitteren Kaffee, holte das Telefon aus der Ladestation und setzte sich wieder an den Küchentisch, drückte eine Kurzwahltaste und wartete ab.

Der Anrufbeantworter sprang an.

»David? Hier ist Dora. Ruf mich an.«

David würde wissen, worum es ging. Zwar hatten sie seit Monaten nicht miteinander gesprochen, und daran etwas zu ändern war eigentlich noch nicht ihr Plan gewesen.

Aber jetzt war alles anders.

Jakob. Sie musste mit ihrem Enkel sprechen.

Ob Hans ihr dabei helfen konnte? Oder sollte sie die beiden Beamten von vorhin anrufen? Die Frau war doch sehr nett und verständnisvoll gewesen. Ganz sicher konnte die nachvollziehen, wie schrecklich es für sie war, nicht zu wissen, wie es Jakob ging.

Irgendwohin hatten sie den Jungen doch inzwischen gebracht. Musste er gleich ins Gefängnis? Wie lange dauerte wohl so eine Befragung bei der Polizei? Oder war er schon wieder zu Hause? Immerhin war Jakob noch nicht volljährig, das würden doch auch die bei der Polizei berücksichtigen? Durften sie ihn in eine Zelle sperren? Gab es überhaupt so etwas wie Untersuchungshaft für Kinder?

Denn das war ihr Enkel für sie: ein Kind. Jakob, ihr kleiner lieber Jakob, ganz allein mit irgendwelchen fremden Menschen, die wahrscheinlich alle nicht besonders freundlich zu ihm waren. Womöglich in einer kargen Zelle mit schrecklichem Essen. Dora hatte genügend Fernsehkrimis gesehen, die zeigten, wie Kriminelle in Gefängnissen untergebracht waren, und ihr wurde ganz anders bei dieser Vorstellung: ihr Enkel zwischen lauter Schwerverbrechern.

Dora zuckte zusammen, als das Telefon in ihrer Hand klingelte. Der Nummer nach war es David.

»Ja!«

»Dora, hier ist David.«

Seine Stimme klang fremd. Erkältet. Sicher hatte er geweint. Natürlich. Sein Mann war gestorben. Getötet worden. Von seinem Sohn. Dachte jedenfalls die Polizei.

»Hallo, David.« Dora machte eine Pause. »David, ich kann nicht glauben …«

»Dora, was willst du?«

»Mit dir reden. Die Polizei war hier. Die haben mir nicht viel gesagt, nur dass Michael tot ist und dass sie Jakob verdächtigen, ihn ermordet zu haben. Sie wollten wissen, ob ich mir ein Motiv vorstellen kann, ob die beiden Streit hatten …«

»Dann weißt du ja schon alles.« Die Kälte in Davids Stimme war unüberhörbar.

»David, ich weiß, wir haben uns nicht immer gut verstanden, aber …«

»Nicht gut verstanden?« David schluchzte auf. »Du hast dich komplett verpisst, Dora. Jedes Mal, wenn ein kleines Problem aufgetaucht ist, hast du dich rausgehalten. Als dein Mann, dieser Schwulenhasser, Michael umerziehen wollte, hast du nichts dagegen unternommen. Vielleicht hätte dein Sohn, als er noch gelebt hat, dich mal an seiner Seite gebraucht. Und damit meine ich nicht deine scheinheiligen Einladungen zum Essen oder ins Theater. Michael ging es wirklich schlecht in den vergangenen Monaten. Hat er mit dir darüber gesprochen? Nein? Warum wohl nicht? Warum hat er dir nur seine Sonnenseite gezeigt? Hast du darüber mal nachgedacht? Hast du das, Dora?«

Dora saß einfach nur da. Den Hörer fest ans Ohr gepresst, um ihre zitternden Finger zur Ruhe zu zwingen. Sie wollte antworten, wollte ihm sagen, dass sie sich mit Michael längst ausgesprochen hatte, aber David ließ sie nicht zu Wort kommen.

»Du hast immer die Klappe gehalten, Dora, egal, was um dich herum passiert ist. War ja auch der einfachere Weg. Wieso sollte sich das jetzt ändern?«

»Aber, David. Lass mich doch erklären …«

»Du kannst dir sicher denken, dass ich im Moment andere Probleme habe, als mir deine Erklärungen anzuhören. Ich muss mich um meinen Sohn kümmern. Im Gegensatz zu dir weiß ich nämlich sehr genau, was es heißt, ein Kind zu haben.«

»David …«

»Ruf mich nicht mehr an.« David beendete das Gespräch.

Dora warf das Telefon gegen die Wand und schrie.

Kleine Plastikteile flogen durch die Küche, landeten auf dem Boden, die Batterien kullerten umher.

Da hörte sie Schritte, die sich aus Richtung Garten über den Flur näherten, und die Küchentür wurde geöffnet.

»Mama, sag mal, was ist denn hier los? Weißt du, dass jede Menge Journalisten vor dem Haus herumlungern? Ich bin extra hintenrum gekommen.«

Kirsten schwankte leicht. Ihr heller Burberry-Trench war schief zugeknöpft, der Schal achtlos in eine Tasche gestopft. Unter dem Mantel trug sie einen dunklen Pullover, der nicht recht zum Gesamtbild passen wollte. Rote Wangen, aufgerissene braune Augen, die Spange in ihren langen blonden Haaren hing lose an der Seite des Kopfes. Fassungslos starrte sie Dora an.

Dora starrte zurück. Sagte dann: »Dein Bruder ist tot. Jakob soll ihn erschossen haben.«

Kirsten ging die paar Schritte bis zum Tisch und ließ sich auf einen Stuhl sinken. »Was?« Sie riss die Augen weit auf und griff nach Doras Hand. »Mama, was ist los? Sag mir doch, was du weißt.«

Dora konzentrierte sich wieder auf die Kreise und Schleifen auf der Tischdecke. Sie wusste ja selbst nicht, was geschehen war.

»Mama.« Kirsten nahm auch die andere Hand. »Nun rede doch! Was ist passiert?«

»Wo bist du denn so lange gewesen? Ich habe dich angerufen und auf deine Mailbox gesprochen. Immer wieder habe ich dich angerufen.«

Kirsten zog das Handy umständlich aus ihrer Manteltasche. »Akku leer. Tut mir leid.«

Dora schaute ihrer Tochter in die Augen. Roch jetzt, da sie so nah bei ihr war, die Alkoholfahne. »Hast du getrunken?«

»Nur ein kleines Glas Wein. Ich hab's im Griff, Mama, wirklich. Nun sag schon, was ist los? Was ist mit Micha?«

Dora zog ihre Hände zurück, ließ sich gegen die Lehne der Sitzbank fallen und schloss die Augen.

»Micha ist erschossen worden. Hans war vorhin hier. Er hat mir gesagt, dass seine Kollegen gegen Jakob ermitteln. Die Kripo war auch schon da. Zwei Beamte. Haben gar nicht viel gefragt, wollten mir nur ganz offiziell die Nachricht überbringen. Ob wir Waffen im Haus haben und Jakob Zugriff darauf gehabt habe, wollten sie wissen. Ich konnte denen dazu nichts sagen, wie auch? Ich soll anrufen, wenn mir etwas einfällt. Die wollen dich übrigens auch noch sprechen, du sollst aufs Revier kommen. Die Visitenkarte liegt im Flur auf dem Telefontischchen.«

»Aber Jakob?« Kirsten schüttelte den Kopf. »Wie können die denn so sicher sein, dass Jakob der Täter ist? Ich meine, dass der eigene Sohn den Vater …«

»Genau das habe ich den Beamten auch gesagt. Irgendein Zeuge hat ihn angeblich aus Michaels Büro kommen sehen, kurz danach ist die Leiche entdeckt worden. Es gibt momentan wohl niemand anderen, der als Täter infrage kommt.«

»Aha.«

»Kirsten, was machen wir denn jetzt?« Dora fand selbst, dass sie jämmerlich klang. Fühlte, dass es ihr an Kraft fehlte.

Kirsten erhob sich, zog ihren Mantel aus, legte ihn auf

den Tisch. »Das weiß ich nicht.« Ihr standen Tränen in den Augen. »Ich glaube das nicht, Mama. Michael ist nicht mehr da?«

Dora erinnerte sich, dass Kirsten auf Hanjos Beerdigung das letzte Mal geweint hatte. Danach war sie ihr manchmal vorgekommen wie aus Stein.

Sie stand auf und nahm Kirsten in den Arm. Ignorierte die Alkoholfahne. Als Kirsten ihr sacht mit der Hand über die Wange strich, stieg Dora noch ein anderer unangenehmer Geruch in die Nase. Sie hatte etwas Ähnliches schon einmal gerochen, und diese Erinnerung löste etwas in ihr aus. Irgendetwas in ihrem Hinterkopf klingelte, aber sie bekam den Gedanken nicht zu fassen.

Kirsten seufzte und machte sich los. »Na, dass Michael und sein Sohn nicht immer das beste Verhältnis hatten, das ist ja kein Geheimnis, aber dass Jakob einmal so weit geht, hätte ich nie für möglich gehalten.«

Dora war sich nicht sicher, ob sie Kirsten richtig verstanden hatte. »Was sagst du da?«

»Ich sage nur, dass es zwischen Michael und Jakob nicht immer so wahnsinnig harmonisch zugegangen ist.« Kirsten sah sie an, unsicher, aber in ihrem Blick lag auch etwas, das Dora nicht recht einordnen konnte. »Was Michael und seine ganz speziellen Eigenarten angeht, habe ich ja auch meine Erfahrungen gemacht.«

»Kirsten, du verdächtigst doch nicht etwa Jakob! Und du willst doch jetzt nicht wieder diese alten Geschichten aufwärmen?«

»Was heißt denn ›alte Geschichten‹? Im Grunde hat Michael mich nie richtig leiden können. Es hat ihm nie gepasst, dass Papa und ich uns so gut verstanden haben.«

Kirsten nahm ihren Mantel und lehnte sich gegen den Kühlschrank. »Aber ist ja auch egal. Jetzt ist er nicht mehr da.« Sie kämpfte offenbar wieder mit den Tränen. Biss sich auf die Unterlippe. Ihr Kinn zuckte.

»Wir müssen jetzt zusammenhalten. Jakob braucht uns.«

Kirsten nickte. Öffnete den Mund, blieb dann aber stumm.

Dora stand auf, um die Reste des Telefons aufzusammeln.

Kirsten seufzte. »Was wird denn jetzt aus diesem Haus? Bleiben wir nun doch hier? Ich meine, nach dem, was David gestern angedeutet hat, hattet Michael und du offenbar Pläne …«

Dora warf die eingesammelten Plastikstücke in den Mülleimer. »Hat David dir davon erzählt? Ich wusste gar nicht, dass ihr euch treffen wolltet …«

»Reiner Zufall.«

»Das ist im Moment alles unwichtig. Wir kümmern uns erst mal um deinen Neffen, der braucht uns.«

Kirsten schüttelte den Kopf. »Das wird wohl nicht so einfach werden. David ist ja nun nicht gerade dein bester Freund.« Sie zögerte. »Hast du schon mit ihm gesprochen?«

Dora nickte. »Ja, wenn man das so nennen will.« Sie hielt einen Augenblick inne, sagte dann: »Du hast schon recht, ich habe viele Fehler gemacht, bei Michael und auch bei David. Zu dir war ich auch nicht immer fair. Es tut mir leid.« Sie wandte sich ab und nahm Kehrblech und Schaufel aus dem hohen Küchenschrank. »Vielleicht ist es eine gute Idee, wenn *du* mal mit David sprichst. Wir sind schließlich alle eine Familie.« Dora betrachtete Kirsten, die jetzt richtig weinte. Lautlos, aber dicke Tränen.

»Mama, es wäre so schön gewesen, wenn …« Kirsten

schluchzte, griff nach der Rolle Küchenpapier, riss ein Blatt ab und schnäuzte sich.

Dora war einen Moment lang versucht, ihre Tochter noch einmal in den Arm zu nehmen, aber dann siegte die Gewohnheit, und sie bückte sich, um die Plastikscherben aufzufegen.

Kirsten schluchzte noch einige Augenblicke. Öffnete dann die Kühlschranktür und schlug sie kurz darauf wieder zu. »Ich gehe nach oben.«

»Kirsten, wenn du magst, können wir uns gleich noch ein wenig zusammensetzen, etwas …« trinken, hätte sie beinahe gesagt. Gewohnheiten. Lästig wie Mücken im Hochsommer – und genauso schwierig loszuwerden.

»Schon gut.« Kirsten lächelte traurig. »Ich muss schlafen. Einfach nur schlafen. Und all das verarbeiten. Lass uns morgen weiterreden, ja?«

Dora kippte die Plastikreste in den Müll und verstaute die Gerätschaften wieder im Schrank.

Kirsten hatte sich nicht von der Stelle gerührt, starrte auf eine Stelle an der Wand und schien über irgendetwas zu grübeln.

»Kirsten?«

Als hätte sie vergessen, dass noch jemand im Raum war, zuckte Kirsten zusammen. »Gute Nacht.« Sie gab Dora einen zarten Kuss auf die Wange. Dann fiel die Küchentür ins Schloss.

Dora holte tief Luft und lehnte sich mit geschlossenen Augen gegen den Küchenschrank. Das war alles noch viel schlimmer, als sie gedacht hatte. Nicht einmal Kirsten glaubte an Jakobs Unschuld.

Sie musste mit ihrem Enkel sprechen. Er musste ihr selbst

sagen, was passiert war. Wenn ihn jemand dabei beobachtet hatte, wie er aus Michaels Büro gekommen war, dann hatte Jakob den Täter vielleicht gesehen.

Dora ging noch einmal zum Putzschrank und griff nach der Flasche, die mit »Essig-Essenz« beschriftet war. Sie schraubte den Deckel ab und nahm einen ordentlichen Schluck.

Manchmal war Alkohol eben doch eine Lösung.

David

Erschöpft lagen David und Michael im Bett nebeneinander. Durch die halb geschlossenen Jalousien fiel Sonnenlicht.

David beugte sich zur Seite und griff nach den Champagnergläsern, die auf dem Nachttisch standen. Eins davon reichte er Michael. »Zum Wohl, mein liebster Mann, und auf eine gute Ehe. Das war doch eine wirklich nette kleine Feier.«

»Das ist wahr. Jetzt bin ich froh, dass du deinen Willen durchgesetzt hast.« Michael gab ihm einen Kuss auf die Wange und richtete sich auf. »Eine Feier mit Freunden macht die Sache viel schöner und gewichtiger als der schnöde Papierkram. Wie das schon klingt: eingetragene Lebenspartnerschaft oder Verpartnerung.« Er trank einen Schluck und ließ sich wieder in die weichen Kissen sinken. »Bekommen wir das hin?«

»Was genau meinst du?« David hatte sein Glas in einem Zug geleert und machte nun Anstalten, das Bett zu verlassen. »Ich hole uns eben Nachschub. Merk dir, was du sagen wolltest.«

Er flitzte nackt in die Küche und entnahm dem Kühlschrank eine weitere Flasche eisgekühlten Champagner.

»Entschuldige die Unterbrechung. Was meinst du denn damit, ob wir das hinbekommen?« David stellte die Flasche auf den Nachttisch und pulte die goldene Folie über dem Korken ab. »Unsere Ehe? Na, hör mal, das haben doch schon ganz andere hinbekommen. Deine Eltern zum Beispiel.«

Ein säuerliches Grinsen als Antwort. »Gut, dass du mich daran erinnerst.« Michael setzte sich auf. »Aber ich meine es ernst. Bremen ist nicht Berlin. In meinem Berufsstand geht es konservativer zu als in anderen. Nicht jeder Mandant ist damit einverstanden, dass sein Anwalt mit einem Mann zusammenlebt. Hältst du das aus, wenn es Stress gibt?«

»Die Frage ist wohl eher, wie viel du einstecken kannst, mein Schatz.« Mit einem satten Plopp kam der Korken aus dem Flaschenhals, und David fing den Schaum mit seinem Glas auf. »Du siehst doch, was für Kommentare es gibt, wenn du pro bono einer Lesbe oder einem Schwulen dabei hilfst, seinen Job zu behalten. Denk mal an die Briefe, die du bekommen hast nach dieser Sache mit der Lehrerin, deren Beförderung zur Schulleiterin rückgängig gemacht werden sollte, nachdem sie sich geoutet hat. Andererseits hast du schon recht viel Übung im Einstecken.«

»Du meinst meinen Vater?«

»Natürlich meine ich deinen Vater. Es gibt kaum jemanden, der, wenn es um Schwule geht, verbohrter ist als dein alter Herr. Man sollte meinen, der ist mindestens hundert.«

David stieg ins Bett zurück und zog die überbreite Bettdecke über seine Beine. »Allem voran die Tatsache, dass er deine Mutter dafür verantwortlich macht, dass du schwul bist, weil sie angeblich zu sanft zu dir als Kind war. Wenn es nicht so bescheuert wäre, müsste man sich darüber totlachen. Bevor ich ihn kennengelernt habe, wusste ich nicht, dass es noch Men-

schen gibt, die an so einen Schwachsinn wie ›schwul durch Erziehung‹ glauben.«

»Ja, in deiner bunten Glamourwelt ist es fast schon peinlich, wenn man nicht auf Männer steht. Regisseure, Schauspieler, Journalisten, Künstler, die sich die Freiheit nehmen, so zu leben, wie es ihnen Spaß macht. In meinem Job ist das etwas anders, und für meinen Vater ist das eben alles nicht so einfach …«

»Micha, du musst endlich aufhören, deinen Vater zu verteidigen. Er hat sich dir gegenüber unmöglich benommen und es nicht einmal für nötig befunden, sich bei dir zu entschuldigen. Von deiner Mutter hättest du auch etwas mehr Unterstützung erwarten dürfen, finde ich.« Er grinste. »Sei froh, dass wir uns getroffen haben und dass du durch mich jetzt einen Freundeskreis hast, in dem es ganz selbstverständlich und sogar toll ist, mit einem Mann zusammenzuleben.« David wurde wieder ernst. »Wenn dein Vater morgen tot wäre: Würde es dir leidtun, dass du den Kontakt abgebrochen hast?«

Michael schüttelte den Kopf, rutschte unter die Decke, sehr nah an seinen Mann heran, und legte seinen Kopf an dessen Hals. »Ich hätte mir aber gewünscht, dass meine Mutter heute dabei gewesen wäre. Auch wenn es nur ein symbolischer Akt war, ein Versprechen, gemeinsam zu leben und sich umeinander zu kümmern. Das auch amtlich zu machen ist doch eine große Entscheidung und ein offizieller Schritt. Im Grunde leidet auch sie unter meinem Vater. Sie würde es nur nie im Leben zugeben.«

»Immerhin hat sie uns ein Geschenk geschickt. Und deine Schwester hat sich blicken lassen. Gut, nur für ein Glas Champagner, aber sie war da.« David richtete sich auf, wandte sich Michael zu und stützte sich auf den Ellenbogen. »Du kannst

deine Mutter ja jederzeit anrufen. Geh mit ihr einen Kaffee trinken oder shoppen. Sag ihr, dass du sie vermisst.«

»Meine Mutter wird immer das tun, was mein Vater sagt. Hanjo gibt den Weg vor, und Dora geht ihn entlang.« Er drückte David einen Kuss auf die Nasenspitze.

»Aber du kannst dich doch einfach mit ihr alleine treffen. Hier bei uns zum Beispiel.«

»Wir machen das auf jeden Fall besser, wenn unser Kind da ist, ja?«

»Natürlich.« Davids Hand wanderte zu Michaels Gesicht, seiner Schulter und tiefer. »Wenn ich könnte, dann würde ich dir dieses wunderbare Kind sogar selber machen.«

Dora

Dora drückte noch einmal auf den Klingelknopf. Wenn sie auf der Straße einen Schritt zurücktrat, konnte sie Licht im Fenster der Dachgeschosswohnung sehen, also musste jemand zu Hause sein.

Hans hatte sie gestern noch einmal angerufen, als Kirsten gerade in ihr Zimmer verschwunden war, und ihr gesagt, dass man ihren Enkel nicht in Untersuchungshaft genommen habe. Vorerst nicht. »Das wird auch erst mal nicht passieren, das ist bei Minderjährigen nicht so einfach, Dora. Jakob hat sich noch nie etwas zuschulden kommen lassen, er hat ein Zuhause und einen Vater, der sich um ihn kümmert. U-Haft ist wirklich das letzte Mittel. Außerdem gibt es bisher lediglich Indizien.«

David so spät noch einmal anzurufen hatte Dora sich nicht getraut. Sie wollte ihm gegenüberstehen, wenn sie mit ihm sprach, nicht riskieren, dass er einfach wieder auflegte. Deshalb war sie heute so früh hergekommen. An Schlaf war ohnehin nicht zu denken gewesen.

Sie setzte auf den Überraschungseffekt. Auch wenn der nach nunmehr einem Dutzend Klingelversuchen inzwischen dahin war. Als sie gerade nach ihrem Handy tastete, um Jakob zu sagen, dass sie vor der Tür stand, rauschte es in der Gegensprechanlage. »Hallo?«

»David, ich bin es, Dora. Ich möchte mit meinem Enkel sprechen.«

»Dreimal die fünf und einmal die Null ist der Code für den Aufzug.«

Der Summer ertönte, und Dora drückte die schwere Glastür auf. Im Hausflur roch es nach synthetischer Orange. Wie immer war der schwarze Marmorboden blank geputzt, auf den großen Blättern der Grünpflanzen in den dunkelgrauen Kübeln lag kein einziges Staubkorn, und der Fahrstuhl öffnete sich beinahe geräuschlos.

Dora drückte die Nummernkombination, die David ihr genannt hatte, und stieg im fünften Stock direkt gegenüber der Wohnung aus der kleinen Kabine.

Die Tür war nur angelehnt, und Dora putzte sich auf der Matte die Schuhe ab, bevor sie die Wohnung betrat.

»Hallo?«

Links an der Wand eine Garderobe, rechts Bilder eines Künstlers, der nach Doras Meinung dringend auf seinen Geisteszustand untersucht werden musste. Grau und Schwarz und grelles Grün in einem formlosen Muster. Sie zog die Schuhe aus, stellte sie unter die aufgehängten Jacken.

»Dora! Du musst deinen Mantel gar nicht ausziehen, so lange wirst du nicht bleiben.«

David sah schlecht aus. Bleich und mit tiefen Schatten unter den Augen kam er auf sie zu. »Ich wollte nur nicht, dass durch die Anlage alle auf der Straße unserem Gespräch zuhören.«

»David, nun sei doch nicht so.« Dora trat einen Schritt auf David zu. »Nicht nur du hast Michael geliebt.«

Er verschränkte die Arme vor der Brust, klassische Abwehrhaltung.

»Ich weiß, das ist jetzt schwierig, aber wir sind eine Familie. Du und Jakob und ich. Wir sollten zusammenhalten, uns das Leben nicht noch zusätzlich dadurch schwer machen, dass wir uns aus dem Weg gehen, meinst du nicht?«

»Was willst du, Dora?« Davids Stimme klang schon sanfter, er löste die starre Armhaltung und steckte die Hände in die Taschen seiner ausgebeulten Jogginghose.

»Was ist mit Jakob?«

»Der hat sich in seinem Zimmer eingeschlossen, seit er von der Polizei wieder da ist. Vielleicht schläft er noch, ich weiß es nicht.«

»Was sagt er?«

»Nichts.«

»David, er muss doch irgendetwas gesagt haben. Wie viele Stunden war er denn bei der Polizei? Was wollten die von ihm, und was haben sie ihm gesagt, wie es jetzt weitergeht? Und wer ist sein Anwalt? Wenn du willst, kann ich ein wenig telefonieren und …«

David trat einen Schritt auf sie zu. Sie roch Schweiß und den Rest eines schweren Aftershaves. Ein Kleidungsstück wie dieses ausgebeulte Ding hätte Dora niemals in seinem Kleiderschrank vermutet. Bartschatten auf den Wangen, für die übliche Portion Gel in den Haaren hatte die Zeit offenbar noch nicht gereicht. Fast schon tat David ihr leid. Aber nur für den Bruchteil einer Sekunde.

»Familie, ja? Dora, du hast dich doch nie wirklich dafür interessiert, wie es uns geht. Aber jetzt, da dein Sohn gestorben ist, merkst du plötzlich, dass du vielleicht bald sehr einsam sein wirst, und deshalb tauchst du hier auf. Machst einen auf liebe Oma.«

»David …«

Er hob die Hand, als wollte er abwehren, was Dora zu erklären versuchte: dass sie die Familie vermisst hatte in den vergangenen Jahren, dass sie sich oft gewünscht hatte, die Chance zu bekommen, Fehler der Vergangenheit wiedergutzumachen.

»Wahrscheinlich hat Michael es dir gesagt: Ich war mit den Plänen, zusammen mit dir ein Haus zu kaufen, nicht einverstanden. Gar nicht. Daraus wäre ganz sicher nichts geworden.«

Dora versenkte die Hände in den Manteltaschen. Sie hatte Mühe, Davids Blick standzuhalten, spürte selbst, wie das versuchte Lächeln zur Grimasse wurde. »Ich weiß, wir hatten unsere Differenzen, David. Aber Jakob ist mein Enkelsohn, und ich habe das Recht, mit ihm zu sprechen. Das wirst du mir ja wohl nicht verwehren wollen.«

David trat einen Schritt zur Seite und machte eine einladende Geste in Richtung von Jakobs Zimmer. »Bitte schön. Versuch dein Glück. Vielleicht spricht Jakob ja mit dir darüber, was in ihm vorgeht. Er weint nicht, er schreit nicht, ich habe keine Ahnung, ob er überhaupt begriffen hat, was er da getan hat.«

»Du glaubst doch nicht ernsthaft, dass Jakob Michael erschossen hat?«

»Was soll ich denn sonst glauben? Er war derjenige, der in der Kanzlei war, er kann schießen, und auch wenn die Waffe verschwunden ist und niemand weiß, ob es eine von Michaels Pistolen war, ist es für ihn jederzeit möglich, bei seinen Jagdkumpels an eine heranzukommen.«

»Aber Jakob würde doch seinem eigenen Vater nichts antun.«

»Dora, du hast wirklich keine Ahnung, was hier los war in den vergangenen Monaten.« David schüttelte den Kopf und seufzte. »Selbst für mich war es oftmals schwierig, an Jakob heranzukommen. Der hat ja kaum noch etwas erzählt von sich und von der Schule und seinen Freunden.«

»Das nennt man Pubertät, David.«

»Ach, na, du musst es ja wissen. Hast deine eigenen Kinder auch so gut gekannt, nicht wahr, liebe Dora?« Ein gehässiges Lächeln breitete sich auf Davids Gesicht aus. »Wie war das noch mit Hanjos ganz speziellem Hobby? Und überhaupt mit der ehrenwerten Familie Ahlendorf, von allen so bewundert und immer gern gesehene Gäste, von der Schaffermahlzeit bis zum Neujahrsempfang beim Bürgermeister …«

»Was weißt du denn schon über unsere Familie?« Dora schüttelte den Kopf und wandte sich von David ab.

Sie ging den schmalen hellen Flur entlang bis zur letzten Tür und klopfte an. Einmal, zweimal.

Keine Reaktion.

Dora griff nach der Klinke und wollte die Tür öffnen.

Abgeschlossen.

»Jakob, ich bin es, deine Oma. Mach doch bitte die Tür auf. Ich möchte nur mit dir sprechen.«

Nichts.

Dora kämpfte mit den Tränen. Warum hatte sie sich das angetan? Sich dieser unwürdigen und unglaublichen Situation auszusetzen? Warum konnte nach all den Dingen, die sie in der letzten Zeit hinter sich gelassen hatte, nicht endlich Ruhe einkehren? War es nicht Zeit für ein bisschen Gerechtigkeit, ein klein wenig Frieden? Sie verlangte doch nichts Unmögliches.

Dora lehnte sich gegen die Tür. Da hörte sie, wie der Schlüssel herumgedreht wurde. Vorsichtig drückte sie die Klinke hinunter und schob die Tür auf. »Jakob?«

Ihr Enkel hatte sich wieder ins Bett verkrochen, die Bettdecke bis über den Kopf hochgezogen und sich zur Wand gedreht. Seine ausgetretenen Turnschuhe und einige Kleidungsstücke lagen im Zimmer verstreut. Das Rollo war heruntergelassen, im Raum herrschte eine Art Dämmerlicht.

Es roch nach altem Apfel, der vermutlich im Papierkorb vor sich hin rottete, und ein klein wenig nach Schweißfüßen.

Dora zog den Stuhl vom Schreibtisch nah ans Bett heran.

»Jakob, sprich doch mit mir. Bitte. Erzähl mir, was passiert ist. Was haben die Polizisten gesagt?«

Jakob rührte sich nicht.

Dora schloss die Augen und seufzte. Erinnerte sich an den kleinen Jakob. Den Jungen, mit dem sie Nachmittage lang gepuzzelt hatte, dem sie gezeigt hatte, wie man einen Marmorkuchen backt und wie man einen Knopf wieder annäht. Dieser Junge war plötzlich verschwunden.

»Sag mir doch, was du gestern gemacht hast. Warst du bei deinem Papa im Büro?«

Sie saß in einem Zimmer mit einem fast schon jungen Mann, dessen Leben sich von einem Tag auf den anderen in einen Albtraum verwandelt hatte. Wenn es für sie selbst schon schwer zu fassen war, wie sich innerhalb weniger Stunden alles verändert hatte, wie musste sich das erst für Jakob anfühlen?

Sie öffnete die Augen, stand vom Stuhl auf und setzte sich auf die Bettkante. »Jakob?« Vorsichtig legte sie eine Hand auf den Hügel der Bettdecke, unter dem sie die Schultern vermutete. »Warum vergräbst du dich denn hier? Aus dem Alter, in dem man glaubt, dass man sich nur verstecken muss, und alles klärt sich von selbst, bist du doch raus, oder?«

Die Decke unter ihren Händen zuckte. Dora hörte unterdrücktes Schluchzen. Es zerriss ihr fast das Herz, und sie kämpfte selber mit den Tränen.

»Jakob, mein Herz. Schau mich an. Rede mit mir. Erzähl mir doch einfach, was passiert ist. Du weißt, ich kenne viele Leute, Freunde von Opa, die uns helfen können. Wir finden einen Weg, das verspreche ich dir. Dir wird nichts passieren.«

Aus dem Schluchzen wurde ein Seufzen, schließlich tiefes Atmen.

Dora streichelte sanft mit der Hand über die Decke, bis das Atmen regelmäßig geworden war. Dann stand sie auf und befreite Jakobs Gesicht von den Daunen.

Blass war er. Dunkle Ringe unter den Augen, die schon beinahe blau aussahen. Sie erkannte Michael wieder in seinen Gesichtszügen.

Und Hanjo.

Aber sie sah auch immer noch den kleinen Jungen, den sie auf den Armen geschaukelt und getröstet hatte, als er erst wenige Tage alt gewesen war. Sie sah einen Vertrauten, einen Geheimnisträger, einen Freund.

Und einen Unbekannten.

David fing Dora ab, als sie aus Jakobs Zimmer trat. »Hat er dir etwas erzählt?«

»Was meinst du?«

»Ich will wissen, ob mein Sohn mit dir gesprochen hat. Ob er dir gesagt hat, was gestern gewesen ist.« Wieder hatte

David die Arme vor der Brust verschränkt und starrte sie an wie ein Hypnotiseur.

Dora schlüpfte in ihre Schuhe und beugte sich hinunter, um die Schnürbänder zu binden, auch um Davids Blick auszuweichen. »Jakob schläft.«

David griff nach ihrer Hand, umfasste ihr Handgelenk so fest, dass es schmerzte.

Sie riss sich los. »Was soll das? Du tust mir weh!«

»Du musst mir erzählen, was er gesagt hat.«

Dora hielt sich das schmerzende Handgelenk. »Jakob hat gar nichts gesagt. Wahrscheinlich braucht er einen Psychologen oder zumindest einen Arzt. Kein Wunder, dass es ihm schlecht geht, nach allem, was er durchgemacht hat mit der Polizei und so. Das muss einen jungen Menschen ja völlig aus der Bahn werfen. Ich kann Doktor Hartwig schicken, der kann ihm etwas zur Beruhigung verschreiben.«

»Ha.« David verzog das Gesicht zu einem verächtlichen Grinsen. »Dafür ist es jetzt wohl ein klein wenig zu spät.«

»Was meinst du damit?«

»Jakob hätte sich beruhigen müssen, bevor er Michael erschossen hat.«

Dora fröstelte, und sie schlug den Kragen ihres Mantels hoch. »Wie kannst du nur so etwas sagen. Über deinen eigenen Sohn.«

»Mein eigener Sohn ist nicht mein leibliches Kind, wie du weißt. Mir ist klar, dass ihr mitunter nette Nachmittage zusammen verbracht habt, du und Jakob. Aber wenn du dich in den vergangenen Monaten ein bisschen mehr darum gekümmert hättest, wie es uns hier als Familie geht, dann wärst du inzwischen vielleicht zu der Überzeugung gelangt, dass dein Enkel von dem Bild eines Heiligen, das du dir so lange von ihm gemacht hast, ein ganzes Stück weit entfernt ist.« David schniefte und wischte sich mit dem Ärmel seines Kapuzenpullovers über die Augen. »Das Leben hier war manchmal die Hölle. Vor allem für mich. Michael hat doch nur wieder Kontakt zu dir aufgenommen, weil er hoffte, du hättest vielleicht einen positiven Einfluss auf Jakob. Was eigentlich erstaunlich ist, denn dass du eine gute Mutter gewesen bist, kann man nun wirklich nicht behaupten.« Wieder wischte er sich über die Augen, starrte ins Leere. »Ich hab schon mit der Kollegin gesprochen, die bei uns in der Redaktion die Erziehungsthemen macht, aber die konnte mir auch nicht helfen.«

»Wobei denn?«

»Die Pubertät ist das eine, aber darauf, was aus einem niedlichen kleinen Jungen werden kann, bereitet einen niemand vor. Da kann man noch so viele Bücher lesen und Dokumentationen im Fernsehen angucken – wenn es einen dann selber betrifft, ist man wie vor den Kopf gestoßen. Das ist wie bei Jekyll und Hyde. Am einen Tag gibt er dir einen Kuss, wenn er morgens in die Schule geht, und am anderen …« David schniefte. »Ich hab ihn so lieb, aber in letzter Zeit … Mann, ich weiß gar nicht, wie es jetzt weitergehen soll. Was mache ich denn nur ohne Michael?«

Dora drängte David zur Seite. »Ich muss gehen. Und damit das klar ist: Ich werde unseren Anwalt anrufen. Mir ist egal, was du für ein Problem mit deinem Sohn hast, das klärst du bitte schön ganz allein. Aber ich werde verhindern, dass er für etwas bestraft wird, das er nicht getan hat.«

Damit stürmte sie an ihm vorbei aus der Wohnung. Die Tür hinter ihr fiel lauter ins Schloss, als sie beabsichtigt hatte.

Dora

David konnte seinen Blick nicht losreißen von dem kleinen Wesen. Auch Dora fand, dass ihr Enkelsohn ein besonders zauberhaftes Baby war, aber sie hatte Angst, dass die beiden Männer sich mit diesem Schritt übernommen hatten.

Was das alles gekostet hatte, wollte sie lieber gar nicht wissen. Michael hatte sich hinsichtlich der Summe vage ausgedrückt, sie aber damit beruhigt, dass er schließlich sehr gut verdiene. Außerdem sei es im Moment die einzige Möglichkeit, mit David eine richtige Familie zu gründen.

Erst gestern waren ihr Sohn und David mit dem Jungen aus Amerika zurückgekommen. Wie das mit dieser Leihmutter gelaufen war, hatte Michael ihr zwar erklärt, aber sie hatte es gleich wieder vergessen. Eizellenspende, Befruchtungsklinik, Adoption – wie unglaublich aufwendig und kompliziert. Noch dazu nicht ganz legal in Deutschland. Aber Michael kannte sich aus, er hatte sich seit Jahren mit diesem Thema beschäftigt und schließlich einen Weg für sich und David gefunden. Für Dora zählte, dass ihr Sohn sie zum ersten Mal seit Jahren wieder von sich aus angerufen hatte, um ihr zu erzählen, dass sie Großmutter geworden sei.

Zum ersten Mal seit diesem unsäglichen Streit, nach dem Michael förmlich aus dem Haus geflohen war, trafen sie sich wieder. Er hatte sie zu sich nach Hause eingeladen, und das zu einem Anlass, der sie beide glücklich machte.

Letztendlich war doch nur wichtig, dass dieser kleine Junge hier sein Sohn war. Sein eigener und echter Sohn und ihr eigener und echter Enkelsohn. Eine Erstausstattung hatte sie für ihn gekauft. Hellblaue Strampler und winzige Söckchen und eine Rassel mit kleinen Häschen.

»Sei schön vorsichtig, ja?« David legte ihr das kleine Wesen in die Arme und ging in die Küche.

Dora schaute in die strahlend blauen Augen des Kleinen. Jakob war erst wenige Tage alt, auf seiner Stirn zeichnete sich ein roter Streifen ab, ein »Storchenbiss«, wie ihn auch Michael kurz nach der Geburt gehabt hatte. Er ballte die kleinen Finger zu Fäustchen und verzog das Gesicht. Von einer Sekunde auf die andere fing er an zu brüllen. Dora hatte vollkommen vergessen, wie laut so ein Baby schreien konnte.

David kam aus der Küche angerannt, in der Hand ein Fläschchen. »Ist ja gut, mein Engel, Daddy ist hier. Schschsch …« Er nahm ihr den Jungen aus den Armen und setzte sich in einen Schaukelstuhl ihr gegenüber, um ihn zu füttern. Die beiden bildeten eine Einheit, die sie so nicht erwartet hatte.

»Wann kommt Michael nach Hause?«

David stoppte sein sanftes Schaukeln und schaute kurz auf. »Was?«

»Wann Michael nach Hause kommt.«

»Ach so, ich weiß es nicht genau.« David schaukelte weiter und summte dem Kleinen ein Lied vor.

Sie versuchte, ihn aus der Reserve zu locken. »Sag mal, was ist jetzt mit der Mutter?«

Das Schaukeln stoppte. »Mit welcher Mutter?«

»Mit der, die euren Sohn ausgetragen hat.«

»Was soll mit der sein?«

»Habt ihr noch Kontakt zu der Frau? Kommt die euch mal besuchen, oder wird Jakob auch Zeit bei ihr in Amerika verbringen?«

»Nein.« Er legte sich das Kind an die Schulter und klopfte sanft seinen Rücken. »Schau mal, Dora, ich weiß, dass das alles ganz neu für dich ist und ungewohnt, also, dass zwei Männer ein Baby haben. Mir ist auch klar, dass du dir Sorgen machst, aber das musst du nicht. Es ist alles geregelt und rechtlich einwandfrei, dafür hat Michael gesorgt. Wir kommen klar.«

»Aber …«

»Michael will durchaus, dass du deine Rolle als Oma spielst. Für den Kleinen ist das sicher schön, weil meine Eltern, wie du weißt, gar nicht mehr mit mir sprechen. Trotzdem musst du nicht jeden Tag herkommen, oder?«

Jakob hatte wieder begonnen zu weinen, aber weniger laut. Eher verzweifelt hörte es sich für Dora an.

»Hat er denn schon sein Bäuerchen gemacht? Vielleicht hat er Bauchweh. Die lange Reise, das kann so ein kleiner Wurm nicht einfach so wegstecken. Und der Jetlag, ich kann mir vorstellen, dass das diesen winzigen Organismus ganz schön durcheinanderbringt.«

David stand auf und klopfte Jakob weiterhin sanft auf den Rücken, während er auf und ab ging. »Dora, wir kriegen das hin. Danke, dass du da warst, und danke für die schönen Sachen für Jakob.«

Er warf sie aus der Wohnung. Kaum zu fassen. Sie war gerade erst Oma geworden, nun sollte sie schon wieder gehen?

Dora zwang sich zu einem Lächeln und gab Jakob einen Kuss auf den weichen Flaum auf seinem Kopf. Er roch so wunderbar, am liebsten hätte sie sich mit ihm in ein Bett gekuschelt und ihn einfach nur angesehen.

David ging voran, als könnte er es gar nicht abwarten, wieder allein zu sein mit seinem Sohn. »Nochmals danke.« Er öffnete die Tür, und Dora griff nach ihrem Mantel.

»Gern geschehen.«

Sie hatte nicht einmal Zeit, einen Gruß an Michael auszurichten, weil die Tür hinter ihr schon wieder geschlossen war.

Dora

Dora war nach wenigen Metern rechts an den Straßenrand gefahren. Vor Tränen war sie nahezu blind. Sie nahm die Brille ab, suchte im Handschuhfach nach einer Packung Taschentücher und ließ die Tränen laufen.

Es war immer noch dunkel, sie war allein, und sie fühlte sich hundeelend. Sie schnäuzte sich geräuschvoll und sah in den Rückspiegel: die Wimperntusche verlaufen, rote Flecken auf den Wangen, die Frisur nur noch eine Ansammlung von Haaren. Der schwarze Rollkragenpullover trug auch nicht gerade zu einer freundlichen Gesamtoptik bei.

Wenn Hanjo sie so sähe. Der würde sie sofort ins Bett schicken. Nicht etwa, damit sie sich erholte, sondern damit sie in diesem Zustand niemandem unter die Augen kam.

Hatte auch gedauert, bis sie das begriffen hatte.

Dora starrte auf das Taschentuch in ihrer Hand. Weiß und unschuldig. Gerade erst aus der Packung und fast schon wieder im Müll. Ein kurzes, elendes Leben. Und dennoch: Sie würde sofort mit diesem Zellstoffklumpen tauschen.

Ihr Mann war tot.

Der Sohn war tot.

Die Tochter eine einzige alkoholkranke Unzuverlässigkeit. Die nur bei ihr blieb, weil es so schön bequem war. Und wenig kostete.

Der Enkel des Mordes verdächtig.

Der Schwiegersohn hasste sie.

Ihre Freunde würden sich von ihr abwenden.

Was blieb ihr da noch?

Als die Tränen wiederkommen wollten, öffnete Dora das Fenster auf der Beifahrerseite. Sie warf das Papiertaschentuch hinaus und kam sich verwegen vor. Die kühle Luft tat ihr gut.

Schluss mit dem Selbstmitleid.

Jakob brauchte sie schließlich. Wen hatte er denn außer ihr?

David war ein Verlierer. Schon immer gewesen. Eigentlich hatte sie ihn schon nicht leiden können, als Michael ihn vor vielen Jahren mit nach Hause gebracht hatte. Sie versuchte sich daran zu erinnern, wann ihr Schwiegersohn jemals etwas für die Familie getan hatte. Natürlich hatte sie Michael zuliebe versucht, nett zu David zu sein. Immer wieder war sie auf ihn zugegangen, hatte ihn eingeladen, mitzukommen in Restaurants oder ins Theater. Er dagegen vermied den Kontakt, so gut er konnte. Ihre gute Beziehung zu Jakob passte ihm auch nicht. Aber seit ihr Enkel alt genug war, selbst zu bestimmen, mit wem er seine freie Zeit verbrachte, konnte David nur noch wenig Einfluss darauf nehmen, wie oft sie sich trafen.

Als Hanjo gestorben war, hatte ihr Sohn sich wieder intensiver um sie bemüht. Ständig war er bei ihr zu Hause aufgetaucht und hatte Kuchen mitgebracht oder sie zu einem Spaziergang abgeholt. Obwohl er beruflich stark eingebunden war und sein Ehrenamt viel Freizeit in Anspruch nahm.

Da war es doch selbstverständlich, dass sie zumindest den Anschein erweckte, als wäre ihr David nicht egal.

Seit sie wieder Kontakt zu Michael hatte, hörte sie Geschichten über David. Über Reisen nach Hamburg, Berlin und Köln und sogar ins Ausland. Dienstlich. Interviews für sein widerliches Schmierblatt habe er machen müssen.

Das mit den häufigen Dienstreisen hatte Dora noch nie geglaubt. Sie kannte die Anzeichen, wenn jemand seinen Partner betrog. Und oft war der Betrogene so verliebt oder so beschäftigt, dass er gar nicht mitbekam, wie offensichtlich das für andere war. Damit hatte sie eigene Erfahrungen. Anders als Michael sich das vielleicht vorstellen konnte. Sich hätte vorstellen können, verbesserte sie sich.

Sicher, David hatte vorhin kaputt ausgesehen. Traurig und müde. Aber wahrscheinlich nur deshalb, weil er nicht wusste, wie er nun mit seinem Sohn umgehen sollte. Das hatte er ja noch nie gekonnt. Ganz egal, ob es um die Farbe des Fahrrads ging oder um das Füllen der Brotbox für den Schulausflug, immer hatte David sich bei Michael vergewissern müssen, dass seine Entscheidung die richtige war.

Sie wagte gar nicht, sich vorzustellen, was ohne Michaels Einfluss aus Jakob geworden wäre.

Jakob.

Sie musste schnell etwas für ihn tun, bevor diese verdammten Kripoleute doch noch auf die Idee kamen, ihn wegzusperren. Das würde sie verhindern.

Spring über deinen Schatten, Dora, ermutigte sie sich selbst, darin hast du inzwischen Erfahrung, also gib dir einen Ruck.

Sie hatte schon gestern daran gedacht, den Gedanken aber weggeschoben. Aus verschiedenen Gründen.

Dora setzte die Brille wieder auf, fischte ihr Telefon aus der Handtasche und drückte auf das Symbol für die Kontakte. Als sie die Nummer von Wolfgang fand, zögerte sie einen Moment. Vielleicht hatte er gar keinen Empfang da draußen, wo er jetzt wohnte. Die Festnetznummer konnte sowieso nicht mehr stimmen. Dora entschied sich um, tippte eine kurze Nachricht in das Telefon und schickte sie ab. Dann warf sie das Handy auf den Beifahrersitz, holte tief Luft und startete den Wagen.

Sie bog gerade auf die Auffahrt ihres Hauses ein, als das Telefon klingelte. Dora stellte den Wagen vor dem Garagentor ab und griff nach dem Gerät.

»Wolfgang! Du bist schon wach?«

»Welch seltene Gelegenheit, von dir zu hören, liebe Dora! Eine echte Überraschung, denn wann haben wir uns das letzte Mal gesehen? Und so verzweifelt wie in dieser Nachricht hast du ehrlich gesagt noch nie geklungen. Ich dachte, es ist vielleicht dringend, und ich schlafe selten lang.«

»Kannst du zu mir kommen? Ich müsste in Ruhe mit dir sprechen … und unter vier Augen.« Dora hörte ihr Blut in den Ohren rauschen. Ihr Herz raste.

»So dringend ist es.«

»Also, wenn es nicht passt, dann verstehe ich das. Du hast wahrscheinlich genug zu tun und wohnst auch nicht mehr um die Ecke …«

»Macht deine Haushälterin noch diese sagenhaften Scones?«

»Betty arbeitet schon lange nicht mehr für mich. Die war ja noch älter als Hanjo, ich bitte dich.«

»Dann bringe ich Brötchen mit, und wir frühstücken. Passt es dir gegen zehn?«

»Morgen? Also besser gesagt: heute?«

»Natürlich, meine Beste, und sei nicht wieder so geizig mit dem Kaffeepulver.«

Wolfgang legte auf, noch bevor sie etwas entgegnen konnte. Sie versuchte, sich zu beruhigen.

Alles würde gut werden.

Wolfgang würde kommen. Heute schon.

Mit Wolfgang an ihrer Seite war es auf jeden Fall einfacher, mit dieser Situation irgendwie klarzukommen. Wenn der nicht weiterwusste, dann kannte er ganz sicher noch andere alte Freunde von Hanjo, die irgendetwas tun konnten, um Jakob zu helfen.

* * *

Dora saß mit einem dicken Kissen im Rücken auf ihrem Bett und sah der Morgendämmerung bei ihrer Arbeit zu. In ihrem Kopf fuhren die Gedanken Karussell. Sie fragte sich, wie es ihrem Enkel gerade ging. Hatte David inzwischen mit ihm gesprochen? Würde Jakob vielleicht mit einem Psychologen reden? Kümmerte sich die Polizei um so etwas?

Hatte David Michael noch einmal gesehen? Oder wollte der das gar nicht?

Nach ausreichend Schlaf würde sich Jakob sicher besser fühlen, und alles würde sich aufklären, wenn er endlich erzählte, was wirklich passiert war.

Die Polizei, was würde die als Nächstes machen?

Es gab so vieles zu erledigen, sie musste Anrufe tätigen, eine Liste erstellen mit Kontakten, die nützlich sein konnten … Aber Dora fühlte sich zu schwach, um jetzt damit zu beginnen.

Was war eigentlich mit der Bestattung? Das konnte sie auf keinen Fall David überlassen. Irgendwo mussten noch die Unterlagen von dem Institut sein, das sich nach Hanjos Tod um alles gekümmert hatte.

Es klopfte an ihrer Schlafzimmertür.

»Ja bitte?«

Kirsten schob die Tür auf, in den Händen trug sie ein Tablett. »Guten Morgen. Ich hab dir Frühstück gemacht. Bist du schon lange wach?«

»Eine Weile.« Dora beschloss, Kirsten nichts von ihrem Besuch bei David und Jakob zu erzählen. »Danke, aber ich bin nicht hungrig.«

»Mir war schon klar, dass du so etwas sagen würdest, aber du musst etwas essen, Mami. Niemandem ist damit geholfen, wenn du jetzt krank wirst. Du wirst deine Kraft noch brauchen.« Kirsten stellte das Tablett auf Doras Beinen ab und griff nach der Thermoskanne. »Trink doch erst einmal eine Tasse Kaffee. Der Hunger kommt dann von ganz alleine.« Sie schenkte sich ebenfalls eine Tasse ein und setzte sich damit in den kleinen Sessel am Fenster.

»Wolfgang kommt nachher.«

»*Der* Wolfgang?« Kirsten grinste sie über ihre Tasse hinweg an.

»Wie meinst du das denn jetzt wieder?«

»Na ja, wenn es *der* Wolfgang ist, an den ich denke, dann …«

»Ich kenne nur einen Wolfgang. Er war ein sehr guter Freund deines Vaters und hat versprochen, mir zu helfen.«

»Wobei?«

Dora griff nach dem Tablett und stellte es neben sich auf die unbenutzte Seite des Doppelbetts. Dann schlug sie die

Bettdecke zurück, schwang sich aus dem Bett und tastete nach ihren Hausschuhen. »Was ist eigentlich los mit dir? Wie kannst du hier in aller Seelenruhe sitzen und eine dermaßen dumme Frage stellen, während dein Neffe vielleicht kein Auge zugetan hat, aus lauter Angst vor dem, was auf ihn zukommt. Und dein Bruder ist tot. Tot!«

Kirsten stellte die Tasse so heftig auf dem kleinen Tischchen ab, dass der Kaffee überschwappte. »Mama, misch dich nicht in die Arbeit der Polizei ein. Falls, und ich sage nur, *falls* Jakob Michael umgebracht hat, dann wird er einen Prozess bekommen, an dessen Ende ein Urteil steht. Daran wirst du nichts ändern – und auch dein Freund Wolfgang nicht, selbst wenn er noch so gute Kontakte hat. Ach, was rede ich! Du bist, wie du immer warst, und das wird sich nicht mehr ändern. Also muss ich mich gar nicht aufregen, weil du am Ende ohnehin wieder einfach abwartest, was die anderen machen.«

Dora stand auf, öffnete die Türen ihres begehbaren Kleiderschranks und drehte Kirsten den Rücken zu. Sie musste sich umziehen, aus den Sachen von heute Morgen heraus.

Unbeeindruckt redete ihre Tochter weiter auf sie ein. »Michael ist plötzlich ein Heiliger? Hast du vergessen, was dein lieber Sohn dir so alles an den Kopf geworfen hat? Ich meine das wörtlich. An. Den. Kopf. Geworfen.« Für einen Moment wurde es dunkel im Schrank, als Kirsten sich vor die Türen stellte. Ihr Ton wurde sanfter. »Ich gönne es dir ja, Mama, dein Treffen mit Wolfgang. Ich bin wirklich die Allerletzte, die nicht versteht, dass man eine unangenehme Sache gern aus der Welt schaffen möchte.«

Dora griff nach einer Jeans und einem dunklen Pullover. Knöpfte die durchgeschwitzte Bluse auf und stieg aus der dunkelroten Baumwollhose, die sie sich im Halbdunkel gegriffen hatte, bevor sie zu David gefahren war.

Kirsten redete ununterbrochen weiter. »Wenn du ehrlich bist, Mama, dann hast du dich vor unangenehmen Dingen immer gedrückt. Egal, ob es bei uns in der Schule Ärger gab oder als Micha eines Nachts seinen dreckigen Fußball in den Pool der Nachbarn gekickt hat. Immer hast du Papa geschickt, um das zu regeln. Kannst du dich auch nur an eine einzige Situation erinnern, in der du selbst mal die Initiative ergriffen hast? In der du selbst in die erste Reihe getreten bist, um dich für jemanden einzusetzen? Es ist nicht so, dass ich dir das nicht zutraue, aber du bist nicht gerade in Übung!« Kirsten marschierte vor der Schranktür auf und ab. »Michael war für dich sowieso immer das bessere Kind. Ich konnte mich noch so sehr anstrengen in der Schule, mir noch so viel Mühe geben mit deinen Geburtstagsgeschenken – für dich hat das nie eine Rolle gespielt. Wichtig war für dich, wie mein feiner Herr Bruder sich schlug.«

Dora hatte sich fertig angezogen und ging Richtung Bett, um ihre Uhr vom Nachttisch zu holen.

»Außer Wolfgang und mir hast du übrigens niemanden, der dir helfen wird, Mama.« Kirsten nahm eine zusammengerollte Zeitung vom Tablett und warf sie vor Dora auf den Boden. »Denn wenn deine lieben Freundinnen aus dem Schwimmverein oder dem Lesekreis oder dein geliebter Pastor das hier gelesen haben, dann wollen sie möglicherweise nichts mehr mit dir zu tun haben. Für meine Karriere war das womöglich auch der endgültige Todesstoß.« Mit einem letzten zornigen Blick auf ihre Mutter rauschte Kirsten hinaus.

Dora wartete auf das Knallen der Schlafzimmertür, aber es kam nicht. Langsam beugte sie sich hinunter, um die Zeitung aufzuheben.

»Mord in Anwaltskanzlei – Sohn unter Verdacht«.

Ihre Hände zitterten, ihre Beine waren plötzlich wie aus Gummi, sie musste sich auf die Bettkante setzen.

Dora holte tief Luft und zwang sich zu einem weiteren Blick auf die Titelseite der Zeitung. Unter der Schlagzeile ein Bild von der Eingangstür zu Michaels Kanzlei, davor Polizisten, ein Absperrband.

»Michael A. wurde in seiner Kanzlei erschossen. Als dringend tatverdächtig gilt der 17-jährige Sohn des Anwalts. Der Getötete lebte seit vielen Jahren in einer Lebensgemeinschaft mit einem Mann. Michael A. stammt aus der in Bremen ansässigen Familie A., auch sein verstorbener Vater hat sich als Anwalt einen Namen weit über die Grenzen der Stadt hinaus gemacht.«

Dora zwang sich, den Lokalteil aufzublättern, auf den der Artikel verwies. Sie war froh, dass sie bereits saß, denn hier wurde es noch schlimmer. Ein Foto von Jakob, verpixelt und mit einem schwarzen Balken über den Augen, aber ihr Enkel war trotzdem gut zu erkennen. Wo hatten diese Schmierfinken das Foto her?

Sie erinnerte sich noch genau an den Moment, als das Bild aufgenommen worden war. Michael hatte seinem Sohn für die Konfirmation einen Maßanzug schneidern lassen, und sie selbst hatte noch im Laden dieses Foto von ihrem Enkel gemacht. Jakob hatte ein schiefes Grinsen im Gesicht, die Haare standen ihm wirr um den Kopf, er deutete mit den Fingern eine Pistole an und sagte: »Mein Name ist Bond, James Bond.« Sie hatten viel Spaß gehabt an diesem Nachmittag. Aber in Zusammenhang mit diesem Artikel vermittelte das Foto einen komplett anderen Eindruck.

»Vorgestern Nachmittag ist der für sein soziales Engagement bekannte Anwalt Michael A. in seiner Kanzlei erschossen worden. Ein Sprecher der Kriminalpolizei bestätigte am frühen Abend, dass der Sohn des Ermordeten als Verdächtiger befragt, bisher aber noch nicht in Untersuchungshaft genommen worden sei. Der dringende Tatverdacht fehle, und die Tatwaffe sei auch noch nicht gefunden worden.«

Noch nicht in Untersuchungshaft? Was sollte das denn bedeuten? Dora zwang sich, den Artikel zu Ende zu lesen.

»Zwar wurden an den Händen des Jugendlichen Schmauchspuren entdeckt, aber in so geringer Konzentration, dass sie nicht zwingend von den Schüssen in der Kanzlei stammen. Über ein mögliches Motiv wollten sich Polizei und Staatsanwaltschaft zu diesem Zeitpunkt der Ermittlungen nicht äußern. Auch ob der Lebenspartner des Anwalts als möglicher Tatverdächtiger infrage kommt, wurde nicht bestätigt.«

Lebenspartner als Verdächtiger? Dora las die betreffende Zeile noch einmal, um sicherzugehen, dass sie sich nicht geirrt hatte.

»Laut einem Polizeisprecher wird in verschiedene Richtungen ermittelt. Noch seien nicht alle Zeugenaussagen ausgewertet und die Untersuchungen der Beweismittel in vollem Gange, hieß es. Außerdem stünden weitere Befragungen an. Wir halten Sie über neue Erkenntnisse natürlich auf dem Laufenden.«

Was denn für Zeugen? Hatte es nicht gestern geheißen, *eine* Zeugin habe Jakob angeblich gesehen? Wieso stand hier nun etwas von mehreren Zeugen?

Die Türklingel unterbrach Doras Gedanken, und sie zuckte kurz zusammen, bevor ihr nach einem Blick auf den Radiowecker wieder einfiel, dass sich Wolfgang zum Frühstück angemeldet hatte.

* * *

Die Küche schien geschrumpft zu sein, seit Wolfgang am Tisch saß. Dora musterte ihren Freund unauffällig. Seine Haare waren deutlich dünner und grauer geworden, er hatte etwas zugenommen. Aber er strahlte immer noch diese einzigartige Stärke aus, die so viele Frauen um den Verstand gebracht hatte. Reihenweise waren sie seinem Charme erlegen, und er hatte nichts anbrennen lassen. Hanjo hatte das amüsiert, und Dora hatte manchmal den Eindruck gehabt, dass ihr Mann ein wenig neidisch auf seinen besten Freund gewesen war. Aus gutem Grund.

Dabei hatte Wolfgang schwierige Zeiten hinter sich.

Vor mehr als zehn Jahren hatte es in Bremen einen spektakulären Prozess um einen Mann gegeben, der beschuldigt wurde, mindestens drei Kinder entführt und getötet zu haben. Wolfgang verteidigte den Mann erfolgreich, er kam frei und wurde erneut gefasst, nachdem er das vierte Kind entführt hatte.

Danach hatte Wolfgang eine Weile als privater Ermittler gearbeitet, aber Ehemänner zu bespitzeln und Erben ausfindig zu machen gefiel ihm nicht. Deshalb hatte er sich in sein Blockhaus bei den Wümmewiesen zurückgezogen. Eigentlich ein Ferienhaus, einfach eingerichtet und weit genug weg von den Menschen, von denen er sich lieber fernhalten wollte. Dafür konnte er der Wümme bei Ebbe und Flut zusehen und mit seinem Hund lange Spaziergänge am Deich machen. Sein Häuschen war schwer erreichbar, mit öffentlichen Verkehrsmitteln kam man gar nicht dorthin, und nur wenige kannten die Adresse. Das schützte ihn vor unangemeldeten Besuchern.

Auch wenn er nicht viel größer war als eins achtzig, wirkte Wolfgang geradezu hünenhaft, wie er da auf ihrem weißen Holzstuhl saß. Der Becher in seiner Hand sah aus wie ein Spielzeugtässchen aus der Puppenstube.

»Dora, nun hör doch endlich mal auf, so um mich herumzuwuseln. Setz dich hin, und erzähl mir die ganze Geschichte. Von Anfang an.«

Dora warf das Geschirrtuch auf den Küchentresen und nahm Wolfgang gegenüber Platz.

»Er war es nicht.«

»Dora, das hast du jetzt mindestens sechsmal gesagt. Mache ich den Eindruck, als würde ich dir nicht glauben? Oder meinst du, dass mein Hirn, seit ich weniger mit Menschen zu tun habe, nicht mehr ordentlich arbeitet?«

Sie schaute ihm ins Gesicht. In die von Lachfältchen umgebenen braunen Augen, die sie ernst und ehrlich anblickten.

Wolfgang legte seine Hand auf ihre. Sie spürte Schwielen, es fühlte sich so anders an als die Berührung der weichen Hände von Hanjo, die immer nur Stifte gehalten hatten.

Dora seufzte. »Ich weiß nicht, was ich tun soll. Jakob redet nicht mit mir, David ist total abweisend, und sonst kenne ich kaum Menschen, die mit Michael zu tun hatten.«

»Was genau hat Jakob dir denn gesagt?«

»Nichts.« Dora schüttelte den Kopf. »Er hat gar nichts gesagt. Er redet nicht. Nicht mit David, nicht mit der Polizei und auch nicht mit mir.« Sie deutete auf die Zeitungen, die sie mit in die Küche gebracht hatte. »Hast du die Artikel gelesen? Das ist doch ein einziger Wahnsinn! Mein Sohn ist tot, und mein Enkel soll der Mörder sein. Die Journalisten haben sich ihre Geschichte schon zurechtgelegt. Wahlweise verdächtigen sie auch David.« Dora hörte sich selbst hysterisch lachen. Dann fing sie an zu weinen. »Ich kann das nicht. Ich kann das einfach nicht. Ich halte diese ganze Situation nicht aus. Hast du die Presseleute gesehen vorne am Tor? Die stehen da schon seit vorgestern Abend. Verschwinden die auch irgendwann mal wieder? Das Telefon habe ich ausgestöpselt, sonst klingelt das in einem fort. Was ist denn, wenn mich jemand wegen irgendetwas Wichtigem erreichen will?« Dora fingerte ein Taschentuch aus ihrem Ärmel und schnäuzte sich. »Es ist alles meine Schuld, ich hätte mich mehr um Michael kümmern müssen. Wir haben viel zu lange damit gewartet, uns wieder zu versöhnen. Es ist meine Pflicht als Mutter, herauszufinden, was wirklich passiert ist, oder? Außerdem: Wer kümmert sich denn um Jakob, jetzt, da mein Sohn nicht mehr da ist?«

Raue Finger strichen beruhigend über ihre Hand. »Lass uns ganz in Ruhe überlegen, was jetzt zu tun ist.«

»Du hilfst mir?«

»Das habe ich nicht gesagt.«

»Wolfgang, ich brauche dich. Du kennst die richtigen Leute, du weißt, wie ermittelt wird und wen man fragen muss. Wir müssen herausfinden, wer meinen Sohn wirklich getötet hat. Alleine schaffe ich das nicht.«

»Was genau?«

»Hörst du mir zu?« Dora stand auf und begann wieder, in der Küche auf und ab zu laufen. »Ich muss diese Sache aufklären.«

»Du musst gar nichts, Dora. Dafür ist die Polizei da. Die haben Erfahrung und die richtigen Leute, die werden schon herausfinden, was passiert ist. Hast du mit Hans gesprochen?«

Dora nickte. »Der war hier, um mir die Todesnachricht zu überbringen. Aber er sagt, er bekomme keine internen Informationen mehr, seit er in Rente ist.«

»Aber er hat trotzdem andere Möglichkeiten als wir.« Wolfgang trank einen Schluck Kaffee und stellte den Becher ab. »Ich bin sicher, es wird sich sehr bald herausstellen, dass Jakob unschuldig ist. Egal, was die Zeitungen schreiben. Tut mir leid, das lese ich alles nicht mehr, seit ich da draußen wohne.«

»Aber was, wenn die Polizei Fehler macht? Es muss doch nur ein einziger Polizist versagen, dann sitzt mein Enkel umgehend im Gefängnis und kommt da so schnell nicht wieder raus. Dir muss ich ja nicht erzählen, was mit Menschen passiert, die unschuldig im Gefängnis landen, während die wahren Täter in Freiheit das nächste Unheil anrichten.«

Wolfgang verschränkte die Arme vor seiner breiten Brust und starrte schweigend auf den Tisch.

Dora stützte sich mit beiden Händen auf der Lehne ihres Stuhls ab und sah ihn an. Wartete auf eine Reaktion.

Er atmete geräuschvoll aus, hob den Blick. »Gut, ich helfe dir. Aber wir machen nichts Ungesetzliches und nichts Gefährliches. Wir versuchen nur, die Dinge zu ergründen, an die die Polizei vielleicht nicht sofort denkt. Wenn wir etwas herausfinden, geben wir es auf jeden Fall sofort an die Ermittler oder an Hans weiter. Wir stehen niemandem im Weg, und du kommst auch nicht auf die Idee, jemanden anzurufen oder einzubinden, ohne dass ich etwas davon weiß. Klar?«

»Danke.« Dora setzte sich wieder. »Ich danke dir wirklich sehr. Bleibst du hier? Soll ich dir das Gästezimmer zurechtmachen?«

»Das wird nicht nötig sein. Ich muss nach meinem Hund sehen, den kann ich nicht stundenlang alleine lassen, und schon gar nicht über Nacht.« Klar, er hatte seinen Schäferhund zu Hause gelassen, weil er genau wusste, wie sehr Dora sich vor Hunden fürchtete.

»Wir machen einen Plan für die ersten Schritte, und dann sehen wir, wie es weitergeht. Hast du einen Computer? Ich würde gern mal lesen, was die Zeitungen so schreiben.«

»Natürlich. Hanjos Rechner steht in seinem Büro. Kirsten benutzt ihn manchmal, wenn sie Schuhe kauft oder so. Und Michael hat auch hin und wieder daran gearbeitet.«

Dora fiel ein Stein vom Herzen. Das war der Wolfgang, den sie kannte. Tatkräftig, bereit, Fakten zu schaffen, immer schon eine Idee im Hinterkopf. Zum ersten Mal, seit Hans ihr am Dienstag in ihrem Wohnzimmer gegenübergesessen hatte, fühlte Dora so etwas wie Zuversicht.

Jakob

Jakob konnte seinen eigenen Atem hören. Und riechen.

Er hatte sich die Bettdecke über den Kopf gezogen, den Kopf zur Seite gedreht und lauschte seinen eigenen Atemzügen schon eine ganze Weile.

Vorhin hatte David an die Tür geklopft und zaghaft gefragt, ob er etwas essen wolle. Er hatte nicht geantwortet.

Essen. Würde er jemals wieder etwas so Banales tun können wie essen?

Er hatte gehört, wie David etwas vor der Tür abstellte, vermutlich ein Tablett mit Broten und etwas zu trinken. Wie früher.

Wenn er krank gewesen war, hatte David ihm manchmal das Essen ans Bett gebracht. Liebevoll zusammengestellte Schnitten, belegt mit Salami und Käse, und darauf Gesichter aus Radieschen, Gurken und Paprika. Immer hatten auch ein Stückchen Schokolade oder ein paar Gummibärchen mit auf dem Teller gelegen. David hatte sich zu ihm auf die Bettkante gesetzt und die Finger an die Lippen gelegt. »Psssst.« Wenn es nach Michael ging, gab es nämlich keine Süßigkeiten zum Frühstück. Selbst wenn man eine Grippe hatte, konnte man sich seiner Ansicht nach zusammenreißen und sich für eine halbe Stunde zu den anderen an den Esstisch setzen. »Den Tag besprechen« hatte er das genannt. War ja auch schön gewesen. Immer hatte er sich die wichtigsten Geschichten des Tages für diese gemeinsamen Abendessen aufgespart.

Jakobs Atem roch wirklich nicht gut.

Er konnte sich nicht daran erinnern, wann diese schöne gemeinsame Zeit geendet hatte. Wann sein Vater damit begonnen hatte, ihn wegen der Schule so tierisch unter Druck zu setzen. Er wusste auch nicht mehr, wann sein Dad aufgehört hatte, ihm Schnittchen ans Bett zu bringen. Aber er wusste noch genau, warum.

David hatte ihn vor einigen Wochen dabei erwischt, dass er seinen Mailaccount gehackt hatte. Jakob war so vertieft in die schleimigen und ziemlich intimen Nachrichten von irgendeinem Udo an seinen Dad gewesen, dass er nicht gehört hatte, wie David hinter ihn trat. Er hatte über seine Schulter hinweg den Laptop zugeklappt und ihn streng angesehen. Doch er hatte ihn nie gebeten, über die Inhalte dieser Nachrichten zu schweigen. Nur sein Passwort für den E-Mail-Zugang war danach ein anderes. Allerdings war Jakob klar: Würde er Michael von den elektronischen Liebesbriefen eines anderen Mannes an David berichten, dann würde sich alles verändern. Deshalb hielt er den Mund. Zwar hatte er geahnt, dass dieser eine Tag zwischen ihm und seinem Dad alles verändern würde, aber dass es am Ende darauf hinauslaufen würde, dass sie kaum noch miteinander sprachen, und wenn, dann nur über Belangloses, das hätte er nicht vermutet. Es war ein Bruch entstanden, der nicht mehr zu kitten war. Auch egal jetzt.

Jakob drehte den Kopf auf die andere Seite. Besser.

Weichspüler. David nahm immer zu viel davon. Niemand brauchte Weichspüler. Umweltverschmutzung. Aber das Bettzeug roch gut. Ihm wurde heiß, und er tauchte unter der Bettdecke hervor.

Es war noch immer nicht ganz hell geworden. Durch die Lamellen der Jalousie konnte Jakob das Licht der Straßenlampe sehen.

Ob er heute in die Schule gehen musste?

Sicher nicht.

Wer sollte ihm denn jetzt noch etwas vorschreiben?

Es war niemand mehr da, der ihm Befehle erteilte.

Er konnte selbst über sein Leben bestimmen.

Aber was war das jetzt noch für ein Leben? Alles war kaputt. Unglaublich, wie sich in wenigen Stunden alles auf den Kopf gestellt hatte. Dass er sich vor ein paar Tagen noch darüber aufgeregt hatte, dass ihm morgens der Schnürsenkel gerissen war, kam ihm nun geradezu lächerlich vor. Ein Schnürsenkel!

Er würde einfach zu Hause bleiben. Vielleicht in eine andere Stadt ziehen. Geld war genug da, wozu also weiter Dinge lernen, die ohnehin kein Mensch brauchte? Wozu Abitur machen, wenn er sowieso nicht studieren wollte? Wozu jeden Tag zwischen den ganzen Idioten herumsitzen, von denen ihn eigentlich keiner leiden konnte?

Natürlich taten sie alle so nett und freundlich, weil sie genau wussten, wie viel Einfluss sein Vater hatte. Oder sie hofften auf eine Einladung zu einer geilen Party oder einem tollen Konzert durch die Kontakte seines Dads. Früher hatte er manchmal einen Klassenkameraden mitgenommen, wenn David ihn damit überrascht hatte.

Aber irgendwann hatte er nach dem Sport unter der Dusche gestanden und mit angehört, wie sich zwei andere Jungen unterhalten hatten. Über genau diese Vorteile, die sie sich von ihm erhofften. »Ich weiß, er ist manchmal komisch, irgendwie unheimlich, aber sein Dad ist bei den Konzerten ja immer mit dabei. Was soll also passieren?«

Genau das hatte der eine gesagt, Jakob erinnerte sich noch daran, als wäre es gestern gewesen, dabei war er damals höchstens dreizehn Jahre alt. Sicher, er musste den anderen schon deshalb seltsam vorkommen, weil er immer von seinen zwei Vätern sprach und seine Mutter nicht kannte.

Nachdem die beiden Jungs die Umkleide verlassen hatten, hatte er zitternd unter der Brause gestanden und sich weit weg gewünscht.

Jakob stieg aus dem Bett und ging zum Fenster. Unten vor dem Haus standen noch immer – oder schon wieder – Journalisten. Wahrscheinlich genau die, die ihn schon angemacht hatten, als er gestern Abend vom Polizeirevier zurückgekommen war.

»Jakob, hast du deinen Vater getötet? Jakob, wie geht es dir? Jakob, warum hat die Polizei dich nicht festgenommen? Kannst du uns sagen, wo die Waffe geblieben ist? Warum kannst du schießen?«

Die beiden Beamten, die ihn begleiteten, ein Mann und eine Frau, hatten ihn eingerahmt und zielstrebig in Richtung Haustür geschoben. Die Frau, ein Tier von einer Polizistin, hatte seinen Oberarm umklammert und ihm ins Ohr geflüstert: »Nichts sagen, weitergehen, lass sie einfach.«

Als hätte er ein Interesse daran gehabt, mit diesen Idioten zu reden.

David hatte ausgesehen, als wäre er gerade von einer

exzessiven Party zurückgekehrt. Dunkle Schatten unter den Augen und in einer Jogginghose stand er in der Tür. Sein Dad in einer Jogginghose! Wäre die Situation nicht so unglaublich ernst gewesen, er hätte einen Lachanfall bekommen.

David war zusammengezuckt, als die Tür hinter den Beamten zufiel. Dann hatte er sich an die Wand des Flurs gelehnt. Die Hände in den Taschen stand er da und starrte ihn an.

Jakob hängte seine Jacke auf und schlüpfte aus seinen Schuhen.

Ein zaghaftes »Ich hab mir Sorgen gemacht. Wie geht es dir?«.

Als Jakob einen Schritt auf ihn zumachte, zuckte er zusammen. Erst im Nachhinein ging Jakob auf, was mit David los war.

Sein Dad hatte Angst vor ihm.

Dora

Sie hatten sich mit den Kaffeebechern in Hanjos ehemaliges Arbeitszimmer begeben, um Aktenschränke, Schreibtischschubladen, Kommoden, Regale auf irgendwelche Anhaltspunkte hin durchzusehen.

Jetzt zog Wolfgang den Schreibtischstuhl zurück und setzte sich. »Wie oft hat Michael hier gearbeitet?«

»Ach, hin und wieder. In den vergangenen Monaten öfter. Er wollte manchmal einfach seine Ruhe haben. Zu Hause David und Jakob, in der Kanzlei die Assistentin, hier war er ganz für sich, das brauchte er wohl ab und zu. Irgendwann hat er mal von einer Buchidee gesprochen. Ich vermute, dass er David erst etwas davon sagen wollte, wenn er sich der Sache sicher war. Sein Mann hat ja immer alles gleich weitererzählt. Außerdem war er sehr kritisch gegenüber Michaels Texten.«

»Aber diesen Computer hat er offenbar kaum benutzt«, Wolfgang deutete auf das Gerät auf dem Schreibtisch. »Er entspricht nicht gerade dem neuesten technischen Stand.«

»Ich weiß nicht genau, aber meistens hatte er so einen Laptop dabei. Der Rechner hier ist noch von Hanjo.«

»Gut.« Wolfgang stöhnte und blätterte einen Stapel Papier durch, der auf dem Schreibtisch lag. »Die Papiere hier sind alt und nicht besonders geheimnisvoll. Hat Michael wahrscheinlich einfach nicht mehr gebraucht.« Wolfgang verschränkte die Arme vor der Brust. »Aber es war eigentlich auch nicht zu erwarten, dass wir hier einen Drohbrief oder so etwas finden. Irgendeinen Zettel, auf dem steht: ›Ich bring dich um, Michael Ahlendorf. Viele Grüße, dein Mörder xy‹.«

»Natürlich nicht. Aber da sagst du was!« Dora hatte sich auf dem Stuhl auf der anderen Seite des Schreibtisches niedergelassen und sprang jetzt auf. »Irgendwo hier muss ein Ordner mit genau solchen Briefen sein.«

»Briefe von Killern?«

Dora stöhnte auf, vergaß aber für einen Moment all die Schrecken der vergangenen Tage, als sie Wolfgangs entsetzten Blick sah. »Womöglich?« Sie zuckte mit den Schultern und trat ans Regal. »Da ist er ja!« Sie griff nach einem dicken Ordner, auf dessen Rücken in sauberen schwarzen Druckbuchstaben »Privater Schriftverkehr« stand. Der Aktendeckel sprang auf, als sie ihren Fund auf den Schreibtisch wuchtete. »Guck dir das an, bis oben hin voll.«

Wolfgang kam um den Schreibtisch herum. »Das sind wirklich alles Drohbriefe?« Er zog den Ordner zu sich heran und las den Text auf dem zuoberst abgehefteten Blatt, dem Ausdruck einer E-Mail. »Oh, nicht gerade feinfühlig. Hast du dir das vorher schon mal angesehen, Dora? ›Du miese schwule Sau, jemand wie du sollte nicht als Anwalt arbeiten dürfen.‹ Mein lieber Mann, saftig.« Er blätterte weiter, las und schüttelte hin und wieder den Kopf.

Dora hatte sich auf den Schreibtisch gesetzt und las mit. Ein Brief war schlimmer als der nächste. Von wüsten

Beschimpfungen über Verleumdungen bis zu Morddrohungen war alles dabei. »Ich schneide dir den Schwanz ab und stopfe ihn deiner Schwuchtel zu Hause ins Maul, dann haltet ihr beide endlich die Fresse.«

Dora schlug sich entsetzt die Hand vor den Mund. »Michael hat mir zwar von den Drohbriefen erzählt, aber sich nie darüber ausgelassen, was darin stand. Das ist ja schrecklich!«

»Und fast alle sind anonym oder mit Namen, die ganz sicher erfunden sind.« Wolfgang deutete auf eine Unterschrift. »Alf Arier zum Beispiel. Würde mich wundern, wenn das ein echter Name ist. Ich kenne solche Typen.«

»Wieso kann man denn nichts dagegen unternehmen? Michael war doch Anwalt, der wusste sich sonst auch zu helfen.«

»Na ja, bei uns herrscht Meinungsfreiheit. Da ist so einiges erlaubt.« Wolfgang klappte den Ordner wieder zu. »Da reicht so was eben nicht für eine Anklage. Glaub mir, da bin ich selbst oft genug gegen Wände gerannt. Ich sage nur: Datenschutz. Und wenn sich einer in so einer E-Mail Willy Wurst nennt, dann musst du den erst mal finden, also seinen echten Namen und seine Adresse, bevor du ihn anzeigen kannst.«

»Also kann man nichts tun? Wir haben keine Möglichkeit, herauszufinden, von wem diese Briefe kommen? Immerhin könnte ja wirklich jemand darunter sein, der seine Drohung, Michael umzubringen, wahr gemacht hat.«

»Das werde ich mal genauer untersuchen. Ich nehme die Briefe mit, um sie mir in Ruhe anzusehen. Wenn etwas Verdächtiges dabei ist, bringe ich es zur Polizei.« Wolfgang stand auf. »Ist das alles, was von Michaels Sachen noch hier ist?«

»Soweit ich weiß, ja, aber ich kann nachher noch mal alles durchsehen.« Dora deutete auf das Regal. »Vielleicht ist in den alten Ordnern von Hanjo noch etwas, das eigentlich Michael gehört.« Sie schluckte. »Gehörte.« Sie wischte sich mit den Händen über die Augen. »Ich kann nicht glauben, dass er nicht mehr da ist. Vor ein paar Tagen haben wir hier noch zusammengesessen.«

Wolfgang legte seine große warme Hand auf ihre.

Dora seufzte. »Endlich war er wieder bei mir. Wir hatten eine so gute Zeit in den vergangenen Monaten. Ich habe viele Fehler gemacht bei Michael. Hanjo auch, natürlich. Aber ich hätte mich in manchen Situationen anders verhalten, mich mehr auf die Seite meines Sohnes stellen sollen. Das habe ich Michael auch gesagt, aber …« Dora schluckte die Tränen hinunter.

Wolfgang tätschelte ihr die Schulter.

Dora reichte ihm gerade bis zur Brust, als sie sich vom Schreibtisch erhob. Er roch irgendwie nach Wald. Ein bisschen auch nach Babycreme. Nach Vergangenheit vor allem. Sie trat einen Schritt zur Seite.

Wolfgang deutete auf den Waffenschrank. »Ist da eigentlich alles komplett?«

»Was meinst du?«

»Na ja, hast du mal nachgesehen, ob alles vorhanden ist, was da reingehört? Hat die Polizei nicht gefragt, ob eine Waffe fehlt? Die suchen doch nach der Tatwaffe.«

»Äh, nein. Aber ich war auch etwas aufgelöst, als die hier waren.« Dora strich nicht vorhandene Falten aus ihrer Jeans, um Wolfgang nicht ansehen zu müssen. »Da fehlt nichts, muss ich gar nicht nachsehen. Ist immer abgeschlossen. Ich weiß nicht einmal genau, wo der Schlüssel ist. Nach Hanjos

Tod ist niemand dran gewesen. Michael geht ja schon lange nicht mehr jagen. Ging. Das alte Ding hier fliegt sowieso als Nächstes raus.«

Wolfgang rüttelte an der Tür des Schranks. »Sieht tatsächlich so aus, als wäre der verriegelt. Aber ich kann natürlich nicht beurteilen, ob alles da ist, was da sein soll. Wer hat denn einen Schlüssel zu diesem Schrank?«

»Also, ich habe einen, irgendwo vorn an der Haustür im Schränkchen vielleicht.«

»Das heißt, da kann jeder ran, der hier ins Haus kommt?«

»Wolfgang, ich bitte dich. Wer soll denn dieser ›jeder‹ sein? Hier wohnt doch niemand außer mir. Außer mir und Kirsten. Aber die hat sich nie fürs Schießen interessiert. Du weißt, Hanjo fand, das sei kein Sport für Frauen. Jakob wollte übrigens auch nichts mehr damit zu tun haben. Ich nehme nicht an, dass einer der beiden weiß, wo der Schlüssel liegt. Und selbst wenn, kann ich mir nicht vorstellen, dass die mit diesen Waffen umgehen können. Es ist Jahre her, dass Michael Jakob mitgenommen hat auf die Jagd.«

»Wenn du dich in deiner Tochter mal nicht mächtig täuschst«, Wolfgang sah nicht so aus, als würde er ihr glauben. »Gut, vermutlich wird die Polizei die Dinger bald abholen und prüfen, ob damit geschossen wurde. Gibt's noch anderswo im Haus Waffen?«

»Nicht dass ich wüsste. Aber du erinnerst dich sicher, dass Hanjo gegen Ende seines Lebens etwas vergesslich geworden ist. Kann durchaus sein, dass er im Schuppen draußen noch ein Gewehr liegen hat.«

»Waren Hanjos Waffen eigentlich registriert?«

»Ich nehme es an, in solchen Dingen war er immer sehr korrekt. Andererseits weiß ich es auch nicht mit Sicherheit.

Tut mir leid, Wolfgang, aber mit dem Thema Jagd habe ich mich nie näher beschäftigt. Das hätte mein Mann auch gar nicht zugelassen. Er hat nur mit Michael früher über diese Sachen geredet, bevor … du weißt schon.«

Wolfgang schaute sich um. »Hier kommen wir wohl nicht weiter. Wir müssen zu Michael ins Büro. Ich nehme zwar nicht an, dass die Kollegen von der Polizei dort viel übrig gelassen haben, aber vielleicht gibt es doch noch einen Hinweis, den sie übersehen haben. Falls wir überhaupt reinkommen. Ist wahrscheinlich noch von der Kripo abgesperrt. Kannst du David mal fragen, ob er Michaels Laptop hat oder wenigstens eine Festplatte?«

»Ich habe seit Kurzem einen Schlüssel für Michaels Wohnung«, sagte Dora. »Aber vielleicht rufe ich besser vorher David an. Wenn der zu Hause ist, und wir spazieren einfach so rein, gibt es nur Ärger. Mir wäre wichtig, dass wir ihn nicht noch wütender auf mich machen, als er ohnehin schon ist. Möglicherweise weiß er gar nicht, dass Michael mir einen Schlüssel gegeben hat. Aber wenn wir demnächst zusammengezogen wären …«

»Was war das eigentlich für eine Idee mit dem gemeinsamen Haus?«

»Es war Michaels Idee.« Dora begann, die verstreut herumliegenden Ordner wieder ins Regal zu stellen. »Er hatte ein paar Flächen an der Hand und auch schon Abnehmer dafür. Eines der Grundstücke liegt sehr schön an der Weser. Da konnten die Eigentumsverhältnisse wohl lange nicht geklärt werden, dann gehörte es der Stadt … Auf jeden Fall konnte Michael das Grundstück preiswert kaufen. Er kam eines Nachmittags hier an mit einem Plan für ein Doppelhaus mit Einliegerwohnung.«

»Und da wollte er mit dir zusammen einziehen?«

»Nicht nur mit mir. Erst einmal sollte ich in die eine Hälfte ziehen und, wenn ich älter werde, die Wohnung bekommen und Jakob dann meine Haushälfte.« Ein weiterer Ordner wanderte zurück in die Reihen.

»Und Michaels Mann war damit einverstanden? War David damals nicht ganz wild auf diese Dachgeschosswohnung am Bürgerpark, in der sie jetzt wohnen? Wenn ich mich richtig erinnere, haben sie doch ewig gesucht, bis sie was Passendes gefunden haben.«

»Ja, das stimmt schon. Aber Michael war der festen Überzeugung, dass er David für das Projekt würde begeistern können. Wobei …« Sie schob einen weiteren Aktenordner ins Regal und lehnte sich dann dagegen. »Wenn ich jetzt an unser Gespräch zurückdenke – über David hat Michael eigentlich gar nicht viel gesagt. Ich hatte in den vergangenen Wochen sowieso den Eindruck, dass er ziemlich wenig über seinen Mann gesprochen hat.«

»Und das wertest du wie?«

»Ich weiß nicht. Das muss gar nichts bedeuten, die zwei haben immer mal wieder Phasen gehabt, in denen es schwierig war, das weiß ich von Jakob. Ist das nicht völlig normal, wenn man lange zusammen ist? Gibt es nicht in jeder Ehe Höhen und Tiefen?«

»Da kann ich nicht mitreden. Die Frau, die ich heiraten wollte, hat sich für einen anderen entschieden.« Wolfgang konzentrierte sich auf eine kleine Kommode neben dem Waffenschrank. Er zog eine rechteckige Kiste heraus und hob den Deckel ab.

Dora setzte sich an den Schreibtisch und öffnete eine Schublade. »Irgendwo hier muss der Plan fürs Haus sein. Ich glaube nicht, dass Michael ihn mitgenommen hat. Meinst du denn, das kann uns irgendwie weiterhelfen?«

Wolfgang schob die Kiste wieder zurück in die Kommode und zog nun einzelne Papierstapel heraus, die er durchblätterte. »Momentan habe ich noch gar keine Ahnung, was uns weiterhelfen kann.«

»Aber du denkst, dass wir etwas finden, das Jakob entlastet?«

Wolfgang schüttelte den Kopf. »Auch das, liebe Dora, kann ich nicht sagen. Ich habe dir Hilfe versprochen, und dazu stehe ich. Zunächst einmal vertraue ich unserem Rechtssystem und baue darauf, dass niemand unschuldig ins Gefängnis kommt. Ich weiß, dass die Kollegen von der Polizei bei Minderjährigen zweimal nachdenken, bevor sie Untersuchungshaft anordnen oder Anklage erheben.« Wolfgang öffnete die nächste Schublade der kleinen Kommode. »All das schließt aber nicht aus, dass Jakob weiterhin verdächtig bleibt und auch so behandelt wird. Du musst damit rechnen, dass auch du noch mal befragt wirst. Wenn jemand wissen will, ob hier Akten fehlen, wirst du sagen müssen, dass ich die habe.«

»Aber warum denn? Das sind jetzt meine Akten, die haben doch nichts mit Michaels Tod zu tun.«

Wolfgang schloss die Türen der Kommode und legte einige Papiere auf den Schreibtisch. »Die nehme ich auch noch mit.«

»Was ist das?«

»Ich vermute, das stammt noch von Hanjo.« Wolfgang setzte sich rittlings auf den Stuhl Dora gegenüber.

»Möglich.« Dora kramte in der Schreibtischschublade. »Ah, hier.« Sie legte einen Grundriss und eine Klarsichtfolie mit mehreren bedruckten Blättern zwischen sich und Wolfgang auf den Schreibtisch. »Das sind die Pläne für das Haus, und da müssten auch die Unterlagen für das Grundstück dabei sein.«

Wolfgang stand auf und klemmte sich die Papiere unter den Arm. »Ich guck mir das in Ruhe an. Wir sehen uns morgen, okay?«

»Musst du schon los?«

»Der Hund, Dora.« Wenn Wolfgang lächelte, bildete sich ein Kranz feiner Fältchen rund um seine Augen. »Ich rufe dich an und komme morgen wieder. Sprich mit David, wenn das geht. Frag Kirsten, ob sie noch etwas weiß.«

»Ach, Kirsten, die hat ja noch weniger mit Michael gesprochen als ich. Du weißt doch, dass die beiden sich nie richtig grün waren. Nach dieser Geschichte mit ihrem Freund ist es auch nicht gerade besser geworden.«

»Trotzdem. Rede mit ihr. Vielleicht hat sie ja irgendetwas mitbekommen. Man kann nie wissen.« Wolfgang gab Dora einen zarten Kuss auf die Wange. »Bringst du mich noch zur Tür?«

»Natürlich.« Dora ging voran. Im Flur fiel ihr Blick wieder auf das Bild von Michael, Jakob und David. Wie hatte sich ihr Leben in nur wenigen Stunden so komplett auf den Kopf stellen können? Für einen Moment wurden ihr die Knie weich, aber Wolfgang packte sie mit der freien Hand um die Hüfte und hielt sie fest.

»Geht's?«

Dora nickte.

»Vielleicht legst du dich ein wenig hin. Ruh dich aus und lass erst mal alles etwas sacken. Die nächsten Tage werden noch anstrengend genug für dich. Wenn irgendetwas sein sollte, kannst du mich jederzeit anrufen. Jederzeit, ja?«

»Danke, Wolfgang.«

David

David faltete Papierservietten und legte sie neben die Teller. Er hatte Käse und Wurst auf rustikalen Holzplatten angerichtet, einen guten Rotwein geöffnet und den Kamin angeheizt. Seine derzeitige Lieblingsmusik, ein altes Album von Nana Mouskouri, lief, und Kerzen brannten in silbernen Leuchtern.

Jakob saß am anderen Ende des langen Tisches und malte.

»Jakob, räumst du bitte deine Sachen zusammen? Papa kommt gleich nach Hause, dann gibt's Essen.«

»Darf ich Nutella, Daddy?«

»Darf ich Nutella was? Auf den Tisch schmieren? An die Nachbarn verschenken?«

Sein Sohn verdrehte die Augen. »Boahhh, du weißt doch, was ich meine.«

»Und du weißt, dass es abends keine süßen Sachen mehr aufs Brot gibt.« David wuschelte Jakob durch die Haare, gab ihm einen Kuss auf den Kopf und genoss den immer noch kindlichen Geruch, eine Mischung aus Shampoo, Wind und irgendwie auch Butterkeksen.

Jakob entzog sich ihm und begann, seine Buntstifte einzusammeln und in ein Etui zu packen.

David ging an den Küchentresen, um Paprika und Salatgurken in mundgerechte Sticks zu schneiden, Quark zum Dippen hatte er bereits vorbereitet. Er sang leise »No moon at all« von Nana Mouskouri mit, während Jakob mit seinen Malsachen in Richtung seines Zimmers verschwand.

Die Wohnungstür ging auf und fiel wieder ins Schloss. Die Kleiderbügel an der Garderobe klapperten, dann betrat Michael den Wohnbereich. In der einen Hand seine Schuhe, in der anderen die Aktentasche, trat er zu David an den Küchentresen und gab ihm einen Kuss auf den Mund. »Hallo, mein Bester. Alles okay?«

»Ja, wir können gleich essen. Ich hab ein paar Leckereien zum Picken vorbereitet.«

»Bin gleich wieder da. Wo ist Jakob?«

»Bringt seine Malsachen in sein Zimmer. Beeil dich. Trinkst du ein Glas Wein?«

»Gern.«

Während Michael im Schlafzimmer verschwand, schenkte David Wein ein und stellte ein Glas Wasser für Jakob auf den Tisch.

Wenig später ließen sie sich neben Gurke und Paprika gekochte Eier mit falschem Kaviar, rustikales Krustenbrot, Schinken, Wurst- und Käsehäppchen schmecken.

David unterhielt seinen Mann und seinen Sohn mit Geschichten von einer Promiparty, auf der er am Abend zuvor gewesen war. Jakob erzählte von einem neuen Jungen in der Musikschule, der seine Blockflöte mitgebracht hatte, aber nur Weihnachtslieder spielen konnte.

Michael war einsilbig, lachte nur selten. Trank den Wein schnell und ohne sichtbaren Genuss. »Wie war es im Kindergarten, Jakob?«

»Gut.«

»Was heißt das genau?«

»Wie immer.«

»Wäre es dir möglich, mein Sohn, in ganzen Sätzen zu antworten, wenn dein Vater dich etwas fragt?« Michaels Ton wurde schärfer.

David legte ihm die Hand auf den Unterarm. »Michael.«

»Was denn? Ich werde meinen Sohn ja wohl an seine gute Erziehung erinnern dürfen.« Er wandte sich wieder Jakob zu. »Nun?«

»Es war kein besonderer Tag. Wir haben über Frösche gesprochen. Vielleicht bringt Frau Walter bald ein Aquarium mit, und wir dürfen Kaulquappen aufziehen.« Jakob hatte sein Brot auf den Teller gelegt und schaute auf seine Hände, die er im Schoß gefaltet hatte.

»Wow, das klingt ja spannend.« David versuchte, die Stimmung wieder aufzulockern. »Möchte jemand Nachtisch? Es ist noch Schokoladenpudding da, und Eis haben wir auch noch.«

»Noch sind wir nicht fertig mit dem Essen.« Michael deutete auf Jakobs Teller. »Iss!«

Jakob griff zögerlich nach seinem Butterbrot.

»Gibt es einen Grund, warum du dein Brot nicht belegt hast?« Michaels Stimme wurde schneidend.

»Ich mag keinen Käse.«

»Ich sehe auch Wurst und Schinken auf dem Tisch.«

»Aber das ist Fleisch.«

David ahnte, dass der gemütliche Abend zu entgleiten drohte. Aber er konnte nichts tun. Nur dasitzen und dabei zusehen, wie das Unglück seinen Lauf nahm.

»Ja, das ist Fleisch. Und was ist daran das Problem?« Nun hatte auch Michael aufgehört zu essen.

»Fleisch ist von toten Tieren. Ich möchte keine Tiere essen.« Mehr ein Flüstern.

»Wie bitte? Ich habe dich nicht richtig verstanden. Kannst du etwas lauter sprechen, bitte?«

»Ich möchte keine toten Tiere essen.« Jakob schaute Michael jetzt an. Tränen standen in seinen Augen, und David wäre am liebsten aufgesprungen, um ihn in den Arm zu nehmen. Aber aus Erfahrung wusste er, dass das die Situation für Jakob nur verschlechtern würde.

»Jakob, diese Wurst stammt von einem Wildschwein, das ich selbst geschossen habe.« Michael deutete mit seinem Messer auf den Tisch. »Ich weiß nicht, was daran verwerflich sein sollte, Fleisch zu essen von Tieren, die geschossen werden mussten, um das Gleichgewicht der Natur zu erhalten.« Er wurde lauter. »Verstehst du, was ich sage?«

Jakob nickte.

»Dann iss.«

»Mir tun die Tiere leid, ich möchte die nicht essen.«

Michael stand auf, griff nach Jakobs Brot, belegte es reichlich mit der Wildschweinsalami und legte es vor seinem Sohn wieder auf den Teller. »Iss!«

»Wenn ich das esse, dann muss ich kotzen!« Jakob stand auf und schrie. Tränen liefen ihm über das Gesicht. »Du bist ein Tiermörder, wenn du die Wildschweine erschießt. Und ich will nie, nie, nie wieder Fleisch essen.« Er schob seinen Stuhl so heftig zur Seite, dass er umfiel, und rannte in sein Zimmer.

Nun stand auch Michael auf. »Du kommst sofort zurück, Freundchen. Das besprechen wir in aller Ruhe. Und hier wird nicht herumgeschrien.«

David erhob sich ebenfalls und stellte den Stuhl wieder an den Tisch. »Michael, lass ihn.«

»Lass ihn, lass ihn, etwas anderes fällt dir nicht ein!« Michael griff nach dem Dekanter und schenkte sich großzügig Wein nach. Dann setzte er sich wieder und bediente sich mürrisch an den Käsewürfeln.

»Wenn ihr beide euch beruhigt habt, könnt ihr das ja noch mal besprechen. Irgendeinen Auslöser wird es geben für seine Entscheidung, kein Fleisch mehr zu essen.« David stellte sich hinter Michael und stützte sein Kinn auf dessen Kopf. Mit den Händen strich er sanft über seine Schultern. »Lass uns in Ruhe zu Ende essen, und morgen redest du mit Jakob darüber. Er ist doch noch so klein. Wie soll er denn verstehen, was für eine Bedeutung es für die Natur hat, wenn du jagen gehst?«

»Vielleicht hast du recht. Tut mir leid.« Michael wandte sich zu David um, hob das Kinn und gab ihm einen Kuss. »Ich hatte einen anstrengenden Tag. Es war nicht richtig, das an Jakob auszulassen. Wie gut, dass du mich stoppst, wenn ich durchdrehe.«

Sie küssten sich noch einmal, und David konnte fühlen, wie die Anspannung aus Michaels Körper wich.

»Besser?« David setzte sich wieder. »Du musst einfach mehr auf dich aufpassen. In letzter Zeit bist du viel zu viel unterwegs. Dein Büro und dann noch dein Engagement für die LGBT-Gemeinde, das wächst dir langsam über den Kopf. Du wirst noch krank, wenn du nicht aufpasst. Und es geht wirklich nicht, dass du deinen Stress dann hier bei uns ablässt.«

»Du hast ja recht.« Michael hielt den Dekanter über Davids leeres Glas, wartete sein Nicken ab und schenkte dann nach. »Ich gehe gleich noch mal zu Jakob und entschuldige mich. Aber er muss auch verstehen, dass wir nicht jagen gehen, um Tiere zu töten. Wie oft habe ich schon versucht, ihm das zu erklären. Ich wünsche mir ja nur, dass er später mal genauso

viel Freude beim Jagen empfindet wie ich. Es war so wunderbar, mit meinem Vater frühmorgens im Wald zu sein, und ich möchte das eben auch mit meinem Sohn teilen.«

»Du hast aber nur mit dem Jagen angefangen, weil dein Vater das für eine gute Idee hielt, oder? Anfangs hat dir das nicht so richtig gefallen. So jedenfalls hast du es mir erzählt.« David legte beschwichtigend seine Hand auf die von Michael. »Jakob braucht vielleicht noch ein paar Jahre. Oder es ist nur eine Phase, und beim nächsten Grillfest im Kindergarten, wenn es Würstchen gibt, hat er schon wieder vergessen, dass er eigentlich Vegetarier sein wollte.«

Michael nickte. »Gut.« Er stellte sein Glas ab. »Dann gehe ich mal zu meinem Sohn und sage ihm, wie leid es mir tut und dass er sich gerne die Nutella aus dem Schrank holen darf.«

David grinste. »Nutella zum Abendessen, hier reißen ja Sitten ein! Wenn das dein Vater wüsste.«

Dora

Dora hatte es sich im Wohnzimmer bequem gemacht. Nach dem sonnigen Dienstag waren heute nach dem Mittag dunkle Wolken aufgezogen, und der Blick nach draußen erinnerte an Herbsttage. Auf einem Stövchen stand eine Kanne Tee, und in den beiden Leuchtern auf den Fensterbänken brannten Kerzen. Ab und zu wehte der Wind einen Regenschauer gegen das Fenster. Auf dem niedrigen Tisch vor dem Sofa stapelten sich Fotoalben, eines hatte sie auf den Knien.

Auf einmal wurde die Tür aufgerissen, und Kirsten stürmte herein. »Mama? Ach, hier bist du. Ich habe dich schon im ganzen Haus gesucht.« Sie ließ sich auf den breiten Sessel fallen, auf dem Hanjo früher immer die Sportschau angesehen hatte. In der Hand hielt sie ein Glas, randvoll mit einem Getränk, das verdächtig nach Rotwein aussah. »Was machst du denn hier? Weinst du?« Kirsten beugte sich vor, dabei vergoss sie ein wenig Wein auf dem Tisch, den sie mit dem Ärmel ihrer schwarzen Bluse aufwischte. »Uuups.«

»Bist du betrunken?«

»Nein.« Kirsten schüttelte vehement den Kopf, dabei schwappte der Wein wieder gefährlich im Glas hin und her.

»Ich habe nur einen kleinen Drink auf meinen toten Bruder genommen. Trauerarbeit, verstehst du?« Sie stand auf und setzte sich neben Dora auf das Sofa. »Die alten Erinnerungen, was? Damals, als in der Familie Ahlenfeld noch alles wunderbar und schön war? Als sich alle so schrecklich lieb hatten und die gesamte Nachbarschaft neidisch auf diese Villa schaute! Ja, *das* waren noch Zeiten.«

Dora schlug das Album zu. »Was soll das, Kirsten?«

Ihre Tochter trank einen großen Schluck Wein.

»Meinst du nicht, es wäre besser, wenn du das da wegschüttest und noch mal ins Bett gehst? Ein Mittagsschlaf tut dir vielleicht ganz gut.«

»Pah.« Kirsten ließ sich gegen die Rückenlehne des Sofas sinken und schloss die Augen. »Es wäre wohl besser gewesen, wenn jemand *mich* erschossen hätte.«

»Kirsten!«

»Doch, Mama, überleg mal. Ich habe keinen Mann, keinen Job, keine Kinder. Du hast Michael sowieso immer lieber gehabt als mich, also, wem sollte ich schon fehlen?«

Dora legte das Fotoalbum mit mehr Schwung als beabsichtigt auf den Tisch.

Kirsten zuckte beim Geräusch des auf Holz klatschenden Ledereinbandes zusammen.

»Ich will diesen selbstmitleidigen Unsinn einfach nicht hören, Kirsten. Ja, du hast recht, ich habe mir schon oft gewünscht, dass du wenigstens ein kleines bisschen von der Hartnäckigkeit deines Bruders hättest. Oder etwas von seinem Ehrgeiz. Dann hätte das da …«, sie deutete auf das Glas, »… niemals solche Macht auf dich ausgeübt.«

»Ich bin schwach.«

»Nein, das bist du nicht, und das weißt du auch. Aber du

gefällst dir in der Rolle der missverstandenen Tochter und Schwester, um die sich niemand kümmert und die niemand richtig lieb hat. Was genau hast du denn dafür getan, dass Menschen dich mögen? Du bist Ärztin geworden, um deinen Vater zu beeindrucken und weil dir das Lernen immer leichtgefallen ist. Aber echte Empathie für deine Patienten hast du nie gehabt. Im Grunde kannst du deinem Chef dankbar sein, dass er dich rausgeworfen hat.«

»Das ist jetzt wirklich ungerecht. Du weißt doch ganz genau, was der wahre Grund für meinen Rausschmiss war, Mama. Auch wenn du es nie wahrhaben wolltest.« Mit großen Schlucken leerte Kirsten das Glas und stellte es mit einem Klirren auf dem Tisch ab.

Dora erhob sich und schüttelte die zerdrückten Sofakissen auf. »Wenn du endlich mal ehrlich zu dir selbst wärst, dann wüsstest du, dass du es allein deiner Trinkerei verdankst, dass du jetzt den lieben langen Tag nichts mit dir anzufangen weißt.« Sie schaute ihre Tochter an. »Hast du nicht gesagt, du hast Aussicht auf ein Vorstellungsgespräch in Wilhelmshaven?«

»Es war Oldenburg. Hat nicht geklappt.« Kirsten stand ebenfalls auf und griff nach dem leeren Glas. »Im Übrigen habe ich nicht wieder angefangen zu trinken, ich habe mir lediglich ein einziges Glas auf meinen Bruder genehmigt. Auf den wunderbaren und einzigartigen Michael Ahlendorf, ohne den die Welt ein schlechterer Ort ist.« Sie erhob das Glas.

»Kirsten, lass uns bitte nicht streiten. Das ist doch wirklich nicht die Zeit dafür.« Ermattet ließ Dora sich wieder zurück auf die Polster sinken. Sie war diese Gespräche so unendlich leid.

Kirsten setzte sich neben sie, lehnte ihren Kopf an Doras Schulter. Zuckte. Schluchzte.

Dora ergriff ihre Hand und streichelte sie.

»Tut mir leid, Mama.«

»Schon gut. Ich weiß, du meinst es nicht so, ist für uns alle nicht leicht.«

»Es tut mir so leid.«

Doras Schulter wurde feucht von Kirstens Tränen. Sie schaute ins flackernde Licht der Kerzen auf der Fensterbank und fragte sich, wann sie ihrer Tochter das letzte Mal so nahe gewesen war. Womöglich hatte jedes Schlechte am Ende doch auch sein Gutes.

Jakob

Jakob lag immer noch auf seinem Bett, obwohl schon später Nachmittag war. Bisher hatte er sein Zimmer nur verlassen, um auf die Toilette zu gehen. Zum x-ten Mal scrollte er durch die WhatsApp-Nachrichten auf seinem Handy.

Keine Nachricht von Lilly, und sie hatte auch nicht versucht, ihn anzurufen. Was war denn los? Sie musste doch mitbekommen haben, was passiert war.

Seine Jahrgangsstufe hatte eine eigene WhatsApp-Gruppe, und er war bereits seit dem frühen Morgen das Gesprächsthema Nummer eins.

Natürlich hatte Paula, die *bitch*, es nicht lassen können und den anderen bei WhatsApp gleich alles geschrieben, was sie wusste. Paulas Mutter arbeitete als Chefreporterin beim größten Schmierblatt in Bremen, und Paula gab immer gern damit an, wie toll ihre Mutter sei und was für superexklusive Geschichten sie für die Zeitung ausgegraben habe.

Bei Instagram hatte Paula außerdem einen Screenshot mit dem heutigen Titelbild dieser blöden Zeitung gepostet. Er war froh, dass sein Gesicht unter der Kapuze des dunklen Pullovers kaum zu sehen war. Wer ihn kannte, hatte wahrscheinlich trotzdem keine Schwierigkeiten, ihn zu erkennen. Was für ein Dreck.

»Familiendrama in Bremen – Sohn soll geschossen haben«, so lautete die Schlagzeile, die in fetten schwarzen Buchstaben über das unscharfe Foto gedruckt war. Wenige Zeilen Text darunter.

Er tippte auf das Bild und zog es größer, um den Text lesen zu können. Sein Name wurde nicht genannt, es war nur vom Sohn des Anwalts Michael A. die Rede. Von der stadtbekannten Familie A. Außerdem wurde darauf hingewiesen, was für ein wunderbarer und engagierter Mann der Getötete gewesen sei. Er habe sich vor allem für die Rechte der Schwächeren eingesetzt, die Gleichstellung von Homosexuellen sei ihm ein besonderes Anliegen gewesen, und auch als Anwalt habe er Besonderes geleistet. Genau wie schon sein Vater habe er großes Ansehen genossen.

Paula hätte sich ihren Kommentar auf WhatsApp sparen können, so viele schwule Anwälte gab es in Bremen nicht. Jeder würde sofort wissen, dass Herr A. ein gewisser Herr Ahlendorf war.

Jakob setzte sich auf und stopfte sich ein Kissen in den Rücken.

»Die Polizei konnte uns zum derzeitigen Stand der Ermittlungen keine Einzelheiten nennen, aber laut Staatsanwaltschaft muss der Täter sich am Tatort ausgekannt haben. Der Sohn des Opfers wurde nach der Befragung durch die Kriminalpolizei wieder entlassen. Offenbar lässt sich der für einen Haftbefehl notwendige dringende Tatverdacht momentan nicht erhärten. Ermittler und Spurensicherung suchten bis tief in die Nacht hinein in der Kanzlei nach Hinweisen, DNA-Spuren, Fingerabdrücken und fanden mehrere Patronenhülsen. Inzwischen soll auch der Lebensgefährte des Ermordeten befragt worden sein.«

»Fuck!« Jakob warf das Handy aufs Bett, trommelte mit der Faust gegen die Wand. »Fuck, fuck, fuck!« Er stieß die Bettdecke mit den Füßen weg und sprang auf. Lief im Zimmer auf und ab. Steckte die Hände tief in die Taschen seiner Jeans und dachte nach.

Dann setzte er sich an seinen Schreibtisch und fuhr den Mac hoch. Scrollte durch die Schlagzeilen der anderen Nachrichtenmagazine und Zeitungen. Aber außer der lokalen Presse hatte niemand ausführlicher berichtet. Und in allen Berichten stand mehr oder weniger dasselbe. Wahrscheinlich hatte Paulas Mutter sich ein bisschen was dazuverdient als Informantin für die anderen Blätter.

Jakob stand auf und griff sich das Handy von seinem Bett. Noch mal WhatsApp.

Da ging es drunter und drüber, im Sekundentakt trafen die Nachrichten ein. Er kannte nicht einmal alle, die sich äußerten, dabei war dieser Kanal eigentlich eine geschlossene Gruppe, nur für die Schülerinnen und Schüler seines Jahrgangs an der Schule.

»Wundert mich gar nicht, der war immer schon so komisch.« – »Glaubt ihr wirklich, dass jemand dazu in der Lage ist, seinen eigenen Vater zu töten? Ich meine, wir sind hier doch nicht bei CSI Bremen? Lol« – »Jakob, oder? Alter, der ist doch auch Schütze. Hat mir mal erzählt, wie geil er das findet, Tiere abzuknallen. Kein Wunder!« – »Leute, könnt ihr mal aufhören, hier diesen Mist zu posten? Noch ist gar nichts bewiesen!« – »Ey, der Typ hat zwei Väter, da kann man doch gar nicht normal sein. War klar, dass da irgendwann mal was passiert.« – »Ich verstehe das alles nicht, hat schon jemand von euch versucht, Jakob anzurufen? Der Ärmste, dem muss es sooooooo schlecht gehen.«

Jakob wusste gar nicht, was er schlimmer fand: den unglaublichen Hass auf ihn, der aus einigen dieser Kommentare sprach, oder die Blödheit, mit der manche versuchten, auf Mitleid zu machen. Wahrscheinlich saßen sie zusammen bei MCs vor ein paar kalten Pommes und malten sich in den schillerndsten Farben aus, was passiert war. Bisher hatte niemand versucht, ihn anzurufen. Jedenfalls hatte er keine Nachrichten auf der Mailbox. Neue Mails gab es auch nicht.

Er warf das Handy zurück aufs Bett. Vielleicht war es besser, das Ding ganz auszuschalten und sich gar nicht mehr anzusehen, was sich die anderen über ihn zusammenreimten. Aber was, wenn Lilly sich doch noch meldete?

Immerhin war er wieder zu Hause. Hier fühlte er sich sicher.

Jakob hörte, wie die Wohnungstür ins Schloss fiel.

Immer wieder hatte David an seine Tür geklopft und versucht, mit ihm zu sprechen, hatte ihm etwas zu essen angeboten und gefragt, ob sie sich nicht vielleicht zusammen einen Film ansehen wollten. Von Mal zu Mal hatte sein Dad es weniger lange vor der abgesperrten Zimmertür ausgehalten und schließlich angekündigt, dass er noch mal wegmüsse. Etwas erledigen.

Jakob öffnete langsam die Tür und horchte in die Wohnung.

Stille, wirklich niemand da. Er stieß das Tablett mit dem Salat und Apfelstücken, das vor seiner Tür stand, mit dem Fuß zur Seite, dabei kippte ein Glas mit Milch um und ergoss sich auf den grauen Teppichboden.

In der Küche nahm er sich aus dem Kühlschrank ein

kaltes Schnitzel, kippte reichlich Ketchup darauf und ignorierte beim Hineinbeißen die Tropfen, die auf den Boden kleckerten. Es war schließlich niemand mehr da, der ihn deswegen anschreien würde. Niemand, der darauf bestehen würde, er solle »diesen Saustall gefälligst auf Vordermann bringen, und zwar zackig!«.

Die Cola, die er ganz hinten im Kühlschrank fand, trank er direkt aus der Flasche. Dann nahm er sich noch eine Tüte Chips und zwei Tafeln Schokolade, die er in den Taschen seiner Jeans versenkte.

Auf dem Küchentisch lag ein Zettel. »Lieber Jakob, ich muss für ein paar Stunden weg, habe mir aber die kommenden Tage in der Redaktion freigenommen. Wenn du magst, dann essen wir heute Abend zusammen und sprechen über alles. Ich bin nicht allzu spät wieder da.«

Jakob ließ den Zettel, wo er war, wischte sich an einem Küchenhandtuch die schmierigen Finger ab und machte sich auf den Weg zurück in sein Zimmer.

Dann fiel ihm etwas ein.

Kurz machte er im Badezimmer halt und nahm sich aus dem kleinen Schränkchen die Packung mit den Schlaftabletten. David hatte ein ganzes Arsenal an unterschiedlichen Medikamenten gebunkert. Gegen Grippe, gegen Kopfschmerzen und eben auch gegen Schlaflosigkeit. Alles, damit er bloß keines seiner ach so wichtigen Events verpasste. Heute kamen Jakob diese Vorräte gerade recht.

David

David und Jakob hatten sich auf dem gesamten Esstisch ausgebreitet. David mit bunten Magazinen, die er auf unterschiedlichen Seiten aufgeschlagen und mit kleinen Klebezetteln markiert hatte. Jakob mit Buntstiften, Klebstoff, einem Tuschkasten und weißem Papier in verschiedenen Größen. Einige Blätter waren bereits mit Tusche, andere mit Buntstiften bemalt.

»Schau mal, vielleicht kannst du das hier nachmalen.« David legte eines der Magazine aufgeschlagen vor seinen Sohn. Er tippte auf eine Anzeige, auf der ein roter VW Käfer zu sehen war, der am Rand eines Kornfeldes entlangfuhr, die Sonne schien, und ein unwirklich blauer Himmel spannte sich über die Szenerie. »Du magst doch diese Autos.«

»Was steht da?« Jakob zeigte auf den Text, der auf den Himmel gedruckt war.

»Da versprechen die Leute, die diese Marmelade verkaufen wollen, dass es keine bessere Marmelade auf der ganzen Welt gibt.«

»Aber stimmt das denn?«

»Nein, mein Schatz. Das ist Werbung, die lebt von der

Übertreibung. Die Werbeleute wollen, dass du diese Marmelade kaufst, am besten nur diese und keine andere.«

»Finde ich doof.«

»Was findest du doof, mein Sohn?« Michael kam aus dem Badezimmer, er fummelte an seinem Krawattenknoten herum und machte ein unzufriedenes Gesicht.

»Ich mag nicht, dass ich nur eine Marmelade essen soll. Und dass die da lügen.« Jakob deutete auf das Bild vor sich.

»Warum gibst du ihm überhaupt diesen Schund?« Michael schlug die Zeitschrift zu und schob sie zu David. »Reicht es nicht, wenn du dein Hirn ständig unterforderst? Wir haben da drüben ein Regal voller Bildbände.« Er ging zur Bücherwand am Ende des Raums, griff in eines der Fächer und kehrte mit einem Stapel großer Bildbände zurück. »Wenn du unseren Sohn zum Malen inspirieren willst, dann nimm doch echte Künstler als Vorlagen. Monet, Picasso, Paul Klee, alles hier.« Er ließ den Stapel mit Wumms auf den Esstisch fallen. »Hier, Jakob, die kannst du dir anschauen, wenn du nach neuen Ideen suchst. Wir haben noch viel mehr drüben im Regal, frag deinen Dad, wenn du dir die auch ansehen möchtest. Aber vorher die Hände waschen, ja? Ganz tolle Bilder sind da drin.« Michael schlug den Bildband von Keith Haring auf und drehte das Buch zu seinem Sohn. »Schau mal, Jakob, ganz tolle bunte Bilder. Vielleicht willst du einmal versuchen, so etwas zu zeichnen?«

»Micha, er ist erst fünf.«

»Im Sommer kommt er in die Schule, und da wäre es mir ehrlich gesagt lieber, dass er schon mal von Monet und van Gogh gehört hat, als dass er sich mit seiner Lehrerin darüber austauscht, ob es richtig ist, dass Heidi Klum mit diesem Sting verheiratet ist.«

»Seal heißt der, also wenn schon.« David klappte nun alle aufgeschlagenen Hefte zu und legte sie aufeinander. »Das ist nun mal mein Job. Ich muss auch lesen, was die Konkurrenz so macht und wie sie es an die Leute bringt.«

Michael gab ihm einen Kuss auf die Stirn. »Aber das kannst du doch auch machen, wenn Jakob nicht dabei ist. Jetzt hilf mir mal mit der Krawatte, ich glaube, die sitzt immer noch schief, oder?«

»Ich hol mir frisches Wasser.« Jakob kletterte von seinem Stuhl und griff nach dem Becher, in dem das Wasser bereits grau verfärbt war. Vorsichtig trug er das Gefäß in Richtung Küche.

»Sei schön vorsichtig, nicht dass du etwas verschüttest.«

»Michael, nun lass ihn doch mal! Das kann er schon.«

»Das letzte Mal, als ich ihn gelassen habe, hat Jakob meinen Plattenspieler kaputt gemacht. Er muss lernen, dass Dinge einen Wert haben, dass man sich anstrengen muss im Leben und dass es nichts geschenkt gibt. Wenn wir ihm das nicht von Anfang an beibringen, ist es irgendwann zu spät.«

»Deinen Plattenspieler hat die Putzfrau schon vorher so gründlich sauber gemacht, dass die Nadel sonst wo gelandet ist. Das habe ich dir doch gesagt, und …«

»Hör auf, Jakob immer wieder zu verteidigen. Ich musste mich auch früh gegen meinen Vater wehren, argumentieren und erklären. Und für Fehler einstehen, die ich gemacht hatte. Mich hat auch nicht ständig jemand in Schutz genommen, wenn ich etwas kaputt gemacht habe. Wie soll denn unser Sohn jemals in der wirklichen Welt zurechtkommen, wenn du ihn immer so pamperst?«

»Ich weiß, dein Vater war ein fürchterlicher Tyrann und ein liebloser Mensch.«

»Das stimmt so nicht.«

»Micha, du hast mir so viele Geschichten von früher erzählt, ich glaube, ich kann mir ein ganz gutes Bild von deinem Vater machen.« David zog seinen Mann an der Krawatte sanft zu sich heran. »Vielleicht hat er dich tatsächlich geliebt. Deine Mutter hingegen vergöttert dich geradezu.«

Michael ließ David gewähren und es sich auch gefallen, dass er ihn mit dem Krawattenende zart auf die Wange schlug.

»Aber es ist ganz egal, wie es dir ergangen ist. Du kannst es besser machen. Du kannst ein liebevoller Vater sein, der sich um seinen Sohn kümmert, an seinem Leben Anteil nimmt und ihn in seinen Ideen bestärkt. Ganz egal, ob du diese Ideen großartig oder abartig findest. So!« David schob Michael ein Stück zurück, um den Krawattenknoten zu begutachten. »Jetzt ist er perfekt.«

»Der Knoten oder ich?« Michael grinste.

»Du auch, denn wie beschissen deine Erziehung auch war, sie hat dich zu dem Mann gemacht, der du heute bist: ein erfolgreicher Anwalt mit dem besten Ehemann der Welt.«

Dora

Kirsten hatte sich gerade zu einem sehr späten Mittagsschlaf hingelegt, als es an der Tür klingelte. Dora versuchte, vom Küchenfenster aus zu erkennen, wer vorne am Tor stand, konnte aber in der Dämmerung nur die Umrisse einer kleinen, etwas gedrungenen Person ausmachen.

Sie ging zur Gegensprechanlage. »Hallo?«

»Dora, endlich! Ich dachte schon, dir ist etwas passiert. Ich versuche es schon den ganzen Tag. Hier ist Margret. Mach mir auf, bitte.«

Dora war hin- und hergerissen zwischen dem Wunsch, weiter alleine auf dem Sofa zu sitzen, und der Sehnsucht nach einem Gespräch mit einer Freundin.

Es klingelte wieder. Das gab den Ausschlag.

Kurze Zeit später trippelte Margret auf sie zu, zog sich einen Lederhandschuh von der rechten Hand und beugte sich vor, um Dora rechts und links auf die Wange zu küssen.

»Meine Liebe. Das ist ja entsetzlich, was man so von euch hört. Wie geht es dir denn mit dieser ganzen fürchterlichen Geschichte?«

Dora schloss die Tür hinter ihrer Freundin und ging

voraus ins Wohnzimmer. »Möchtest du etwas trinken? Ein Glas Saft oder Wasser?«

»Ein Schnaps wäre wohl angebrachter, oder?« Die Wolke eines schweren Parfums streifte Dora, als Margret ihren Pelzmantel theatralisch auf einen Sessel warf, die Handschuhe in ihrer Designerhandtasche verschwinden ließ und es sich dann auf dem Sofa bequem machte.

»Alkohol ist nicht im Haus. Du weißt, warum.« Dora ging zur Schrankwand. Sie hatte nicht vor, Margret an ihren geheimen Vorräten in der Küche teilhaben zu lassen. »Es könnte höchstens sein, dass hier noch ein Rest von Hanjos Vorräten versteckt ist.« Sie schob Gläser und Blumenvasen beiseite. »Aber wahrscheinlich hat Kirsten die längst entdeckt.«

»Lass gut sein, ich möchte nichts. Danke. Komm, setz dich.« Margret klopfte neben sich auf das Sofa. »Erzähl mir alles, von Anfang an. Was ist passiert? Ich habe natürlich die Zeitung gelesen, und bei ›Buten und Binnen‹ hatten die auch einen kleinen Bericht gestern Abend. Aber ich kann nicht glauben, was die da behaupten.«

Dora war sich ziemlich sicher, dass Margret sich alle Zeitungen besorgt hatte, die heute mit fetten Schlagzeilen den Mord an ihrem Sohn getitelt hatten. Für Politik interessierte sie sich nicht, und um die Aktienkurse kümmerte sich ihr Mann. Aber Skandale, Prominentenklatsch und regionale Schicksale saugte Margret auf wie ein nasser Schwamm das Wasser. Vielleicht waren sie gerade deshalb vor Jahren Freundinnen geworden. Tageszeitungen von vorne bis hinten zu lesen wäre Dora früher auch nicht eingefallen.

»Mehr als das weiß ich auch nicht. Tut mir leid.« Dora blieb an der Schrankwand stehen. »Ich habe auch leider nicht viel Zeit, das verstehst du sicher.«

»Dora, ich kenne dich doch. Setz dich zu mir, und sprich mit mir. Ich sehe dir an, dass es dir nicht gut geht. Vorhin habe ich Anke und Beatrice getroffen, die sind auch ganz erschüttert. Ich soll dir herzliche Grüße bestellen, und wenn sie irgendwie helfen können, wenn du etwas brauchst, dann sollst du dich bitte einfach melden. Egal, was es ist.«

Dass Margret immer gleich die halbe Bridge-Gruppe anrief oder auf einen Kaffee hereinschneite, um zu tratschen, war Dora früher egal gewesen. Es hatte ihr sogar gefallen, dass sie immer zu den Ersten gehörte, bei denen Margret sich mit Neuigkeiten meldete. Doch heute empfand sie ihren Besuch als aufdringlich und übergriffig.

»Wenn du die Zeitung gelesen hast, dann weißt du ja, dass die Polizei noch ermittelt und ...«

»Ja, das habe ich gehört. Die Polizei soll auch bei dir gewesen sein. War es schlimm?«

Dora wusste wirklich nicht, was sie darauf antworten sollte.

»Ich selbst hatte noch nie direkten Kontakt mit der Polizei. Ab und zu mal einen Strafzettel, weil man den Wagen direkt vor einem Laden abstellt, wo eigentlich Halteverbot ist, aber sonst ... Ich stelle mir das ein bisschen unheimlich vor.«

»Unheimlich« war nun nicht gerade die Bezeichnung, die Dora gewählt hätte.

»Ich schau mich immer gleich um, wenn ich mal ein Stück Papier auf die Straße fallen lasse, und ich trau mich auch nicht mehr, im Auto zu telefonieren, wenn so ein Polizeiwagen hinter mir fährt.«

»Die Beamten waren sehr nett.« Zu mehr als dieser schalen Aussage fühlte sich Dora nicht in der Lage. Sie ließ das Geplapper von Margret an sich vorbeiplätschern und erinnerte sich an einen Tag mit Michael. Er hatte seine Termine gecancelt und vor ihrer Tür gestanden, einfach so, um ihr eine Freude zu machen. Die Sonne gab ihr Bestes, sie schlenderten gemütlich durch die Geschäfte, aßen Eis und unterhielten sich über dies und das. Michael war bester Laune und erzählte Geschichten von Jakob und David. Auf dem Nachhauseweg gerieten sie in eine Polizeikontrolle. Michael war unglaublich nervös, dabei wollte der Beamte ihn nur darauf aufmerksam machen, dass sein rechtes Blinklicht nicht funktioniere. Als sie weiterfuhren, waren Michaels Haare im Nacken schweißnass. Dora hatte gewitzelt, dass er im Kofferraum wohl eine Leiche transportiere. Wieso fiel ihr das gerade jetzt ein?

»Dora? Ich habe dich etwas gefragt.« Margret schnipste mit den Fingern vor ihrem Gesicht herum.

Da ergriff Dora Margrets Mantel und reichte ihn ihr. »Es war ein Fehler, dass ich dich hereingebeten habe.«

Margrets Lächeln wurde säuerlich. »Ach, so ist das.« Sie riss Dora den Mantel aus der Hand und stand auf. »Dann interessiert dich wohl auch nicht, was Anke gesagt hat.« Sie machte eine Pause, aber Dora tat ihr nicht den Gefallen, nachzufragen. Musste sie auch nicht.

»Anke hat gemeint, sie kann sich das durchaus vorstellen. Dein Enkel musste ja irgendwann mal durchdrehen, denn so, wie er aufwächst, in diesen Verhältnissen, das ist nicht normal. Ich hab dann gesagt, dass ich Michael sehr schätze und dass auch der Daniel …«

»David.«

»Bitte?«

»Mein Schwiegersohn heißt David.«

»Ja genau. Und der hat … Was wollte ich denn jetzt erzählen?«

Dora legte eine Hand auf Margrets Rücken und schob sie aus dem Wohnzimmer. »Falls es dir wieder einfällt: Merk's dir einfach, und erzähl es dann Anke und Beatrice, ja?«

»Ich verstehe, du musst das alles erst einmal verarbeiten.« Margrets Miene wurde mitleidig. »Das muss auch wirklich ein unglaublicher Schock sein. Schon allein, den Sohn zu verlieren. Das ist wirklich das Allerschlimmste, wenn die Kinder vor den Eltern gehen. Ich verstehe, dass du erst einmal zu dir kommen musst.«

Dora öffnete die Haustür und wich aus, als Margret sie noch einmal küssen wollte. Das Parfum verursachte ihr einen Würgereiz. »Das hast du falsch verstanden, Margret. Natürlich muss ich den Tod von Michael verarbeiten, aber vor allem muss ich dafür sorgen, dass die ganzen Geier und Nervensägen aus meinem Leben verschwinden, damit es mir bald besser geht.«

Magret fühlte sich leider immer noch nicht angesprochen. »Meine Liebe, das ist doch ganz selbstverständlich. Wir sind schließlich Freundinnen.« Margret zog ihre Handschuhe aus der Tasche und streifte sie über. Ein Winken über die Schulter, dann war Dora wieder allein. Mit einem Seufzer der Erleichterung schloss sie die Tür.

Jakob

Jakob wurde wach, weil die Müllabfuhr draußen mit den Tonnen schepperte. Die kamen auch immer früher. Er ärgerte sich, dass er vergessen hatte, das Fenster zu schließen, und döste noch ein wenig vor sich hin. Dank der Schlaftabletten hatte er tief und traumlos geschlafen, fühlte sich jetzt aber wie in Watte gepackt.

Wozu aufstehen, in die Schule konnte er heute sowieso nicht gehen. War eh schon fast Schluss.

Kurzer Blick auf sein Handy. Nichts von Lilly. Klar.

Felix hatte versucht, ihn zu erreichen, und von Aishe war eine Nachricht auf seiner Sprachbox.

»Jakob? Ich bin es, Aishe. Wieso meldest du dich denn nicht? Alle versuchen, dich zu erreichen. Natürlich glaubt keiner von uns, was da in den Zeitungen steht. Soll ich dich besuchen kommen? Können wir irgendwas für dich tun? Meld dich doch mal bitte.«

Natürlich. Keiner glaubte, dass er seinen Vater erschossen hatte. Ironie off.

Auf einmal wollten sie ihm helfen und für ihn da sein? Jakob erinnerte sich an etliche Situationen, in denen keiner aus seinem Jahrgang einen Furz darauf gegeben hätte, wie es ihm ging.

Aishe anzubaggern hatte er in der Zehnten versucht, aber da hatte sie ihn nicht einmal wahrgenommen. Erst recht nicht mit ihm gesprochen. Er fragte sich, wo die seine Handynummer plötzlich herhatte.

Felix war auch kein richtiger Freund. Eher ein Verbündeter im Club der Außenseiter. Sie gingen zusammen zum Leichtathletiktraining, vor Wettkämpfen auch mal zum Laufen, aber Jakob konnte sich nicht daran erinnern, mit ihm je ein richtiges privates Wort gewechselt zu haben.

Vor allem aber fragte er sich, warum Timo sich noch nicht gemeldet hatte. Wenn es jemanden gab, dem er vertraute, den er mochte und als Freund bezeichnete, dann seinen Freund aus der Musikschule.

Sie hatten sich dort kennengelernt, beide mit wenig Lust am Unterricht, sondern von ihren Eltern in die Musikschule gezwungen. Jakob hatte irgendwann wirklich Freude am Klavierspiel empfunden, während Timo sich weiterhin quälte, aber nicht mit dem Unterricht aufhören durfte, weil sein Vater große Hoffnungen in ihn setzte und sich das Geld für den Unterricht mühsam von seinem kleinen Gehalt als Busfahrer absparte.

»Bist du wach?« Es klopfte an seiner Zimmertür. »Jakob, mach doch bitte mal auf, und komm raus! Ich will einfach nur mit dir reden und sehen, wie es dir geht.«

Jakob ignorierte seinen Dad, überlegte, selbst bei Timo anzurufen. Mit irgendjemandem sprechen, das wäre vielleicht ganz gut.

»Jakob, lass uns doch bitte in Ruhe über alles reden. Ich habe ein Omelett gemacht. Kommst du?«

Jakob hörte Schritte, David ging in die Küche. Gut so, er hatte keinen Bock auf Eier. Und auch nicht auf David.

Verlogene Scheiße. Auf einmal wollte er wissen, wie es ihm ging? Plötzlich interessierte der sich wieder für ihn? Zuletzt war Jakob ihm doch sonst wo vorbeigegangen.

Das Festnetztelefon klingelte.

David nahm ab. Flüstern und zustimmendes Brummen.

Jakob stand auf, drückte sein Ohr fest an die Zimmertür, bekam aber außer ein paar Gesprächsfetzen nichts mit.

»Verstehe … Aber wieso denn jetzt? … Und wenn nicht? … Ja, mache ich. Bis gleich.« David verabschiedete sich. Dann war Stille im Flur.

Langsam öffnete Jakob die Tür, schaute durch den Spalt.

David stand wie erstarrt vor der hohen Kommode mit der Telefonstation, sein Arm hing schlaff seitlich herunter, das Telefon noch in der Hand. Dann drehte er sich zu Jakob um, als würde er spüren, dass er beobachtet wurde.

»Das war deine Anwältin. Sie kommt dich gleich abholen, ist schon auf dem Weg. Die Kripo hat neue Indizien.«

Jakob verstand nicht. Was an seiner Miene scheinbar abzulesen war.

»Die Kriminalpolizei hat neue Spuren, und die Anwältin meint, es kann sein, dass du in Untersuchungshaft kommst. Sie konnte verhindern, dass die hier mit einem Einsatzkommando anrücken, aber die Staatsanwaltschaft will offenbar Anklage wegen Mordes erheben, auf jeden Fall gibt es einen Haftbefehl gegen dich.«

»Nein!« Jakob spürte, wie ihm das Blut in die Beine sackte. Gleichzeitig wurde ihm heiß. »Ich hau einfach ab.« Er drehte sich um und lief in sein Zimmer zurück. Riss den Schrank auf und suchte seine große Sporttasche.

»Das hat doch keinen Sinn, Jakob!« David war ihm gefolgt. »Wo willst du denn hin?«

Jakob knallte die Schranktüren zu. »Scheiße!«

David stand im Türrahmen, das Telefon immer noch in der Hand. »Sie wird gleich da sein, um dich zu begleiten. Sie weiß schon, was sie tut.«

»Meinst du?« Jakob bezweifelte, dass sein Dad sich mit diesen Dingen auskannte. Sein Vater, ja, der hätte gewusst, was zu tun war in so einer Situation. »Taugt die was, diese Anwältin?«

David nickte. »Ganz sicher. Ist eine Freundin von Micha, die beiden haben zusammen studiert.«

Es klingelte.

»Das wird sie sein.« David wandte sich ab, wirkte erleichtert.

Jakob schlug mit der Faust gegen die Wand. Der Schmerz tat gut.

Er hörte, wie David die Tür öffnete, Stimmengemurmel, mehr als eine Person. Dann David: »Jakob, kommst du bitte?«

Jakob schaute sich in seinem Zimmer um, fragte sich, was er mitnehmen durfte, wenn die ihn wirklich dabehielten. Sein Handy? Oder nur einen iPod?

»Jakob!«

Er vergewisserte sich, dass Kopfhörer und Handy in der Hosentasche steckten, und trat auf den Flur.

Im Flur stand David mit einer Frau, zwei Polizisten in Uniform und einem Typen in Zivil, der ganz sicher auch ein Bulle war. David war so bleich, dass er fast durchsichtig wirkte.

Die Frau, eine Dunkelhaarige in einem grauen Kostüm, hatte ihre Bluse falsch zugeknöpft, trug Lippenstift, aber keine Wimperntusche. Hatte wohl schnell gehen müssen.

»Jakob?« Sie trat einen Schritt auf ihn zu, reichte ihm die Hand. »Ich heiße Hilke Kowalski und bin deine Anwältin. Die Herren von der Polizei sind mitgekommen, weil ein Haftbefehl gegen dich vorliegt.«

»Aber wieso denn jetzt so schnell?« David hatte Tränen in den Augen.

»Einzelheiten teilen wir Ihnen gleich auf dem Kommissariat mit.« Der Zivile wandte sich an David. »Sie dürfen uns gerne begleiten. Jakob ist ja noch nicht volljährig.«

»Aber Sie haben ihn doch gestern wieder nach Hause geschickt, weil die Schmauchspuren nicht unbedingt daher stammen müssen, dass Jakob diese Schüsse …«

Davids Stimme klang schrill, und Jakob wollte plötzlich nur noch weg. Er nahm seine Jacke von der Garderobe und stieg in seine Sneakers. »Du musst nicht mitkommen, Dad, ich schaff das schon.«

»Auf gar keinen Fall! Geben Sie mir einen Moment?« David sah die Beamten fragend an.

Der Typ von der Kripo, in Jeans, T-Shirt und einer beigefarbenen Jacke, wie dieser Kultbulle im Fernsehen sie auch trug, legte Jakob eine Hand auf die Schulter. »Wir fahren schon mal vor, Sie kommen mit Ihrer Anwältin einfach nach.«

»Ich würde sehr darum bitten, dass Sie ihn nicht befragen, solange ich nicht dabei bin!« Die Stimme der Anwältin klang scharf.

Der Typ nickte, schob Jakob Richtung Wohnungstür und öffnete sie. »Bis gleich.«

Jakob versuchte, sich auf ein Bild in seinem Inneren zu konzentrieren. Lilly, wie sie vor ihm auf dem Fahrrad fuhr, lachend und mit wehenden Haaren.

Jakob

Jakob saß mit seinem Kumpel Timo auf dem Fußboden in seinem Zimmer, sie hatten die Musik laut aufgedreht. Eminems Best-of-Album Curtain Call *lief bei ihnen momentan in Dauerschleife. Beide mochten sie* Lose Yourself *am liebsten, den Song hatten sie zum ersten Mal im Film* 8Mile *gehört, in dem Eminem den Rapper Rabbit spielte.*

Es klopfte, und David öffnete die Tür einen Spalt. »Hallo, Timo, bleibst du zum Essen?«

»Auweia, ist es schon so spät?« Timo schaute auf sein Handy, sprang auf und sammelte seine Schulsachen zusammen. »Ich soll um halb sieben zu Hause sein.«

»Kannst du die Musik etwas leiser machen, Jakob? Papa kommt gleich nach Hause.« David lächelte und verschwand wieder.

Jakob stellte die Musik aus.

Timo sah sich um, schloss dann seinen Schulrucksack und nahm seine Jacke.

»Hast du Bock, morgen nach der Schule ins Kino zu gehen? Wir könnten zur Waterfront ins Cinemaxx fahren, da läuft um drei der neue Star Wars.*«*

»Ne, morgen geht nicht, da muss ich doch zum Klavierunterricht.«

»Ach ja, Mittwoch, vergesse ich immer.« Timo streifte sich seine Jacke über. »Dann vielleicht übermorgen?«

»Ja, vielleicht.« Jakob ging voraus in den Flur. Während Timo noch dabei war, seine Schnürsenkel zu binden, öffnete sich die Tür, und Michael trat herein.

»Hi, Papa.«

»Jakob, hallo.«

Michael stellte seine Tasche unter der Garderobe ab und nickte Timo zu.

»Guten Abend, Herr Ahlendorf. Ach und tschüss dann, nä.«

Jakob klatschte sich mit Timo ab und schloss die Wohnungstür hinter seinem Freund.

»Was war das jetzt?« Michael deutete mit dem Kinn Richtung Tür. »Hatten wir nicht eine klare Abmachung getroffen?«

»Wir haben zusammen Hausaufgaben gemacht und Musik gehört.«

»Jakob, dieser Junge tut dir nicht gut. Das haben wir doch wirklich in aller Ausführlichkeit besprochen. Ich fände es schön, wenn ich mich bei solchen Dingen nicht dauernd wiederholen müsste. Du sollst dich auf die Schule konzentrieren, das hat Priorität. Ein guter MSA ist wichtig, sonst kannst du kein Abitur machen. Such dir Freunde in deiner Schule, in deiner Klasse, die den mittleren Schulabschluss nicht als Ende betrachten. Vielleicht solche, die dir auch mal bei den Hausaufgaben helfen können.«

»Ach, hallo, du bist schon da?« David streckte seinen Kopf gerade im richtigen Moment aus der Küchentür. »Wir können gleich essen. Trinkst du ein Glas Wein?«

»Gern.«

Dankbar für die Unterbrechung, wandte sich Jakob an seinen Dad. »Soll ich den Tisch decken?«

»Schon erledigt, mein Herz. Aber du kannst gleich mal die Nudeln abgießen.«

Jakob wandte sich in Richtung Küche, aber Michael hielt ihn am Ärmel fest. »Ich möchte diesen Jungen hier nicht mehr sehen, haben wir uns verstanden? Der hat einen ganz ungünstigen Einfluss auf dich, was ja auch kein Wunder ist in Anbetracht seiner Familienverhältnisse.«

»Timos Vater ist Busfahrer, kein Verbrecher.«

»Ich würde mir wünschen, dass du dich nach oben orientierst und nicht nach unten. Schon möglich, dass dieser Timo ein netter Junge ist. Ich will auch gar nicht abstreiten, dass sein Vater ein fleißiger Mann ist. Allerdings verfüge ich über deutlich mehr Lebenserfahrung als du, deshalb erlaube mir einen Rat, mein Sohn.«

Jakob war genervt, versuchte aber, ein interessiertes Gesicht zu machen. Aus seiner eigenen Lebenserfahrung wusste er, dass er sich nur anhören musste, was sein Vater zu sagen hatte, dann war die Sache meistens erledigt. Also nickte er.

»Wenn man sich Menschen sucht, die klüger, älter oder besser gestellt sind, dann partizipiert man oft davon. Du weißt, was ›partizipieren‹ bedeutet?«

Wieder nickte Jakob. Fremdwörter waren ihm natürlich geläufig. Michael hatte sich nie Mühe gegeben, besonders kindgerecht zu sprechen.

»Du wirst vom Sohn eines Busfahrers wahrscheinlich nicht besonders viel lernen können. Meiner Vermutung nach verfügt diese Familie auch nicht über Kontakte, die dir irgendwann hilfreich sein können.« Michael beugte sich vor und stützte sich mit den Händen auf den Knien ab, um Jakob in

die Augen zu sehen. »Mit der Schule, deinen Klavierstunden und dem Sport hast du ohnehin wenig Freizeit. Ich würde mir eben wünschen, das du das Beste daraus machst, okay?« Er tätschelte Jakob die Wange. »Und nun geh und hilf deinem Dad. Ich muss mir noch die Hände waschen.«

Dora

Das Telefon klingelte, als Dora gerade das Kaffeepulver in den Filter löffelte. Das Mobilteil in der Küche hatte sie zerstört, daher war sie schon auf dem Weg zum Apparat im Flur, als ihr wieder in den Sinn kam, dass es sich um einen dieser lästigen Anrufer handeln könnte. Also blieb sie vor dem Telefon stehen und wartete, bis der Anrufbeantworter ansprang.

»Dora, ich bin es, David. Ich hätte dich eigentlich gern persönlich gesprochen, aber dann eben so. Die Polizei hat Jakob abgeholt, es gibt jetzt eine Anklage wegen Mord gegen ihn. Ich bin gerade mit seiner Anwältin auf dem Weg zur Kripo. Die wollen eine DNA-Probe von ihm nehmen. Außerdem sagt Frau Kowalski, also seine Anwältin, dass es definitiv eine glaubwürdige Zeugin gibt, die einen jungen Mann etwa zur Tatzeit aus dem Haus hat laufen sehen.«

Dora nahm sofort den Hörer ab. »David? Entschuldige, ich habe das Klingeln wohl überhört.«

»Schon gut.« Er räusperte sich und wiederholte, was er bereits auf Band gesprochen hatte. »Aber das ist noch nicht alles«, fuhr er fort. »Wegen der Mordanklage wird Jakob vorläufig in U-Haft kommen.«

»Was?! Aber wieso denn das?« Dora wurden die Knie weich, und sie setzte sich auf den Stuhl neben dem Telefontischchen. »Gestern hieß es doch noch, die Beweise reichten nicht aus. Es stand sogar in der Zeitung, dass man Jakob nicht in Haft nehmen könne, weil es nicht genug Indizien gebe. ›Kein dringender Tatverdacht‹, haben sie geschrieben.«

»Das hat sich offenbar geändert.«

»Aber, das geht doch nicht! Was können wir denn da machen? Ich komme auch zur Polizei, wo finde ich euch?«

»Das bringt doch nichts, Dora. Wer weiß, ob sie dich überhaupt mit Jakob sprechen lassen. Ich weiß ja nicht einmal, ob ich mit ihm reden darf oder nur beim Verhör danebensitze.«

»Was ist das denn eigentlich für eine Anwältin, die du da engagiert hast?«

»Eine, die sich auskennt mit solchen Fällen, und außerdem ist sie eine Studienfreundin von Micha. Ich muss jetzt Schluss machen, wir sind gleich da. Tschüss, Dora, ich melde mich, sobald ich mehr erfahren habe.«

Langsam ließ Dora das Telefon auf ihren Schoß sinken. Das konnte, nein, das durfte alles nicht wahr sein! Sie würde jetzt einfach hier sitzen bleiben, bis es vorbei war. So lange, bis Jakob wieder hier bei ihr war und Geschichten aus der Schule erzählte. Er würde ihr Bilder malen mit Häusern, aus deren Fenstern Superhelden schauten, und mit überdimensionalen Vögeln zwischen weißen Wolken. Sie würden Kakao trinken mit einer dicken, kühlen Sahnehaube und Schokostreuseln obendrauf.

»Himmel, hast du mich erschreckt!«

Kirsten kam die Treppe herunter. In Kostüm und Pumps, mit knallrotem Lippenstift und ordentlich geföhnten Haaren.

»Mamilein, warum sitzt du denn hier im kalten Flur?« Sie ging vor Dora in die Hocke, dabei gaben ihre Kniegelenke knackende Geräusche von sich. »Mama? Ist alles in Ordnung, kannst du mich hören?« Sie nahm Dora das Telefon aus den Händen und stellte es zurück in die Ladestation. »Wer hat denn angerufen, gibt es Neuigkeiten von Jakob?«

»Gehst du weg?«, fragte Dora wie in Trance.

»Ich bin verabredet. Aber, Mama, was ist denn los, du bist ja weiß wie die Wand? Komm, ich bring dich in die Küche.«

Sie schob Dora vor sich her und setzte sie auf einen Küchenstuhl. Sie selbst stellte sich neben den Herd und verschränkte die Arme vor der Brust. »Was ist passiert?«

»Die Polizei hat Jakob eben abgeholt, es gibt offenbar neue Beweise für seine Schuld. Und die Staatsanwaltschaft will Mordanklage gegen ihn erheben oder hat es bereits getan! Er kommt wahrscheinlich bis auf Weiteres ins Gefängnis! Ich versteh das alles nicht!« Dora ließ die Tränen einfach laufen.

Kirsten riss ein Stück Küchenpapier von der Rolle, reichte es ihr und setzte sich neben Dora. »Soll ich Wolfgang anrufen? Oder Hans?«

Dora schüttelte den Kopf. Schnäuzte sich. »Lass mal. David hat schon eine Anwältin engagiert.« Sie warf einen Blick auf die Wanduhr. »Eigentlich müsste Wolfgang sowieso jeden Moment kommen. Wir hatten uns verabredet.« Sie stand auf und stellte das Fenster auf Kipp, weil sie das Gefühl hatte, keine Luft mehr zu bekommen.

Kirsten zog ihr Handy aus der Tasche und tippte darauf herum. »So, ich hab das mal gegoogelt. Hier steht: ›Im Jugendstrafrecht gilt der Grundsatz der Subsidiarität der Untersuchungshaft. Demnach darf Untersuchungshaft gegen Jugendliche aus Gründen der Verhältnismäßigkeit nur verhängt oder vollstreckt werden, wenn ihr Zweck nicht durch eine vorläufige Anordnung über die Erziehung, also Unterbringung in einem Heim oder andere Maßnahmen, erreicht werden kann.‹« Sie streckte den Zeigefinger in die Höhe, um die Bedeutung des nächsten Absatzes zu signalisieren. »›*Wenn* U-Haft vollstreckt wird, muss das Haftgericht im Haftbefehl die Gründe aufführen, aus denen sich ergibt, dass andere Maßnahmen nicht ausreichen und Untersuchungshaft nicht unverhältnismäßig sei.‹« Sie las den Absatz still noch einmal und fuhr dann fort. »›Wenn dies unterbleibt, ist die Anordnung der Untersuchungshaft schon aus diesem Grund fehlerhaft. Ob andere Maßnahmen zur Vermeidung von Untersuchungshaft ausreichen, muss das Gericht unter Einschaltung der Jugendgerichtshilfe aufklären.‹«

Kirsten ließ das Handy sinken und schaute Dora an. »Verdammtes Amtsdeutsch. Hast du das verstanden?« Sie blickte wieder auf das Display.

»Klingt so, als wäre das nicht so einfach mit der Haft.«

Kirsten nickte. »So würde ich das auch verstehen. Aber ich bin natürlich keine Anwältin.«

Ein Hupen vor dem Fenster.

Dora schaute hinaus. »Wolfgang ist da.«

»Ich geh schon.« Kirsten legte das Handy auf den Tisch, um die Tür zu öffnen.

Dora beobachtete Wolfgang, wie er aus seinem Jeep stieg und die hintere Wagentür öffnete, um eine Tasche herauszunehmen. Dann warf er einen Blick in den Seitenspiegel und sortierte mit den Fingern seine Haare. Trotz ihrer Anspannung war Dora gerührt, als sie sah, wie er ein Lächeln vor dem Spiegel übte, bevor er sich kopfschüttelnd abwandte und seine Schritte auf dem Kies knirschten.

Wolfgang sah aus der Nähe nicht so aus, als hätte er mehr Schlaf bekommen als sie selbst, fand Dora.

»Hallo, gibt's noch Kaffee?«

»Ich koche schnell einen.« Kirsten griff nach dem Kessel.

Wolfgang stellte seine große Aktentasche ab und schälte sich aus seiner Lederjacke. Dabei ließ er Dora nicht aus den Augen. »Wie geht es dir?«

Sie schüttelte nur den Kopf.

Wolfgang trat einen Schritt auf sie zu und nahm sie in die Arme.

Dora seufzte und schloss die Augen. Sie ließ sich fallen in dieser Umarmung aus Lederaroma und dem Duft nach Kaminfeuer, Wald und Vergangenheit. Hörte ihr Herz klopfen. Vergaß für wenige Atemzüge ihren Enkel, ihren Sohn und die Anklage.

Bis das Telefon im Flur wieder klingelte.

Dora löste sich aus der Umarmung, setzte sich an den Küchentisch und ließ es klingeln.

Kirsten ignorierte das Klingeln ebenfalls, nahm den Kessel vom Herd, brühte Kaffee auf und stellte Tassen für Wolfgang und Dora auf den Tisch. »Ich gehe mal, okay?« Sie schaute auf die Uhr. »Bin eh schon spät dran.« Sie gab Dora einen Kuss auf die Wange. »Bis später.«

»Was hat sie denn vor?«, wollte Wolfgang wissen.

»Ach, keine Ahnung, irgendeine Verabredung. Das ist auch gerade nicht wichtig.« Unter Schluchzern berichtete Dora Wolfgang von der Mordanklage und der Untersuchungshaft.

Beruhigend legte er ihr eine Hand auf die Schulter. »Das heißt jetzt erst mal nur, dass es eine Frist zur Stellungnahme gibt. Die Kammer kann die Anklage auch nicht zulassen, in diesem Fall würde das Verfahren gar nicht erst eröffnet. Das wird sie unter diesen Umständen auch machen. Dora, sieh mich an!«

Wolfgang umfasste ihre Schultern nun mit beiden Händen, und sie fürchtete umzufallen, sollte er sie je wieder loslassen.

»Hast du das verstanden? Wenn es keinen Eröffnungsbeschluss gibt, dann ist das Ding erledigt, dann ist der Fall vom Tisch, und es gibt auch keine Verhandlung. Also, in gewisser Weise ist es gut, dass endlich etwas passiert.« Er machte eine Pause. »Untersuchungshaft, Dora.«

Wolfgang öffnete seine Tasche und begann, seine Unterlagen durchzusehen. »Irgendwo hier hatte ich es doch … ja, hier. Ich musste einiges nachschlagen, habe auch mit einem Kollegen gesprochen. Bei Jugendstrafen kenne ich mich nicht so aus, das ist alles etwas anders als bei Erwachsenen.« Er legte einen Zettel vor sich auf den Tisch. »Aber er ist nicht alleine. Zunächst mal gibt es die Jugendgerichtshilfe, die unterstützt Jakob von Anfang an, die wird auch bei dem Haftprüfungstermin dabei sein.« Er sah Dora an. »Ich habe einige Fälle recherchiert. Es gibt kaum Beispiele dafür, dass Jugendliche, die in derart geordneten Verhältnissen leben wie Jakob, sofort in Untersuchungshaft genommen wurden. Untersuchungshaft wird angewandt, wenn die Angeschuldigten dafür bekannt sind, dass sie in der Drogenszene unterwegs sind oder Häuser besetzen, zum Beispiel. Geschlossene Heime für delinquente Jugendliche gibt es bei uns in Bremen nicht, lass uns erst mal abwarten.«

»Kennst du eigentlich Jakobs Anwältin?«, fragte Dora, während sie sich mit dem Küchentuch die Tränen trocknete. »Kowalski heißt die, hat wohl mit Michael studiert.«

»Nein, sagt mir nichts, der Name«, erklärte Wolfgang. »Sicher weiß die mehr über Jugendstrafrecht als ich. Man darf doch wohl annehmen, dass dein Schwiegersohn nicht irgendeine Kollegin beschäftigt, nur weil man sich kennt. Oder, Dora?«

»Ich kann es dir nicht sagen, Wolfgang. Ich weiß nicht, ob ich dir überhaupt noch sagen kann, was für ein Mensch David ist. Er war nicht gerade freundlich zu mir, aber das ist auch verständlich. Schließlich hatten wir in den vergangenen Jahren kaum Kontakt. Immerhin beteiligt er mich jetzt und erzählt mir, was passiert. Dass Michael Pläne für ein gemeinsames Haus hatte, war für ihn offenbar ziemlich überraschend.«

»Für mich auch«, ertönte Kirstens Stimme aus dem Flur.

Entweder hatte sie die ganze Zeit schon gelauscht, oder sie war noch mal zurückgekommen. Nun rauschte sie in die Küche, nahm ihr Handy vom Tisch, kommentierte das mit einem »hatte ich vergessen« und war schon wieder verschwunden, bevor Dora reagieren konnte.

»Ich tue alles, um Jakob zu helfen. Und euch.« Wolfgang zog Dora an sich und strich ihr sanft über das Haar. »Ich bin da, Dora. Mach dir keine Sorgen, es wird alles gut.«

Aber das bezweifelte Dora.

Jakob

Sie hatte sich als Sonja Hartwich vorgestellt. Gerichtshelferin. Und sie hatte Jakob auch gleich erklärt, was ihre Aufgabe war. Ihm zu helfen nämlich.

An Jakob war das alles vorbeigerauscht. Er fühlte sich wie an diesen Nachmittagen, an denen er stundenlang allein zu Hause am großen Bildschirm Computerspiele gespielt hatte. Danach hatte man im Hirn nur noch Brei und bunte Bilder, und die Wirklichkeit war unwirklicher als die virtuelle Welt.

»Hörst du mir zu, Jakob?«

Die Polizisten hatten ihn nach einem Verhör, bei dem er kein Wort gesagt hatte, zum Gericht gebracht. Jakob hatte sich entschieden, vorerst mit niemandem zu sprechen. Nicht mit David, nicht mit der Anwältin, die er angeschleppt hatte, nicht mit der Polizei und auch nicht mit dieser Frau Hartwich.

Frau Hartwich hatte ihn und David in einen kleinen Raum des Gerichtsgebäudes geführt. Hier sah es schlimmer aus als in dem Container, in dem seine Klasse nach einem Wasserschaden für ein paar Wochen untergebracht gewesen war. Ein weißer Resopaltisch mit dünnen Beinchen stand in der Mitte des Raums, dazu passende, schmucklose Hocker drum herum.

»Jakob?« Frau Hartwich rüttelte ihn sanft an der Schulter.

Er schaute sie an. Frau Hartwich erinnerte ihn an seine Klassenlehrerin in der Grundschule, Frau Daum. Die hatte auch so Fältchen um die Augen gehabt und dunkle, schulterlange lockige Haare. Und sie hatte genauso hartnäckig nachgefragt, wenn Jakob nicht gleich geantwortet hatte.

»Ich erkläre dir jetzt mal, was Sache und was meine Aufgabe ist.« Sie vergewisserte sich noch einmal, dass Jakob ihr jetzt zuhörte. »Es ist für mich nicht wichtig, was du getan hast oder ob du überhaupt etwas getan hast. Ich bin für dich da. *Für* dich, okay?«

Jakob nickte, und Frau Hartwich setzte ihren Vortrag fort. »Die Staatsanwaltschaft hat Anklage wegen Mord erhoben. Das bedeutet nicht, dass du schuldig bist. Aber es gibt jemanden, der dich zur Tatzeit am Tatort gesehen haben will.« Sie blätterte in ihren Unterlagen. »Man hat deine Fingerabdrücke im Büro deines Vaters gefunden, was nicht verwunderlich ist, denn du warst sicher öfter mal dort. Dass du einen Schlüssel zum Büro hast, ist ebenfalls nachvollziehbar, für die Ermittler aber jetzt ein Indiz. Auch klar?«

Jakob nickte wieder. Es gefiel ihm, dass die Frau nicht rumlaberte oder versuchte, irgendetwas schönzureden.

»Deine DNA-Probe wird mit den Spuren verglichen, die man am Tatort gefunden hat. So weit verstanden?«

Jakob nickte.

»Die Polizei verfolgt daneben weitere Spuren. Es wird auch gegen andere Personen ermittelt. Deine Anwältin hat von alldem natürlich immer Kenntnis.« Sie schlug die Mappe zu, steckte sie in ihren Rucksack und holte Stift und Block heraus. »Die Polizisten werden dich von hier aus in die JVA bringen. Hast du jemanden, mit dem du reden kannst?«

Sie blickte zu David hinüber, der sich nicht gesetzt, sondern neben der Tür an die Wand gelehnt hatte.

Jakob zuckte mit den Schultern.

»Ich meine, gibt es jemanden, mit dem du über das sprechen kannst und willst, was dich gerade beschäftigt? Oder soll ich jemanden verständigen, der dir helfen kann?«

»So einen Psychoonkel?«

Die Gerichtshelferin nickte. »So in etwa. Es ist vieles geschehen, und du musst gerade über eine ganze Menge Dinge nachdenken. Oft hilft es da schon, wenn du jemanden hast, der einfach nur zuhört. Auch das, was du bei der Polizei erlebt hast, rutscht nicht einfach so durch. Da kann ein Profi mitunter ganz nützlich sein.«

Jakob drehte den Kopf in Richtung Fenster. Sie waren im Erdgeschoss des Gerichtsgebäudes, und vor den Gardinen sah man immer wieder die Schatten vorbeieilender Menschen. Lauter Leute, für die das Leben heute genauso ablief wie gestern und vorgestern und am Tag davor. Sie gingen zur Arbeit, in die Schule, kauften sich Brot fürs Abendessen oder brachten das Fahrrad zum Überholen in die Werkstatt.

»Jakob, meine Aufgabe ist es, ein Profil zu erstellen. In der Hauptverhandlung muss ich den Richtern und der Staatsanwaltschaft etwas über dich berichten.«

»Was müssen Sie denn da sagen?« David schob sich von der Wand weg und setzte sich zu ihnen an den Tisch.

Jakob sah weiter aus dem Fenster.

Frau Hartwich wandte sich an David. »Na, da kommen Sie natürlich auch ins Spiel.«

»Aber was bedeutet es genau, ein Profil zu erstellen?«, fragte David nach.

Jakob konnte aus den Augenwinkeln sehen, dass sein Dad

ein Bein über das andere schlug, als säße er gerade als Gast in einer Talkshow.

»Zunächst muss ich Jakob ein bisschen näher kennenlernen. Aber auch Sie können mir sicher einiges über ihn erzählen. Also: Wie wohnen Sie? Hat Jakob ein eigenes Zimmer? Wie sind seine Noten in der Schule? Mit wem hat er Kontakt? Bekommt er Taschengeld? Welchen Hobbys geht er nach? Verstehen Sie sich miteinander? All solche Dinge.«

Jakob hatte sich wieder zum Tisch gewandt und warf David einen Blick zu. Sein Dad sah nicht so aus, als wollte er mit Frau Hartwich über »all solche Dinge« sprechen.

»Fragen Sie einfach.« David verschränkte die Arme vor der Brust und guckte beleidigt. Sein »Leberwurstgesicht« hatte Papa das immer genannt. Nie wieder würde sein Papa das sagen, fiel Jakob plötzlich ein. Er wünschte sich nach Hause. In sein Bett. Unter die Bettdecke. Er wünschte sich, dass wieder vorgestern wäre. Dass er die Zeit zurückdrehen könnte.

»Sehen Sie«, Frau Hartwichs Stimme bekam einen Tonfall, als spräche sie mit einem Kleinkind. »Ich muss herausfinden, in welchen Lebensumständen Ihr Sohn aufwächst. Was ihn prägt und geprägt hat und wie er so tickt.«

»Sie wollen wissen, ob zwei schwule Väter ein Kind so erziehen können, dass es nicht kriminell wird?«

»Herr Kendrick, es gibt überhaupt keinen Grund, mich zu verdächtigen, homophob zu sein.« Frau Hartwich fuhr die Mine ihres Kugelschreibers ein und aus, das klackernde Geräusch hatte etwas Nervtötendes, fand Jakob, sagte aber nichts.

»Ich weiß bisher lediglich, dass Jakob mit zwei Vätern aufgewachsen ist, dass es noch eine Oma gibt, zu der er offenbar recht guten Kontakt hat, und eine Tante. Das geht alles aus den Unterlagen der Kripo hervor.« Das Klackern wurde schneller. »Ich muss dem Gericht aber erklären, ob es in Jakobs Vergangenheit Auffälligkeiten gegeben hat.«

»Was denn für Auffälligkeiten?« David hatte begonnen, mit dem Fuß zu wippen, ein deutliches Anzeichen dafür, dass ihm das Klackern ebenfalls auf die Nerven ging.

»Das kann alles Mögliche sein. Zum Beispiel eine schwere Krankheit in der Kindheit, Mobbing in der Schule oder im Sportverein, eine bedrohliche Lebenssituation der Eltern«, Frau Hartwich tippte bei jedem Beispiel mit dem Stift auf ihre Handfläche, »oder auch der frühe Verlust eines Menschen, der ihm nahestand.«

Bevor sie ihre Handfläche ein weiteres Mal mit dem Stift traktieren konnte, rutschte David an den Tisch und beugte sich zu ihr vor. »Dann sage ich Ihnen jetzt, was Sie wissen müssen: Jakob ist ein wunderbarer Junge. Das war er schon immer. Liebenswert und hilfsbereit. Er ist ein sehr guter Schüler, macht Sport und Musik, spielt Klavier.« David fing an zu weinen. »Mein Sohn liebt Tiere, er hat sich geweigert, mit seinem Vater auf die Jagd zu gehen, weil er nicht auf Tiere schießen will, und lebt seit Jahren als Vegetarier. Er ist nie von zu Hause weggelaufen und hat zu uns, zu seinen Vätern, ein sehr gutes Verhältnis.«

Frau Hartwich legte vorsichtig, als könnte er zerbrechen, den Stift auf ihren Block und faltete die Hände im Schoß. »Die Staatsanwaltschaft möchte von mir eine Darstellung des Lebensumfeldes und der Persönlichkeit. Dabei geht es unter anderem darum, einzuschätzen, wie mit einem möglichen Straftäter später umgegangen wird. Braucht er psychologische Hilfe? Wie muss er untergebracht werden, damit er nicht zum Wiederholungstäter wird? Ich muss wissen, wie Jakob lebt. Hatte er eine Freundin, gab es Kontakt zur leiblichen Mutter, wurde er in der Schule vielleicht gemobbt?«

»Ach, Sie meinen, wegen der schwulen Eltern?«

»Sehen Sie, Herr Kendrick, das sind alles Dinge, die wichtig sind. Aber wir müssen jetzt nichts übers Knie brechen. Jakob, brauchst du eine Pause? Möchtest du etwas trinken oder essen?«

Jakob schüttelte den Kopf. Er wollte am liebsten raus aus diesem schrecklichen Raum und nach Hause. Aber daraus wurde wohl zunächst nichts.

David heulte immer noch, schaffte es aber, eine aus Jakobs Sicht halbwegs sinnvolle Frage zu stellen. »Wenn Jakob in Untersuchungshaft kommt, kann ich ihn dort besuchen?«

»Sie bekommen einen Brief von den Sozialarbeitern der JVA, da steht alles drin, was Sie wissen müssen. Sie haben auf jeden Fall die Möglichkeit, über Ihre Anwältin oder über mich Kontakt zu Jakob aufzunehmen.« Frau Hartwich wühlte in ihrem Rucksack und holte ein riesiges Portemonnaie hervor. Daraus zog sie eine Visitenkarte, die sie David reichte. »Da steht auch meine Mailadresse drauf. Falls ich mal nicht telefonisch zu erreichen bin, schreiben Sie mir einfach.« Sie wandte sich wieder an Jakob. »Hast du noch Fragen?«

Viele, dachte Jakob, ich habe noch sehr viele Fragen, aber die wirst du mir nicht beantworten können. Er betrachtete die Gardinen vor dem Fenster und fragte sich, wie viele vor ihm hier gesessen und auf die Netzstruktur in gebrochenem Weiß gestarrt hatten. Mit lauter Fragen im Kopf und einer Angst im Bauch, die so unfassbar und neu und so schrecklich lähmend war.

Jakob

Sie waren aufgebrochen, als es noch dunkel gewesen war. »Männerabenteuer, nur wir zwei und der Wald«, hatte sein Vater gesagt.

Bereits am Abend hatte Michael die Ausrüstung in den Laderaum des Kombis gelegt: Repetierer, Kurzwaffe, Messer, Wildbergegurt und das Erste-Hilfe-Set.

Im Jagdrucksack, den sie morgens gepackt hatten, waren neben Thermoskannen mit Kakao für ihn und Kaffee für Michael Taschenlampen und Ferngläser verstaut.

Jakob hatte kaum geschlafen vor lauter Nervosität.

Nun saßen sie auf diesem Hochsitz im Wald. Ihm war kalt, er war müde und hungrig.

Er war nicht zum ersten Mal mit auf einer Jagd, aber zum ersten Mal mit einer eigenen Waffe. Zu seinem zwölften Geburtstag hatte sein Vater ihm eine Kipplaufbüchse geschenkt. Eine SKL 98 von Sabatti: trocken stehender Direktabzug, Handspannung mit Zielfernrohr.

Nicht dass es ihn besonders interessiert hätte, aber Michael hatte ihm die Vorteile dieser besonderen und teuren Jagdwaffe so oft vorgebetet, dass er sie irgendwann auswendig kannte.

»Ist nicht gerade der Ferrari unter den Büchsen, aber wenn du irgendwann deinen Führerschein hast, brauchst du ja auch nicht gleich einen Rennwagen, sondern etwas Solides und Verlässliches, bis du sicher unterwegs bist. Beim Jagen ist das nicht wesentlich anders.«

Nachdem er Jakob die Büchse in die Hand gedrückt hatte, hatte er ihn stolz angelächelt. Als würde er ihm einen Orden überreichen.

»Schade, dass du am vergangenen Wochenende nicht mitgekommen bist. Da haben wir auf dem Hochsitz drüben an der Äsungsfläche angesessen. Da war richtig was los«, flüsterte Michael und zeigte auf eine Stelle rechts im Wald.

Jakob nickte. Sein Vater saß so dicht neben ihm, dass er das Wachs riechen konnte, mit dem Michaels Jacke imprägniert war, und den Kaffee, den er getrunken hatte.

»Nun zeig doch mal ein bisschen Begeisterung.« Michael hatte Mühe, das Flüstern beizubehalten. »Was meinst du, wie die Jungs aus deiner Klasse gucken würden, wenn sie wüssten, dass du zur Jagd gehst. Noch dazu mit einem eigenen Gewehr!«

Jakob verkniff sich eine Antwort, was seinen Vater nur noch wütender machte. »Kommt jetzt wieder die alte Leier vom Tieretöten und ›Jäger sind Mörder‹?«

Vielleicht war es gut, dass sein Vater so erregt sprach, denn dann waren die Tiere gewarnt und würden sich von dieser Lichtung fernhalten.

»Ich hab's dir tausendmal erklärt, mache es aber gerne noch einmal. Wir erlegen diese Tiere nicht aus Spaß an der Freud, sondern weil es einen Abschussplan gibt. Ich habe dieses Revier gepachtet und muss nun dafür sorgen, dass die Natur im Gleichgewicht bleibt. Ich habe das Jagdrecht und die Pflicht,

den Wildbestand zu regulieren, dazu gehört zum Beispiel, kranke Tiere zu jagen. Ist dir eigentlich klar, wie viele Bäume die jungen Hirsche in den vergangenen Wochen kaputt gemacht haben?«

Jakob nahm die Thermosflasche aus seinem Rucksack und schenkte sich Kakao in den Deckel, der als Becher diente. So hatte er auch einen Grund, sein Gewehr aus der Hand zu legen.

»Natürlich. Dazu sagt der Herr Sohn lieber gar nichts. Diese Leute, die gegen die Jagd und gegen Jäger sind, essen die Fleisch? Na klar! Und wissen die, wie es zum Beispiel in einer Schweinezucht aussieht? Massentierhaltung, schon mal gehört?«

Inzwischen war sich Jakob fast sicher, dass heute kein Reh mehr aus seinem Versteck kommen würde. Michael schrie beinahe. Zumindest klang seine Stimme an diesem menschenleeren Ort wie Donnerhall.

»Das sind alles Leute, die keine Ahnung haben und die über nichts informiert sind! Ich habe auch Vegetarier im Freundeskreis. Aber wenn ich denen eine Rehkeule mitbringe, von einem Tier, das ich selbst erlegt habe, dann essen sie dieses Fleisch mit Genuss.«

Jakob pustete in den heißen Kakao und genoss den süßen Geruch. Er konzentrierte sich ganz auf diesen Duft.

Michael seufzte und schenkte sich noch mal Kaffee ein.

Minutenlang starrten sie in die Morgendämmerung. Jakob hörte Vogelgezwitscher, und weit entfernt knatterte ein Traktor. Dann war es wieder still.

»Pssssssst.« Michael richtete sich auf und schaute über den Rand des Hochsitzes. »Da! Siehst du?«

Es war kurz vor Sonnenaufgang, und nach und nach waren

die Umrisse der Bäume und Sträucher zu erkennen. Mitten auf der Lichtung stand ein Reh, den Kopf hochgereckt. Es sah aus, als würde es direkt zu ihnen auf den Hochsitz starren.

Michael gab Jakob ein Zeichen, das Gewehr zu nehmen.

Jakob stellte seinen Becher ab und schaute auf das Tier, das nun begonnen hatte zu fressen. Ohne eine Ahnung davon, was ihm bevorstand.

Michael wurde ungeduldig und stieß ihn mit dem Ellenbogen an. Also nahm Jakob die Waffe und versuchte, sich an alles zu erinnern, was er auf dem Schießstand gelernt hatte. Natürlich, sein Vater würde genau wissen, wie alt dieses Tier war und ob es krank oder aus einem anderen Grund zum Abschuss freigegeben war. Er richtete das Zielfernrohr auf das Reh und achtete auf seine Atmung. Durch die Linse erschien das Tier ganz nahe. Er konnte die mahlenden Kiefer sehen, die Ohren, die manchmal zuckten, wenn ein Insekt um seinen Kopf kreiste. Das Fell glänzte in der aufgehenden Sonne wie flüssiges Karamell. Jakob suchte die Stelle, auf die er zielen musste. Ihm war übel und eiskalt.

»Nun mach schon!«, zischte Michael, der immer noch nach vorne starrte.

Jakob peilte sein Ziel an. Stellte sich vor, wie das Tier, nachdem er abgedrückt hatte, zuckte, zusammenbrach, starb. Dann würden sie das Reh aufbrechen und mit nach Hause nehmen. Er begann zu zittern. Seine Sicht verschwamm, er hörte sich schluchzen, und das Gewehr rutschte ihm polternd aus der Hand.

Das Reh hob ruckartig den Kopf, um dann in Sekundenschnelle in den Wald zu laufen.

Michael sprang auf und schlug mit der Hand gegen die Holzwand des Hochsitzes. »Verdammt!« Er wandte sich zu

Jakob um. »Was ist denn bloß los mit dir? Ich verstehe das nicht! Du warst nun so oft auf dem Schießstand, das hat dir doch immer Spaß gemacht. Sag mal, heulst du?«

Er riss Jakob am Arm hoch und schaute ihm ins Gesicht. Jakob roch wieder seinen Kaffeeatem, als Michael ihn anschrie: »Was bist du bloß für ein Weichei? Wir sind Jäger, verstehst du das? Wir haben diesen Wald gepachtet und sorgen hier für ein Gleichgewicht der Natur. Daran ist nichts Schlechtes, wie oft muss ich dir das noch erklären?« Mit einem Ruck ließ er den Arm wieder los.

Jakob geriet aus dem Gleichgewicht und prallte schmerzhaft gegen die Holzwand des Hochsitzes.

»Jetzt hör endlich mit dem Geplärre auf! Wir packen zusammen.« Michael verstaute bereits die Thermosflasche und die Munition wieder im Rucksack.

Für den Moment war Jakob erleichtert, auch wenn er wusste, dass dieser Ausflug noch ein Nachspiel für ihn haben würde.

Jakob

Seit die Gerichtshelferin den Raum verlassen hatte, um Kaffee und Cola zu besorgen, redete David nahezu ununterbrochen auf Jakob ein. »Vielleicht sollte ich dir zu Hause eine Tasche packen? Meinst du, du darfst deine eigenen Sachen mitnehmen? Frische Wäsche und eine Zahnbürste? Oder bekommt man so etwas gestellt, wenn man länger in der JVA bleiben muss? Mit dem Nötigsten werden die einen doch dort ausstatten.« David stand auf und ging zu seiner Tasche, die er neben der Tür abgestellt hatte. »Ich mach mir gleich eine Liste. Sag mir, was du gerne hättest. Wir fragen Frau Hartwich, die wird ja wissen, was du alles mitnehmen darfst.«

Jakob dachte an seinen Vater. Wo hatten sie ihn eigentlich hingebracht? War das wie im *Tatort*? Also Gerichtsmedizin, aufschneiden, das volle Programm? Musste David ihn identifizieren? Wann würde er, Jakob, wohl wieder nach Hause dürfen? Ob er sein Handy noch mal benutzen durfte? Hätte er Lilly bloß mal angerufen.

»Jakob, wie geht es dir eigentlich?« Für einen Moment sah es so aus, als wollte sein Dad ihm über den Kopf streichen. »Hast du Angst? Vor dem Gefängnis?«

Jakob konnte nichts sagen. Er hatte Sorge, dass er sich, wenn er den Mund öffnete, übergeben musste.

»Warum sprichst du denn nicht mit mir? Wenn du nichts getan hast, dann sag das doch auch. Du *musst* es sogar sagen, wenn du unschuldig bist. Wie soll denn die Anwältin sonst irgendetwas für dich tun? Auch Frau Hartwich muss wissen, dass es dir gut geht bei uns. Bei mir. Michael ist ja nicht mehr da. Und wenn du jetzt auch nicht mehr daheim bist …« Wieder fing David an zu weinen. »Um die Bestattung will ich mich kümmern. Aber die Polizei kann ja nicht mal sagen, wann Michaels Leich… Also, wie lange es noch dauert, bis wir einen Termin für die Beerdigung festlegen können.«

An einer Stelle standen die Gardinen einen kleinen Spalt offen. Jakob konnte die Wolken sehen, wie gemalt und strahlend weiß hingen sie an einem Himmel in allen Blautönen. Sogar das Schreien einer Möwe konnte er hier drinnen hören.

Er erinnerte sich an einen Tag im vergangenen Sommer, als sie zu dritt eine Bootsfahrt auf der Weser unternommen hatten.

»Wie Touristen«, hatte David gesagt, als sie an Deck des Schiffes saßen und an der Bremer Skyline vorbeifuhren. Immer an der Schlachte entlang Richtung Industriehäfen. Auch damals waren Möwen da gewesen. Sie waren ihnen vorausgeflogen, und Jakob hatte sich gefragt, ob die Vögel vielleicht auf die Menschen herabsahen und dachten: Auf so einem Schiff würde ich auch gerne einmal mitfahren. So, wie er gedacht hatte, dass er gerne einmal fliegen würde wie die Möwen.

»Versprichst du mir das?« Davids Stimme war schrill geworden, aber Jakob hatte nicht gehört, was er ihm versprechen sollte.

Was nicht schlimm war, denn David wiederholte es. »Ob du mir versprichst, dass du der Anwältin alles sagst, was sie wissen will? Frau Kowalski muss deine Verteidigung übernehmen, und das geht nur, wenn du ihr erzählst, was aus deiner Sicht passiert ist. Verstehst du das?« Er wartete die Antwort gar nicht erst ab. »Maximal zehn Jahre Haft, weil du noch nicht volljährig bist. Aber wirklich nur, wenn die Beweislage eindeutig ist. Das hat sie mir gesagt. Wenn diese Zeugin sich als Flop herausstellt, hat die Polizei vielleicht gar nichts gegen dich in der Hand, und dann gibt es auch keinen Prozess und keine Verurteilung. Die Kowalski sagte, sie bezweifle, dass die Polizei mit dieser Zeugin einen guten Griff getan hat. Die hat dich wohl gar nicht richtig erkannt.«

Fast sah David enttäuscht aus. Aber vielleicht bilde ich mir das auch nur ein, dachte Jakob. Er ließ das Gerede an sich vorbeiziehen und konzentrierte sich wieder auf den Ausschnitt des Himmels im Fenster.

Dass er ins Gefängnis kommen sollte, kam ihm total unwirklich vor. Wie das schon klang: Ge-fäng-nis. Er wusste natürlich, dass die JVA in Oslebshausen war. Auf irgendeinem Ausflug war er mit Papa und Dad mal nahe daran vorbeigefahren, und Michael hatte einen Witz gemacht, von wegen, wenn er sich nicht anständig verhalte, müssten sie ihn irgendwann hier besuchen. Er erinnerte sich an den roten Backsteinbau. Grau vergitterte Fenster auf mehreren Etagen. Er hatte damals wenig Grauenhaftes an dem Gebäude entdecken können und sich gefragt, wie es wohl drinnen aussah.

Es gab niemanden, den er kannte, der schon mal verhaftet worden war. Sogar der Vater von Justin, den Michael immer als »Kriminellen« bezeichnet hatte, weil er einen Edelpuff betrieb, hatte höchstens mal einen Kontrollbesuch von den Bullen erhalten.

»Okay?«

Wieder hatte Jakob die Frage von David verpasst.

»Ob ich dir etwas zum Lesen mitbringen soll? Kann ja sein, dass du mal länger warten musst irgendwo, dann hast du jedenfalls etwas, womit du dir die Zeit vertreiben kannst.«

Jakob stand auf und hatte einmal mehr den Eindruck, dass David vor ihm zurückzuckte. Um ganz sicher zu sein, machte er einen Schritt auf seinen Dad zu.

Tatsächlich, David zwinkerte ein paarmal zu oft mit den Augen. Schnell beugte er sich wieder über seine Tasche und tat so, als suchte er seinen Notizblock. »Ach, was soll's! Ich werde mir das auch so merken können.« David richtete sich auf, machte einen Schritt rückwärts und geriet beinahe ins Stolpern, als sich die Tür hinter ihm öffnete und Frau Hartwich mit einem Tablett hereinkam.

»So, da wären wir.« Sie stellte die Getränke auf dem Tisch ab. »Wollen Sie schon gehen?«

»Ich muss leider.« David griff nach seiner Tasche. »Bin aber nachher gleich wieder da.«

»Aha.« Frau Hartwich wirkte überrascht. »Ich dachte, wir reden noch ein wenig, bevor Jakob losmuss.«

»Ich beeile mich.« David hob die Hand zu einem Gruß und war verschwunden.

»Na, dann also wir beide.« Frau Hartwich deutete auf das Tablett. »Kaffee oder Cola?«

Dora

Wolfgang war bald wieder gegangen. Er wollte versuchen, bei der Bank Informationen über Michaels finanzielle Situation in Erfahrung zu bringen. Dora hatte keine Ahnung, wie viel ihr Sohn auf der berühmten hohen Kante liegen hatte und ob da überhaupt Rücklagen waren. Follow the money, hatte Wolfgang gesagt und vorgeschlagen, auf den Konten nach möglichen Motiven zu suchen. Unerklärliche Überweisungen, Daueraufträge, die nach Erpressung aussahen, oder Ähnliches konnten Hinweise auf einen möglichen Täter sein. Eine Exfreundin von ihm arbeitete in der Privatkundenabteilung der Bank, bei der schon Michaels Vater Kunde gewesen war. Eine von den Exfreundinnen, zu denen er ein gutes Verhältnis hatte. Und da Dora sicher war, dass David ihr weder die Kontoauszüge noch die Zugangsdaten von Michaels Onlinebanking zur Verfügung stellen würde, hatte sie dieser Idee nach ersten Bedenken zugestimmt.

Kirsten war noch nicht zurück von ihrem Date, und das Haus kam Dora plötzlich sehr groß und sehr still vor.

David war telefonisch nicht erreichbar, und Jakob ging ebenfalls nicht an sein Handy.

Sie hatte vergessen, Wolfgang danach zu fragen, ob die Polizei ihrem Enkel das Telefon abnehmen dürfe. Und ob ihm erlaubt sei, vom Gefängnis aus zu telefonieren. Dora fand den Gedanken von ihrem Enkel in einer Zelle unvorstellbar. »Haft« und »Zelle« und »Anwalt« – das waren doch Begriffe gewesen, die immer nur fielen, wenn Hanjo oder Michael von ihrer Arbeit erzählten. Das betraf doch nicht die eigene Familie.

Dora lief unruhig von einem Zimmer ins nächste. Sie versuchte es mit Lesen, konnte sich aber nicht auf den Inhalt des Romans konzentrieren. Ertappte sich dabei, wie sie ein und denselben Satz wieder und wieder las. Legte das Buch schließlich zur Seite.

Sie schaltete den Fernseher ein und startete die Aufzeichnung eines Fernsehfilms, hatte aber auch hier keinen Kopf für die Handlung. Wie sollte man sich auch mit fremden Schicksalen befassen, wenn das eigene plötzlich so unfassbar war?

Schließlich setzte sie sich an Hanjos Schreibtisch, nahm sich in aller Ruhe noch einmal Schublade für Schublade vor. Fand Versicherungsunterlagen für Michaels erstes Moped, die Quittung über den Kauf einer Uhr, die Hanjo später wieder verkauft hatte, Restaurantrechnungen und einen Prospekt für einen Mercedes. Sie stand auf, holte aus dem Abstellraum einen leeren Karton und packte alles hinein, was sie ohnehin nie wieder benötigte.

In die erste, nun leere Schublade wanderten die Papiere, die sich vielleicht noch als wichtig erweisen würden. Notizen in Hanjos kantiger Schrift auf Zeitungsausschnitten über Grundstücksverkäufe in Bremen.

Ein Kästchen mit Fotos von Kirsten zusammen mit einem

Mann, an den Dora sich kaum noch erinnerte. Rolf? Oder Robert? Er hatte wirklich blendend ausgesehen und ausgesprochen gute Umgangsformen gehabt. Wieso sich ein derart höflicher Mensch ausgerechnet für ihre Tochter interessierte, hatte sie sich damals gefragt. Wann war das gewesen? Michael war noch nicht verheiratet, sie hatten gemeinsam im Garten gegrillt. Daran erinnerte sie sich noch. Kirsten war es ernst gewesen mit dem Kerl. Doch wenig später hatte sie Schluss gemacht. Wieso aber lagen diese Fotos bei Hanjos Unterlagen?

Dora rutschte auf dem Stuhl zurück, blieb dabei an der oberen Kante des Schreibtisches hängen, und ein Knopf von ihrer Bluse riss ab. Als sie unter den Tisch tauchte, um den Knopf aufzuheben, fiel ihr auf, dass die Unterseite des Schreibtisches nicht eben war. Es gab eine Fläche, die man von vorne aus nicht sehen konnte, und bei näherer Betrachtung erkannte sie: Leicht versetzt unter der Schreibtischkante gab es ein winziges Schlüsselloch. Unter dem Schreibtisch war offenbar eine kleine Schublade eingebaut.

Dora öffnete noch einmal nacheinander alle Schubladen, fand aber keine Spur eines Schlüssels. Sie stützte das Kinn auf die Hände und schaute sich um. Waffenschrank, Bücherregale, Kommode, Stuhl. An Hanjos Humidor blieb ihr Blick hängen. Sie hatte den Zigarrenrauch immer gehasst und den Geruch von Hanjos Atem nach dem Rauchen. Aber ihr Mann hatte es geliebt, sonntags nach dem Mittagessen einen Malt Whisky zu trinken und dazu eine Zigarre zu rauchen.

Dora stand auf und ging zu dem Schränkchen, auf dem der Humidor stand. Sie öffnete den Deckel und sah dicke und dünnere Zigarren, die einen vertrockneten Eindruck machten. Als sie den länglichen Befeuchter heraushob, fühlte sie es schon, bevor sie es sah: Auf der Unterseite war ein schmaler Schlüssel festgeklebt. Sie nahm ihn und steckte ihn in das winzige Schloss. Er passte genau, und die Schublade ließ sich öffnen.

Viel Platz gab es darin nicht. Gerade einmal Raum in der Größe eines Schulhefts und so tief, wie ihr kleiner Finger dick war. Aber es lagen drei große rote Papierumschläge darin. Unbeschriftet und zugeklebt.

Im ersten eine Kopie von Hanjos Testament. Sie überflog die handschriftlichen Zeilen und konnte keinen Unterschied feststellen zu dem Dokument, das der Notar ihr vor drei Jahren vorgelegt hatte. Der Umschlag wanderte in die Müllkiste zu ihren Füßen.

Der zweite Umschlag war etwas dicker, und Dora fand großformatige Schwarzweißfotos. David mit einem fremden Mann. Nein, mit zwei Unbekannten, jeweils an unterschiedlichen Orten. Die Bilder erinnerten sie an alte Filme, in denen Menschen von Privatdetektiven beschattet wurden. Auch auf diesen Fotos gab es stark vergrößerte, grobkörnige Gesichter an Restauranttischen oder in einem Auto zu sehen. Außerdem waren Ausdrucke beigelegt, die tatsächlich den Stempel einer Detektei trugen: *Fakt – Diskrete & schnelle Lösung von Profi-Detektiven* entzifferte sie.

Nach Datum geordnet, wurden Beobachtungen geschildert, die aber nicht sehr ins Detail gingen. Datum, Uhrzeit und dann ein kleiner Text: »Observierter trifft Mann, Mitte zwanzig, in Café Dittschler, Hanseatenweg.« In Klammern stand hinter den Notizen manchmal eine Nummer, die sich auf eines der Fotos bezog.

Dora war fassungslos. Warum hatte ihr Mann David beobachten lassen? Und wieso hatte er nie mit ihr darüber gesprochen? Ob Kirsten davon gewusst hatte? Sicher nicht, mit Kirsten hatte Hanjo noch weniger gesprochen als mit ihr oder Michael. Ihr Mann hatte immer sehr genau getrennt zwischen Themen, die man mit Männern besprach, und solchen, die seiner Ansicht nach für Frauen geeignet waren.

Frauen hatten sich um Einkaufslisten für die nächste Geburtstagsparty, das Ferienhaus in Dänemark oder auf Sylt und den passenden Binder zum neuen Anzug zu kümmern. Themen wie die Jagd, Geschäfte und Geldangelegenheiten waren allein seinen männlichen Freunden vorbehalten. Auch Michael hatte er nach dessen Outing nicht mehr in diese Männerangelegenheiten einbezogen.

»Dora, ich habe nur ein Kind, eine Tochter. Mehr gibt es dazu nicht zu sagen.« Das war Hanjos Standardantwort, wenn sie wieder einmal versucht hatte, zwischen Vater und Sohn zu vermitteln. Nicht einmal seinen Enkel hatte Hanjo sehen wollen. Er fand es »unnatürlich« und »nicht von Gott gewollt«, dass ein Mann Vater eines Kindes wurde, das von einer Leihmutter stammte.

Seufzend öffnete Dora den letzten Umschlag. Noch einmal der Privatdetektiv. Dieses Mal aber Bilder von ihr selbst.

Dora sah ihr jüngeres Ich mit Wolfgang in einem Cabriolet an einer roten Ampel. Ihr wurde heiß, und sie blätterte weiter. Ein Foto zeigte sie mit Christopher, einem anderen Freund von Hanjo. Sie saßen nebeneinander auf einer Treppe, beide ein Eis in der Hand, und Dora leckte lachend einen Tropfen von ihrem Finger. Sie erinnerte sich noch gut an diesen Tag. Es war unglaublich heiß gewesen. Tagelang. Sehr ungewöhnlich für Bremen, diese Hitzewelle, und nicht einmal der Hauch einer Brise von der Weser, die sonst immer für ein klein wenig Abkühlung sorgte.

Hanjo hatte eine Fortbildung in München besucht, und Kirsten hatte sich beim Radfahren das Knie so schlimm aufgeschlagen, dass sie ins Krankenhaus gebracht werden musste. Damals hatten sie nur ein Auto besessen, doch zum Glück tauchte Christopher mit irgendwelchen Unterlagen für Hanjo auf und erklärte sich sofort bereit, Kirsten und Dora in die Klinik zu fahren.

Unglaublich, dieser Tag lag mindestens vierzig Jahre zurück, aber Dora erinnerte sich so genau daran, als wäre es gestern gewesen. Wie leicht und wunderbar ihr alles vorgekommen war, trotz der Sorge um Kirsten. Kirsten war nicht auf diesem Bild, sie musste sich kurz nach der Aufnahme zu ihnen auf die Treppe gesetzt haben. Im Krankenhaus war ihr Bein dick verbunden worden, während ununterbrochen die Tränen flossen. Zum Trost und gegen den Schock hatte Christopher ihnen allen ein Eis spendiert.

Dora blätterte durch die Fotos. Aber es gab nur Bilder von ihr mit den Kindern und beim Einkaufen, vor der Tür zur Kosmetikerin und im Freibad mit ihren Freundinnen. Nichts Verfängliches.

Wie lange hatte Hanjo sie wohl beobachten lassen? Und vor allem: warum? *Das* hatte David wahrscheinlich gemeint, als er vor zwei Tagen Hanjos ›ganz spezielles Hobby‹ erwähnte. Woher wusste ihr Schwiegersohn davon? Und was würde sie sonst noch über den Mann herausfinden, mit dem sie so viele Jahre verheiratet gewesen war?

Dora verzichtete darauf, die beigefügten Texte zu lesen, und warf alles in die Kiste, die für den Müll bestimmt war. Nur die Fotos hob sie auf.

Die Wanduhr spielte die Melodie von Big Ben und schlug dann zweimal. Dora befand, dass noch genug Zeit war, um in die Schwimmhalle zu fahren und sich den ganzen Dreck der vergangenen Tage gründlich abzuwaschen.

Sie stellte gerade ihre Tasche auf den Rücksitz des Wagens, als ein dunkelblauer VW Kombi auf ihre Auffahrt fuhr. Ihm entstiegen ein Mann mittleren Alters in einer Schimanski-Jacke und eine junge Frau, die ein Gesicht hatte wie eine Puppe. Große braune Augen und rosafarbene Wangen mit Grübchen.

»Moin.« Der Schimanski kam auf Dora zu und reichte ihr die Hand.

»Guten Tag.«

»Sind Sie Dora Ahlendorf?«

Dora nickte.

»Mundt, mein Name, Kriminalpolizei Bremen, und das ist meine Kollegin, Kommissarin Buchholz. Frau Ahlendorf, wir kommen, weil wir gern mit Ihnen über Ihren Enkel sprechen würden. Können wir vielleicht kurz ins Haus gehen?«

Dora wollte weder mit den Beamten reden noch zurück ins Haus, aber sie hatte wohl keine Wahl. Also nickte sie und ging ihnen voraus. Schloss die Haustür auf und führte die beiden Kommissare ins Wohnzimmer. Aus Gewohnheit hätte sie die Beamten beinahe gefragt, ob sie ihnen etwas anbieten dürfe, konnte sich die Frage aber gerade noch verkneifen. Sie wollte, dass die zwei so schnell wie möglich wieder verschwanden.

Kommissar Mundt blieb unschlüssig mitten im Raum stehen, seine Kollegin setzte sich auf einen Stuhl am Esstisch. »Es wird auch nicht lange dauern. Nehmen Sie doch Platz.«

Dora setzte sich auf den Stuhl, der am weitesten von Frau Buchholz entfernt war.

»Wir sind hier, um mit Ihnen über die neuesten Ermittlungsergebnisse im Mordfall Ihres Sohnes zu sprechen«, erklärte Mundt, der nun zwischen den Frauen am Tisch stand und mit beiden Händen die Lehne des Stuhls vor ihm umfasste. »Sie wissen, dass wir Ihren Enkel in Untersuchungshaft genommen haben?«

Dora nickte. Das Herz schlug ihr bis zum Hals. Sie konnte jetzt unmöglich sprechen.

»Es sieht bisher so aus, als stammten die Schmauchspuren an den Händen Ihres Enkels tatsächlich von der Tatwaffe. Auf jeden Fall sind sie noch frisch genug, dass sie zur ermittelten Tatzeit passen.«

Dora stand auf. »Entschuldigung, ich muss mir ein Glas Wasser holen. Möchten Sie auch etwas trinken?«

Beide schüttelten den Kopf.

Als sie aus der Küche zurückkam, saß auch der Schimanski am Tisch. Sah ihr erwartungsvoll entgegen. Seine Kollegin hatte einen kleinen Block und einen Stift vor sich auf den Tisch gelegt.

Mundt sagte: »Schmauchspuren lassen sich noch sehr lange feststellen, selbst wenn der Täter sich tausendfach die Hände mit Seife wäscht.«

Dora setzte sich, trank einen Schluck Wasser, schwieg.

Der Kommissar beugte sich zu ihr vor. »Wir haben DNA-Proben von Ihrem Enkel und auch vom Ehemann Ihres Sohnes genommen, um sie mit den Spuren auf den Patronenhülsen zu vergleichen. Inzwischen wissen wir, dass Ihr Sohn mit einer Waffe mit einem 9-Millimeter-Kaliber erschossen wurde. Kennen Sie eine solche Waffe?«

Dora schüttelte den Kopf.

»Aber Ihr Mann war doch Jäger, auf ihn sind mehrere

Waffen registriert«, mischte sich jetzt die junge Kommissarin ein.

Dora sah Mundt an, dass ihm das nicht gefiel. In seine Richtung sagte sie: »Ach, und jetzt meinen Sie, dass ich Ahnung von Waffen habe, nur weil mein Mann auf die Jagd gegangen ist?« Dora wurde lauter. »Ich habe so ein Ding nie angefasst und kann auch nicht damit umgehen.« Dann schenkte sie der Frau mit den Grübchen ein leeres Lächeln. »Mein Mann war der Ansicht, dass Schießen Männersache ist.«

»Vermissen Sie denn eine Waffe Ihres Mannes?«

»Nein.«

»Wir haben die Waffen, die auf Ihren verstorbenen Mann und auf Ihren Sohn registriert sind, gecheckt.« Die Kommissarin schaute in ihre Aufzeichnungen. »Zu keiner dieser Waffen passt die Munition, die wir gefunden haben. Haben Sie zuletzt den Waffenschrank auf Vollständigkeit überprüft? Gibt es vielleicht eine Waffe, die nicht registriert wurde?«

»Nein, sicher nicht. Dazu war mein Mann viel zu korrekt. Und wenn Sie selber sagen, dass keine unserer Waffen die Tatwaffe sein kann …«

Die Frau schrieb, der Mann überlegte.

Dora trank noch einen Schluck Wasser und hoffte, dass das hier bald vorbei wäre.

Dann begann Mundt wieder: »Eine Zeugin hat ausgesagt, dass sie einen Jugendlichen in einem dunklen Pullover aus dem Haus hat laufen sehen. Sie kam gerade vom Einkaufen zurück, das war kurz nach der Tatzeit. Die Beschreibung passt auf Ihren Enkel.«

»Aber das ist doch ein Mehrparteienhaus. Da wohnen doch viele Leute und bestimmt auch ein paar Jugendliche!

Tragen die nicht alle die gleichen Klamotten?« Dora wollte die Sache jetzt beenden. Sie hatte diesen Kripoleuten nichts mehr zu sagen. Schon gar nicht ohne Wolfgang oder Hans an ihrer Seite. »Ich würde es vorziehen, wenn Sie jetzt gehen, ich habe noch einen Termin.«

Mundt seufzte, stand auf, schob den Stuhl zurück an den Tisch. »Gut, ich schlage vor, Sie kommen morgen noch mal zu uns aufs Präsidium. Wir möchten mit Ihnen gerne einmal ein paar Dinge durchgehen, die Ihren Sohn betreffen. Ihnen einige Fotos zeigen von Männern, die möglicherweise Kontakt zu ihm hatten. Passt Ihnen neun Uhr?«

»Einverstanden.« Dora stand ebenfalls auf, wartete, bis die Kommissarin Stift und Block wieder in ihre Jackentasche geschoben hatte, und ging den beiden voraus zur Haustür.

Nachdem der Kombi gefahren war, stieg sie in ihr Auto. Jetzt endlich zur Schwimmhalle. Das war mehr als nötig.

Dora

Es war Hanjos Geburtstag. Sie hatten im »kleinen Kreis« gefeiert, die Freunde waren bereits gegangen, die Familie war allein. Michael setzte sich mit einem Glas Malt zu Kirsten und seiner Mutter, Hanjo stand vor dem Fenster und schaute in die Dunkelheit. Niemand sprach. Dora überlegte, ob sie in die Küche gehen sollte, um noch ein paar Schnittchen vorzubereiten. Raus aus dieser dicken Luft.

»Das war doch ein sehr netter Abend.« Michael versuchte ganz offensichtlich, die gespannte Stimmung etwas aufzulockern. »Habt ihr gesehen, dass Inga eine riesige Laufmasche in der Strumpfhose hatte? Sie hat sich immer gegen die Wand gestellt, damit man es nicht bemerkt. Aber dadurch ist es erst recht allen aufgefallen.« Er grinste.

»Das findest du lustig?« Hanjo drehte sich zu ihnen um. »Mir ist das Lachen leider vergangen.« Langsam bewegte er sich auf die Sitzgruppe zu. »Mein eigener Sohn erzählt meinen Freunden, dass er einen ganz besonderen Mann kennengelernt hat. Mein eigener Sohn erzählt allen, dass er schwul *ist!«*

»Hanjo, beruhige dich doch.« Dora stand auf und legte ihrem Mann die Hand auf den Arm.

Er riss sich los und stellte sich vor Michael, der inzwischen ebenfalls aufgestanden war.

»Und das ist dir peinlich?« Michael schaute seinem Vater direkt in die Augen. »Hätte ich lügen sollen auf die Frage, ob ich denn endlich eine Frau gefunden habe, mit der ich eine Familie gründen möchte?«

»Das vor meinen Freunden auszubreiten – noch dazu an meinem Geburtstag –, finde ich einfach bodenlos! Habe ich dir das nicht bereits deutlich erklärt, als du mir so etwas angedeutet hast: Wie willst du denn in deinem Beruf die nötige Anerkennung finden, wenn alle wissen, dass du dich in deiner Freizeit mit Männern herumtreibst? Reicht es nicht, deine eigene Familie damit vor den Kopf zu stoßen?«

»Ich treibe mich nicht herum, ich lebe mit einem Mann zusammen, den du nicht einmal kennenlernen willst! Lieber pflegst du deine Vorurteile, anstatt dich damit auseinanderzusetzen. Nein, er durfte zu dieser Familienfeier nicht mitkommen, weil du im ›kleinen Kreis‹ feiern wolltest. Ein sehr ›kleiner Kreis‹ mit gut vierzig Gästen, von denen du einige vielleicht ein einziges Mal in deinem Leben gesehen hast. Ich lebe mit einem *Mann zusammen, Vater. Daran ist nichts verwerflich oder peinlich. Ich verlange ja nicht, dass du das toll findest, aber vielleicht kannst du es einfach akzeptieren. Und mal damit beginnen, nicht alles, was ich mache, schlecht zu finden.«*

Vater und Sohn standen sich gegenüber wie Kampfhähne.

Hanjo holte Luft, aber Dora fiel ihm ins Wort. »Das ist unfair von dir, Michael. Dein Vater hat sich immer sehr bemüht, dich in alles einzubinden. Er hat dir alles ermöglicht, was du wolltest.«

»Das stimmt allerdings«, meldete sich Kirsten zu Wort.

»Wenn ich mir so angucke, was ich alles nicht durfte und was Papa dir erlaubt hat …«

Michael sah seine Schwester an. »Stellst du dich jetzt auch gegen mich? Ich fasse es nicht. Werde ich in dieser Familie eigentlich nur kritisiert?« Er sah von einem zum anderen.

Kirsten setzte nach. »Na, nach allem, was du mir angetan hast, wirst du doch nicht erwarten, dass ich dich unterstütze?«

»Michael«, Doras Stimme war sanft, »du weißt doch, dass wir dich lieben, aber dein Vater …«

»Mir reicht es.« Hanjo trat einen Schritt zurück und deutete in Richtung der Tür. »Dein ewiges Gejammer und Selbstmitleid. Michael, du gehst.«

»Bitte?«

»Du verschwindest aus meinem Haus!«

»Hanjo, beruhig dich doch, denk daran, was der Arzt gesagt hat.« Dora war kurz davor, in Tränen auszubrechen.

Michael schüttelte den Kopf, seine Fingerknöchel waren weiß, so fest umklammerte er sein Glas. »Das ist alles, was du sagst, Mutter, wenn mein eigener Vater mich rauswirft?«

Dora war hin- und hergerissen. »Michael, versuch doch, deinen Vater zu verstehen. Unsere Generation ist nicht so vertraut mit solchen Sachen …«

»Solchen Sachen? Ich bin homosexuell, schwul*! Könnt ihr das Wort nicht aussprechen? Ihr seid so engstirnig und so widerlich und so … so …« Er ging an Hanjo und Dora vorbei Richtung Tür.*

Dora wollte ihm folgen, aber Hanjo hielt sie am Arm zurück. »Lass ihn.«

»Ja, Mutter, lass ihn! Du hast ja noch eine Tochter und – nicht zu vergessen – einen ganz wunderbaren Ehemann, der für dich sorgt und dich liebt. Ihr könnt mich alle mal!«

Michael holte aus und warf das Glas in Richtung seines Vaters, traf aber Dora. Noch bevor die Scherben den Boden erreichten, war Michael an der Haustür. Er sah nicht das Blut an der Stirn seiner Mutter, hörte nicht den Schrei seiner Schwester, bemerkte nicht den eiskalten Blick seines Vaters.

Dora

Dora beschloss, dass eine weitere Schicht Puder unbedingt angebracht war, und fuhr sich mit dem Pinsel über das blasse Gesicht. Verteilte großzügig Rouge auf den Wangenknochen und fand sich schließlich halbwegs öffentlichkeitstauglich.

Sie hatte im Schwimmbad zügig ihre Bahnen gezogen und war direkt danach heimgefahren.

Zu Hause hatte sie versucht, sich bei einem heißen Wannenbad zu entspannen, und war anschließend kurz auf dem Sofa eingedöst, aber immer wieder aus Träumen aufgeschreckt, in denen Blut floss oder Kinder weinten.

Nein, auch jetzt würde sie nicht Schwarz tragen. Michael hätte es nicht gefallen, dass sie sich verkleidete. Eine nachtblaue Bluse betonte ihre Augenfarbe, und die Jeans war durch das viele Waschen weich wie Watte.

Mit einem extrastarken Kaffee versuchte Dora, die Mattigkeit abzuschütteln, was aber nicht recht gelingen wollte. Die allgegenwärtige Traurigkeit und das Gefühl, niemals wieder glücklich sein zu können, das sich um sie gelegt hatte wie ein metallener Mantel, ließen sich einfach nicht abschütteln. Selbst der Gedanke, gleich Wolfgang zu treffen, machte sie nicht glücklich, gab ihr aber so etwas wie Zuversicht. Es tat gut, Wolfgang an ihrer Seite zu wissen.

Sie fühlte sich leicht zittrig, als sie schließlich im Wagen saß und das automatische Tor öffnete.

Die Journalisten hatten aufgegeben. Entweder, weil sie begriffen hatten, dass von ihrer Seite keine Informationen zu erwarten waren, oder aber, weil sie inzwischen eine bessere Quelle gefunden hatten. Es war ihr egal.

Dora parkte den Wagen in der Diepenau und ging die wenigen Schritte bis zu dem italienischen Restaurant, in dem sie verabredet waren.

Wolfgang saß bereits an einem Tisch ganz hinten in der Ecke, weit weg vom Tresen und möglichen Zuhörern. Er hatte seine Aktentasche auf den Knien und schien etwas zu suchen. Er war so in sein Tun vertieft, dass er erschrocken aufsah, als Dora an den Tisch trat.

»Hallo, Wolfgang.«

Wolfgang stand auf und begrüßte Dora mit einer Umarmung.

Sie sog seinen Duft ein und fühlte sich gleich weniger müde. Zuckte dann aber zurück, als eine Schnauze sie anstieß. »Oh, du hast deinen Hund mitgebracht.« Dora machte einen Schritt zurück und setzte sich auf den Stuhl, der am weitesten weg von dem Tier war. Sogleich spürte sie einen Juckreiz am Rücken. Die Haare auf ihren Armen stellten sich auf.

»Ich konnte Bella nicht schon wieder alleine lassen. Sie ist aber wirklich sehr brav, du musst keine Angst haben.« Wolfgang zog den Hund an der Leine wieder unter seinen Stuhl. Bella protestierte mit einem Quietschen, legte sich dann aber hin. Den Kopf auf den Vorderpfoten, ließ sie ihre Umgebung nicht aus den Augen.

»Ich habe keine Angst.« Dora fand selbst, dass sie klang wie ein bockiges Kind.

Die junge Kellnerin kam an den Tisch. »Möchten Sie schon etwas bestellen?«

»Einen Kaffee bitte.«

»Und bringen Sie uns doch bitte die große gemischte Vorspeisenplatte«, ergänzte Wolfgang und hob warnend die Augenbrauen, als Dora Luft holte, um Einspruch zu erheben.

»Du siehst aus, als müsstest du dringend etwas essen. Wann hattest du denn deine letzte Mahlzeit?« Wolfgang bückte sich, um die Leine an einem Stuhlbein zu befestigen, und Dora empfand plötzlich Zärtlichkeit, als sie auf seinem Hinterkopf eine kleine kahle Stelle entdeckte.

»Wegen des Essens sind wir doch nicht hier.« Dora zögerte kurz, entschloss sich dann aber, Wolfgang von ihren Sorgen zu berichten. »Ich war vorhin im Schwimmbad und habe dort Sigrid getroffen, eine Freundin aus dem Bridge-Club. Das heißt, ich war mal der Ansicht, sie wäre meine Freundin.« Es fiel Dora schwerer als gedacht, über diese Begegnung zu sprechen. Vielleicht auch, weil Wolfgang sie mit diesem ganz speziellen Blick ansah. »Sie will nichts mehr mit mir zu tun haben, die anderen auch nicht. Sie sagt, dass alle aus dem Bridge-Club Jakob verdächtigen, meinen Sohn getötet zu haben. Mit Mördern würden sie nicht verkehren. Ihre Worte.«

»Dora!«

Sie konnte das Mitleid in Wolfgangs Blick kaum ertragen.

»Dora, du kannst dir nicht ernsthaft Gedanken um diese Frauen machen! Wenn die das denken, dann waren sie nie richtige Freundinnen!«, ereiferte sich Wolfgang.

»Natürlich nicht. Ich musste nur mal raus damit. Hat sich so beschissen angefühlt.« Dora deutete auf seine Tasche. »Was hast du herausgefunden?«

Wolfgang legte ein Blatt Papier auf den Tisch, deckte es aber mit den Händen sofort wieder ab, weil die Kellnerin Getränke, ein Körbchen mit Brot und ein Schälchen Oliven brachte.

Als die junge Frau verschwunden war, schob er das Blatt zu Dora. »Das hier musst du ausfüllen.«

Unter dem Briefkopf der Justizvollzugsanstalt Bremen stand »Antrag auf Eintragung in die Besucherkartei nach §§ 32, 33 BremUVollzG für die Untersuchungshaft«.

»Ach so, der Antrag auf Besuchsrecht für Jakob.«

Wolfgang reichte ihr einen Stift. »Du musst hier deinen Namen und deine persönlichen Daten eintragen, versichern, dass du die Oma von Jakob bist, und dich mit deiner Unterschrift einverstanden erklären, dass du von der Behörde datentechnisch durchleuchtet wirst.«

»Was bedeutet das?« Dora nahm den Kugelschreiber, starrte auf das Papier und las die Zeilen, auf die Wolfgang zeigte. »Wie bitte?«, rief sie entrüstet aus. »Die wollen wissen, ob ich kriminell bin? Oder ob ich vielleicht plane, mit meinem Enkel demnächst eine Bank zu überfallen? Das ist doch absurd!«

»Das sind nun mal die Regeln. Füll das Ding einfach aus und unterschreib. Ich leite es morgen an die zuständige Stelle weiter.«

»So, einmal die Vorspeisenplatte.« Die Kellnerin stellte zwei kleine Teller vor sie hin und eine große Platte mitten auf den Tisch.

»Jetzt iss erst einmal.« Wolfgang füllte Doras Teller mit

gegrilltem Gemüse, Vitello tonnato und Schinken und reichte ihr die Gabel.

Dora pickte ein Stückchen Paprika auf, kaute, würgte das Gemüse hinunter und schob den Teller zur Seite. »Morgen muss ich zur Kripo. Die haben mich vorhin besucht, und ich soll morgen noch mal befragt werden. Kommst du mit?«

»Natürlich.« Wolfgang nickte.

»Was hast du noch alles gemacht?«

Wolfgang rückte ein wenig näher an sie heran und legte eine Hand auf ihre. »Ich habe ein paar Leute angerufen und mir schon einige von Michaels Papieren angesehen, die wir in Hanjos Büro gefunden haben. Bei der Bank war ich auch, aber die sagen mir nichts. Du musst also doch versuchen, über David an die Unterlagen zu kommen.« Wolfgang nahm ein Stückchen Schinken und ließ es wie zufällig vor seinem Hund auf den Boden fallen. »Ach, und ich habe unseren Freund Hans ein bisschen darüber ausgequetscht, was er über den aktuellen Stand der Ermittlungen weiß.«

»Das interessiert mich vor allem.«

»So ganz nah dran ist er als Pensionär natürlich nicht, aber ein bisschen was hat er herausgekriegt. Jakob ist nur aufgrund von Indizien verhaftet worden. Zum einen ist da die Tatsache, dass er einen Schlüssel zu Michaels Büro hatte …«

»Hab ich auch.«

»… dann gibt es die Zeugin, die ihn gesehen haben will, kurz nachdem die Schüsse fielen. Schmauchspuren an seinen Händen und Klamotten.« Wolfgang machte eine Pause. »Das Motiv ist angeblich Streit in der Familie, keine Ahnung, wie die auf die Idee kommen.«

»Was? Wer hat denen das denn erzählt?«, fragte Dora aufgebracht. »Übrigens erinnere ich mich, dass du gesagt hast, es sei sehr unwahrscheinlich, dass man einen Siebzehnjährigen in Haft nimmt.«

»Das habe ich gesagt, das stimmt. Aber im Fall von Jakob ist der Richter offenbar zu einer anderen Entscheidung gekommen. Die Staatsanwaltschaft hat Anklage wegen Mord ›aus niedrigen Beweggründen‹ erhoben.«

»Warum denn niedrige Beweggründe?«

»Weil es möglicherweise um das Erbe ging? Um Geld?«

»Das ist doch Quatsch.« Dora pickte ein Stück Schinken mit Melone auf und schaute sich nach der Kellnerin um. Sie hatte plötzlich unerträglichen Durst. Den Kaffee hatte die Bedienung offenbar vergessen. »Und wie geht es jetzt weiter? Die können meinen Enkel doch nicht einfach einsperren, es muss einen Prozess geben, er muss die Möglichkeit haben, sich zu verteidigen beziehungsweise verteidigt zu werden. Hast du diese Anwältin überprüft? Kannst nicht doch du die Verteidigung übernehmen?«

Wolfgangs Hand lag wieder warm und tröstlich auf ihrer. Er schüttelte den Kopf. »Das geht nicht, Dora. Ich bin raus, ich kann nur inoffiziell agieren. Der zuständige Richter von der Jugendstrafkammer wird den Prozess eröffnen, aber da sind noch einige Verfahren anhängig. Kann also etwas dauern bis zum Prozessbeginn. Aber du kannst sicher sein, dass sich alle Beteiligten darum bemühen, dass es schnell losgeht.«

»Wie schnell denn?«

»Ich weiß es nicht. Einfach wird dieses Verfahren sowieso nicht. Es gibt nur die eine Zeugin, keine Beweise, lediglich Indizien.«

»Darf ich Ihnen noch etwas bringen?« Die Kellnerin stand plötzlich neben ihnen.

Wie ertappt zog Dora ihre Hand unter der von Wolfgang weg. Überspielte ihre Verlegenheit, indem sie nach der Speisekarte griff. »Haben Sie auch frische Säfte?«

»Apfel, Orange und Karotte, wir können auch mischen.«

»Dann nehme ich einen Karotten-Orangen-Saft und ein Mineralwasser ohne Kohlensäure, bitte. Den Kaffee können Sie streichen. Du auch noch etwas?«

Wolfgang schüttelte den Kopf.

Die Kellnerin nickte und zog wieder ab.

»Sie haben übrigens auch Davids Hände auf Schmauchspuren untersucht«, berichtete Wolfgang weiter.

»Wie bitte, David?«

»Der ist aus irgendeinem Grund in den Kreis der Verdächtigen geraten. Aber, wie gesagt, Hans weiß da auch nicht viel mehr.«

»Wie bitte, David? Du kennst ihn doch auch. Der hat sich aufgeopfert für Michael. Hat alles für ihn getan.«

»Dora, du weißt selber, dass nicht jede Liebe fürs Leben hält. Manchmal kann aus großer Leidenschaft auch großer Hass werden. Eines der häufigsten Motive für Mord ist Eifersucht oder nicht erwiderte Liebe.«

»Meinst du, Michael hatte ein Verhältnis?«

»Oder David?«

Sie wurden wieder von der Kellnerin unterbrochen, die lächelnd die Getränke auf den Tisch stellte. »Darf ich schon kassieren? Ich werde gleich abgelöst.«

Dora griff nach ihrer Handtasche, aber Wolfgang hatte bereits einen Schein auf den Tisch gelegt. »Danke, stimmt so.«

Das Lächeln der Kellnerin wurde angesichts des großzügigen Trinkgeldes noch etwas breiter. »Oh, vielen Dank!«

Bella jaulte.

»Wenn du ausgetrunken hast, dann lass uns ein paar Schritte gehen, ja? Der Hund muss sich mal bewegen.«

Dora nahm einen Schluck von dem Saft, den sie zu sauer fand, und flüsterte: »Du meinst, dass David Michael betrogen hat?« Sie erinnerte sich an die Fotos aus der Privatdetektei, die sie in Hanjos Schreibtisch gefunden hatte. »Aber das wäre doch kein Grund für einen Mord! Er hätte Michael einfach verlassen können.«

»Natürlich, das hätte er. Aber weißt du denn, wie die beiden ihre Finanzen geregelt haben? Ich habe da zwischen Michaels Papieren etwas gefunden.« Wolfgang tauchte wieder in seine Aktentasche, legte schließlich ein weiteres Blatt vor Dora auf den Tisch. »Das hier finde ich interessant: die Abrechnung von Davids Kreditkarte.« Er zeigte auf eine vierstellige Zahl, die er mit einem roten Stift eingekringelt hatte. »Das ist die Abbuchung einer Reisegesellschaft. Eine Kreuzfahrt für vier Tage, Barcelona bis Rom, ich hab's anhand der Buchungsnummer herausgefunden.«

»Ja und?« Dora verstand nicht, worauf Wolfgang hinauswollte.

»David hat eine Doppelkabine gebucht, aber bei der Buchung nur einen Namen angegeben. Wenn er die Reise allein gemacht hat, warum dann eine Doppelkabine? Das ist das eine, was mich wundert. Das andere ist: Warum hebt Michael einen Auszug von Davids Kreditkarte bei seinen Unterlagen auf? Nur diesen einen? Andere habe ich nicht gefunden.«

»Du meinst, Michael hat einen Verdacht gehabt und David damit konfrontiert? Und dann ist die Sache aus dem Ruder gelaufen?« Dora erschien diese Erklärung völlig plausibel.

»Möglich wäre es.«

Der Hund jaulte wieder, und Wolfgang beugte sich zu dem Tier, um es zu kraulen. »Und dann ist da noch die Sache mit dem Erben.«

Am Nebentisch ließen sich zwei junge Mädchen nieder, plapperten kichernd über irgendeinen Jungen, den sie offenbar kürzlich getroffen hatten.

Dora rutschte ein wenig näher an Wolfgang heran. »Was meinst du?«

»Sollte Jakob rechtskräftig verurteilt werden, dann wäre er möglicherweise nicht erbwürdig, dann könnte David eine Anfechtungsklage zur Geltendmachung der Erbunwürdigkeit einreichen. Klingt kompliziert, heißt aber nichts anderes, als dass das komplette Erbe dann an ihn als den eingetragenen Lebenspartner fiele. Die beiden hatten keinen Ehevertrag, also Zugewinngemeinschaft, also halbe halbe für David und Jakob. Es sei denn, Jakob wird verurteilt.«

»Allein bei dem, was Michael an Immobilien besitzt, wäre das eine ganze Menge«, flüsterte Dora. Die Mädchen am Nebentisch waren zwar in die Displays ihrer Handys vertieft, aber sie wollte keine zufälligen Lauscher.

»Weißt du Genaueres?« Wolfgang zog einen Stift aus der Innentasche seiner Jacke, schlug sein Notizbuch auf und notierte mit.

»Also, zum einen die Wohnung, in der die drei leben. Dann ein Haus mit fünf Wohnungen in der Neustadt. Ich bin nicht sicher, ob die Dachgeschosswohnung an der Weser Michael noch gehört. Er hat mal davon gesprochen, sie zu verkaufen. Das sind die Immobilien, von denen ich weiß. Aber wir hatten über Jahre hinweg wenig Kontakt, und

Michael hat mir auch nicht alles erzählt. Kann also durchaus sein, dass da noch mehr war.«

Wolfgang steckte den Stift wieder ein und schlug das Notizbuch zu. »Hast du eine Ahnung, ob das alles schon abbezahlt war? Oder liefen da noch Kredite?«

Dora zuckte mit den Schultern.

»Kannst du David unauffällig ein bisschen aushorchen?«

»Ich fürchte, nein. David und ich, wir waren noch nie besonders innig. Wenn ich ihn jetzt nach diesen Dingen frage, schöpft er sofort Verdacht. Ich bin sicher die Letzte, mit der er über finanzielle Dinge sprechen würde.«

»Und Kirsten? Hat die einen Draht zu ihm?«

»Zumindest haben die zwei sich immer prima verstanden, wenn es um Designer und Mode und solche Sachen ging. Ich kann sie fragen. Aber ich glaube nicht, dass David und Michael ihr Einblick in ihre finanzielle Situation gegeben haben.« Dora trank das Wasser aus.

Bella jaulte wieder und rutschte unter Wolfgangs Stuhl hervor, stupste ihn mit der Schnauze an. Er steckte das Notizbuch in die Innentasche seiner Jacke.

»Na gut.« Dora griff nach ihrer Tasche. »Lass uns ein paar Schritte machen. Nicht nur deinem Hund wird die frische Luft guttun.«

Jakob

Nun würde er das Gebäude also doch von innen sehen. Wenn sein Vater das wüsste.

Jakob schaute aus dem Fenster des fahrenden Wagens. Nach der Befragung bei der Kriminalpolizei hatten sie ihn auf die Rückbank eines Einsatzwagens verfrachtet. Fast hätte er gelacht, als sie ihm wie im Krimi eine Hand auf den Kopf legten, damit er sich beim Einsteigen keine Beule am Türrahmen holte.

Auf der Straße, die sie entlangfuhren, reihte sich Haus an Haus. Der Tag, der strahlend begonnen hatte, war bewölkt und regnerisch zu Ende gegangen, es war früh dunkel geworden. Menschen in beleuchteten Räumen. Väter, die zum Abendessen nach Hause kamen. Mütter, die mit Kindern am Tisch saßen. Leute vor dem Fernseher, wie das blaue, flackernde Licht verriet, das auf die Straße fiel. Manchmal ein Feuer, Kaminleuchten. Oder zugezogene Vorhänge, die die Sicht versperrten.

Jakob war froh, dass der Beamte am Steuer sich Zeit ließ, bei jeder Ampel, die auf Gelb sprang, anhielt. Er hatte Angst vor dem, was auf ihn zukam.

Als der Richter gesagt hatte, dass er in Untersuchungshaft komme, waren dessen Worte zunächst an ihm vorbeigerauscht. Dann war die Frau vom Jugendamt, die Hartwich, noch mal auf ihn zugetreten und hatte gesagt: »Mach dir keine Sorgen, ich komme dich gleich morgen besuchen, und dann besprechen wir, wie es weitergeht.« Da war ihm klar geworden, dass es jetzt kein Zurück mehr gab.

Jugendgerichtshelferin. Schönes Beamtendeutsch. Spionin, das traf es wohl eher. Die wollte wirklich alles wissen. Jakob war froh, dass ihre Fragerei vorerst ein Ende hatte. Auch wenn das, was jetzt kam, keine echte Alternative war.

Ob die Hartwich schon mit Oma gesprochen hatte?

David hatte gesagt, die würde mit allen reden, um ein möglichst vollständiges Bild von Jakob zu erhalten. Oma würde dem Richter schon klarmachen, dass er aus einer guten Familie kam. Dass bei ihm zu Hause alles in Ordnung sei. Sodass er so schnell wie möglich wieder freigelassen wurde.

In Ordnung? Pah!

Jakob fragte sich, warum David nicht die Wahrheit gesagt hatte. Natürlich band man einem wildfremden Menschen nicht auf die Nase, dass man eine Affäre hatte, aber in Ordnung war doch gar nichts gewesen in den vergangenen Wochen. Und warum wollte David aus Michael partout einen tollen Menschen machen? Schlechtes Gewissen? Oder wusste er es wirklich nicht besser?

Vielleicht sogar gut, dass die Hartwich anfing zu bohren. Die machte auf Jakob nicht den Eindruck, dass man ihr etwas vormachen konnte. Da musste sein Dad endlich mal mit der Wahrheit rausrücken.

Jakob wusste längst, dass zwischen seinen Vätern nicht

alles so rundlief, wie die beiden glauben machen wollten. Nicht erst, seit er die Nachrichten von diesem Udo entdeckt hatte. Er war schließlich nicht mehr fünf. David war permanent auf Achse, und Michael verkroch sich ständig in seiner Kanzlei. Bei Oma war sein Vater in den vergangenen Wochen auch dauernd gewesen, obwohl die zwei vorher jahrelang kaum miteinander geredet hatten. Plötzlich machten Mutter und Sohn einen auf Ein-Herz-und-eine-Seele. Das stank doch zum Himmel.

Oma hatte ihm ganz begeistert von der Idee mit dem gemeinsamen Haus erzählt, und Jakob hatte darüber mit David gesprochen, der bei der Enthüllung fast vom Stuhl gefallen wäre. Michael hatte sich zuerst wahnsinnig darüber aufgeregt, dass Jakob geplaudert hatte, und wollte ihm dann weismachen, dass das Projekt eine Überraschung für David hätte werden sollen. Aber Oma hatte schließlich nicht gesagt, dass die Pläne noch geheim waren. Woher hätte er das denn wissen sollen, wenn sein Vater nicht mit ihm sprach?

Sie fuhren inzwischen die Gröpelinger Heerstraße entlang. Vor den Autofenstern jetzt ein Supermarkt, eine Apotheke, ein Eiscafé, ein Dönerladen. Gab es wirklich Leute, die heute nur entscheiden mussten, ob sie lieber Schokoladen- oder Pistazieneis essen oder zum Abendessen eine Pizza in den Ofen schieben oder sich einen Döner holen wollten?

Rechts ein Schild, das den Weg zum Luftschutzturm anzeigte. Jetzt war es nicht mehr weit bis zum Gefängnis. JVA sagten die Beamten.

Früher hatte Jakob immer gedacht, dass das J für »Jugend« stand. Dabei hieß es »Justizvollzugsanstalt«. Er hatte keine Ahnung, was ihn in dieser JVA erwartete. Niemand hatte ihm erklärt, was es bedeutete, in Untersuchungshaft zu sein.

Würde David ihn besuchen kommen? Oder Oma?

Würde er so einen orangefarbenen Anzug anziehen müssen? Und würden die Polizisten ihm Handschellen und Fußfesseln anlegen auf dem Weg zu seiner Zelle?

Auf der linken Seite tauchte die Diako auf, kurz darauf setzte der Fahrer den Blinker nach rechts und bog in die Straße Am Fuchsberg ein. Sie fuhren auf das Gebäudeensemble zu.

Dunkler Backstein und eine Atmosphäre, wie er sie sich immer im Zauberinternat Hogwarts vorgestellt hatte. Dazu passend kreisten lärmende Krähen um einen Kirchturm. Er sah im Halbdunkel zwei Kirchturmspitzen über die hohe Mauer ragen, an der sie entlangfuhren.

Der Bully näherte sich dem Eingang. Weiße Buchstaben auf grauem Grund: JVA OSLEBSHAUSEN.

Ein Glaskasten, rechts ein Schild »Für Besucher«. Der Wagen hielt auf der anderen Seite, an der Einfahrt links vom Empfang. Draußen stand ein Polizist, der mit einer jungen Kollegin scherzte, dann ging die Schranke hoch, und Jakob sah einen Neubau, offenbar von hinten.

Sein neues Zuhause.

Dora

Kirsten stand in der Küche, als Dora nach Hause kam. Am Herd. Mehr als ungewöhnlich, denn Kochen gehörte nicht gerade zu ihren Kernkompetenzen. Es roch nach Brühwürfel und Gemüse. Kirsten hatte offenbar noch keinen Alkohol getrunken, jedenfalls konnte Dora nirgendwo eine angebrochene Flasche sehen. Messer und kleine Löffel, ein leerer Beutel Suppengemüse und Gewürzdöschen waren auf den Arbeitsflächen verstreut.

Angesichts des Durcheinanders entfuhr es Dora: »Ui, hier sieht's ja lustig aus.«

»Ich habe gedacht, ich tu dir was Gutes und mach dir eine leckere Suppe. Wärmt richtig durch, hat jede Menge Vitamine, und mir ist nichts angebrannt.« Kirsten hatte vor Eifer rote Wangen. Sie drehte sich sofort wieder zum Herd um, rührte weiter in dem riesigen Topf.

»Ist es nicht ein wenig spät für ein Abendessen?«

»Du kannst die Suppe ja morgen Mittag noch mal aufwärmen.«

»Tut mir leid, Kirsten, ich habe schon mit Wolfgang gegessen.«

»Wollte er nicht mitkommen?«

Dora setzte sich an den Tisch. »Der hatte seinen Hund dabei und musste nach Hause.«

»Ah, das Undercover-Ermittlerteam. Miss Marple und Mister Stringer, oder?« Kirsten schaltete die Herdplatte aus.

Dora fragte sich, ob Jakob wohl auch etwas zu essen bekam. Etwas Warmes, das mit so viel Liebe gekocht worden war. Wobei, das mit der Liebe war nicht so gewiss.

»Du willst wirklich nichts?« Kirsten füllte sich einen Teller mit Suppe und warf ihr einen fragenden Blick zu. Als Dora den Kopf schüttelte, setzte sie sich an den Tisch und begann, mit Appetit zu essen. »Nun sag doch mal, du und Wolfgang, was läuft da eigentlich zwischen euch?«

Dora wurde heiß. »Was meinst du?«

»Mama!« Kirsten ließ den Löffel sinken und schaute sie an. »Ich bin volljährig. Übrigens schon eine ganze Weile.«

»Und was willst du mir damit sagen?«

Kirsten pustete auf ihren Löffel, bevor sie weitersprach.

»Du und Wolfgang, das war doch immer schon so eine Sache. Ich erinnere mich noch gut, wie der früher um dich herumgesprungen ist. Dora hier und Dora da. Und insgeheim hast du doch auch ein bisschen für ihn geschwärmt. Gib's zu!«

»Das ist wirklich Unsinn, Kirsten.« Dora runzelte die Stirn.

»Ach, und jetzt kommt gleich die alte Leier von der großartigen Beziehung, die du und Papa hattet, von der ausgezeichneten Ehe, die ihr geführt habt, und wie sehr du deinen Mann geliebt hast.«

»Und was ist daran falsch? Dein Vater und ich, wir hatten Glück, dass wir uns gefunden haben.«

»Blablabla. Also, da war sogar bei Micha und David mehr Leidenschaft zu spüren.«

Kirsten löffelte ihre Suppe, wartete offenbar auf eine Reaktion. Aber Dora schwieg.

»Was nicht heißen soll, dass die beiden die beste aller Beziehungen hatten. In letzter Zeit soll bei meinem Bruder und seinem Mann der Haussegen ganz schön schief gehangen haben.« Kirsten hob vielsagend die Augenbrauen. »Wenn du verstehst, was ich meine.«

»Nein.« Dora hätte das Geplapper ihrer Tochter am liebsten ignoriert, erinnerte sich aber an Wolfgangs Bitte, durch Kirsten etwas mehr über die Beziehung von Michael und David herauszufinden. »Vielleicht erzählst du es mir? Hast du mit David gesprochen?«

»Na ja, kurz gesehen habe ich ihn am Tag, als …« Mitten im Satz steckte sich Kirsten den Löffel in den Mund. Überlegte offenbar, bevor sie weitersprach. »Also, vor ein paar Wochen habe ich ihn zufällig mal auf einer Party getroffen. Eine Bekannte hatte mich zu so einem Event für Radiomacher in Hamburg mitgenommen. Eher langweilige Veranstaltung, öde Location in einem großen Büro in der Stadt …«

Dora stand auf und nahm sich ein Glas aus dem Schrank.

»Na, egal. Auf jeden Fall war David da, weil er für seine Zeitung einen kleinen Artikel über einen Typen schreiben sollte, der als Stargast eingeladen war. Frag mich nicht, niemand Wichtiges, habe ich schon wieder vergessen.« Kirsten untermalte ihre Schilderungen, indem sie mit dem Löffel, den sie zwischen Daumen und Zeigefinger baumeln ließ, einen unhörbaren Takt schlug. »Ich bin fast in David reingelaufen, als ich von der Toilette kam, da konnte ich gar nicht anders, als mit ihm zu sprechen.«

Wahrscheinlich war deine Steuerung wegen der Begrüßungsgetränke auch leicht defekt, dachte Dora, sagte aber nichts.

»Er sah irgendwie traurig aus, da hab ich ihn eingeladen, mit an die Bar zu kommen. Wenn du mich fragst, hatte er an dem Abend schon einiges intus. Vielleicht Alkohol, vielleicht aber auch stärkeres Zeug. Denkst du, David ist drogenabhängig?« Kirsten sah Dora fragend an. Sie schien das wirklich ernst zu meinen, erwartete aber keine Antwort.

»Wie auch immer. Er hat mich dann vollgelabert, wie allein er immer ist und dass Micha so viel arbeitet und nie zu Hause ist und so weiter und so weiter. Möchtest du wirklich keine Suppe?«

Dora schüttelte den Kopf. Sie füllte das Glas am Hahn mit Wasser und setzte sich wieder zu ihrer Tochter.

»David konnte gar nicht aufhören mit seiner Heulerei. Aber überleg mal, der war doch selber ständig unterwegs.«

»Meinst du, er hat Michael betrogen?« Dora versuchte, die Frage so beiläufig wie möglich klingen zu lassen.

»Der? Ich glaube nicht, dass David ohne Michael den Weg zum Klo gefunden hätte. Außerdem verdient der mit seinen Promigeschichten doch nichts. Meinst du, der würde sich trauen, seine Partnerschaft aufs Spiel zu setzen und am Ende ohne irgendwas dazustehen? Das kann ich mir nun wirklich nicht vorstellen. Ohne Micha hätte Luxus-David seine Anzüge bei H&M kaufen müssen. Da denkt ein Mann wie der doch zweimal drüber nach.«

Kirsten nahm sich noch einen Teller Suppe. »Ich hab mich mal schlaugemacht, was das Erbe angeht. Also, bei einer Zugewinngemeinschaft würden David als Ehemann und Jakob als Sohn zu gleichen Teilen erben …«

Dora hörte ein Aber heraus, und Kirsten enttäuschte sie nicht.

»Aber wenn Jakob wirklich wegen Mord verurteilt wird, erbt David drei Viertel, und das letzte Viertel würdest du als Mutter bekommen. Das würde sich nur anders darstellen, wenn Michael Vorkehrungen getroffen hätte, die Lebensgemeinschaft aufzuheben. Aber das wüsstest du wohl.« Kirsten begann wieder, ihre Suppe zu löffeln. »Im Klartext: Fast alles, was Michael gehört hat, gehört jetzt wahrscheinlich seinem Witwer.« Sie schaute ihre Mutter triumphierend an.

Dora war in Gedanken noch bei David und seiner Traurigkeit und konnte ihrer Tochter nicht gleich folgen. »Was willst du denn damit andeuten?«

»Ich will gar nichts andeuten, ich will nur darauf hinweisen, dass Davids Leid womöglich durch ein ziemlich üppiges Trostpflaster gelindert wird.«

»Kirsten, sag mal, geht's dir eigentlich noch gut? Was sollen denn diese Mutmaßungen? Du verdächtigst David, Jakob als Mörder hinzustellen, damit er alles erbt?«

»Mache ich gar nicht. Aber bedenke mal, wie wenig sich David angestrengt hat, Jakob vor dieser Haft zu bewahren. Oder hast du den Eindruck, er legt sich da so richtig ins Zeug? Die Anwältin, die er angeschleppt hat, ist auch nicht gerade ein Hauptgewinn.«

»Was weißt du über die Frau?«

»Na, ich kenne ja auch ein paar Leute aus der Szene, und diese Kowalski hat mit Michael und Kaschi zusammen studiert. Kaschi? Du erinnerst dich?« Kirsten schaute Dora fragend an. »Der Typ, der diesen alten Renault Kastenwagen fuhr, diesen R4. Eine Zeit lang hing der doch dauernd bei

Micha rum. Die sind mit der Karre an den Waldrand gefahren, haben sich in den Kasten vom Auto gesetzt und gekifft.«

»Bitte? Michael doch nicht!«, entfuhr es Dora. Sie glaubte ihrer Tochter kein Wort, konnte sich aber an diesen Studienkollegen ihres Sohnes dunkel erinnern. »Karsten hieß der doch.«

»Ja, genau. Karsten Bulk. Kaschi eben.« Kirsten nickte. »Das war zu der Zeit, als Micha noch nicht so genau wusste, ob er mehr auf Jungs oder auf Mädchen steht, und als er dachte, er versucht es bei Papa mal mit Auflehnung.« Sie legte den Löffel neben den leeren Teller. »Hat ja danach nicht lange angehalten.«

Wie abfällig Kirsten über ihren toten Bruder sprach, dachte Dora, aber fragte stattdessen: »Was war denn nun mit diesem Karsten?«

»Ach ja, genau, wollte ich eigentlich erzählen.« Kirsten legte die Arme um ihren Teller und faltete die Hände wie zum Gebet. »Der mochte mich immer ganz gern, deshalb habe ich ihn angerufen und bin mit ihm etwas trinken gegangen.« Sie schüttelte den Kopf, weil Dora das Gesicht verzog. »Nein, Cola, ich habe Cola getrunken, Mama. Und ich habe mich extra schick gemacht für ihn, du erinnerst dich, das Sparkassenoutfit heute Mittag?«

Dora nickte.

»Wir haben uns ganz nett unterhalten, und er hat gesagt, wie schrecklich er das mit Micha findet. Und mit der Zeit sind wir auf das Studium gekommen.«

»Und auf die Kowalski.«

»Genau. Ich hab ihm erzählt, dass sie Jakobs Anwältin ist. Und jetzt kommt es …« Kirsten machte eine dramatische Pause. »Die kannten sich gar nicht so gut.«

»Aber David hat mir gesagt, sie sei eine Studienfreundin von Michael gewesen.«

Kirsten nickte. »Ja, sie haben vielleicht zur selben Zeit Jura studiert, aber Michas Studienfreundin war sie keineswegs. Sicher weiß ich jedenfalls, dass diese Frau ihr Studium erst im zweiten Anlauf und auch da nur mit Ach und Krach geschafft hat.«

»Trotzdem kann sie inzwischen eine gute Anwältin sein.«

»Ja, könnte sie. Ist sie aber nicht.« Kirsten stand auf und räumte die Teller ab. »Kaschi sagt, dass die Tante in einer total kleinen Anwaltsklitsche arbeitet. So einen Fall wie den von Jakob hatte die noch nie, eher Jugendliche, die im Kaufhaus mal einen Lippenstift klauen oder ein paar ADS-Tabletten auf dem Schulhof verticken.«

»Das glaube ich nicht.« Dora spürte, wie sich die vielen ungeklärten Fragen in ihrem Kopf zu einem dicken Brei sammelten. Ihr wurde schwummerig, und sie musste die Augen schließen.

»Mama?«

Dora schaute Kirsten an. »Ich glaube, ich muss mich hinlegen. Alles ein bisschen viel gerade.«

»Mach das, Mama. Ich gehe gleich noch mal weg. Ruf mich an, wenn es dir nicht besser geht und du Hilfe brauchst, ja?«

Dora stand auf und fühlte sich wie nach einem besonders anstrengenden Training in der Schwimmhalle. Butterweiche Beine, leichter Schwindel. Und sie fragte sich, wieso Kirsten mit ihrer Trauer so gut klarkam und warum sie heute Nacht schon wieder unterwegs war.

* * *

Es klingelte Sturm, und Dora rannte im Laufschritt zur Haustür. »Jaja, ich bin schon da, was ist denn los?«

David stürmte an ihr vorbei, sobald sie die Tür geöffnet hatte. »War das deine Idee? Natürlich, wessen Idee sollte es wohl sonst sein? Kannst du mir mal sagen, wie ich das jetzt alles hinbekommen soll? Erklärst du mir das mal?«

»David, ich habe keine Ahnung, wovon du redest! Was willst du von mir?« Dora schloss die Haustür. »Komm doch erst mal herein. Wir setzen uns ins Wohnzimmer.«

Aber David rührte sich nicht von der Stelle und warf ihr giftige Blicke zu. »Die Polizei hat das Konto sperren lassen. Ich komme nicht an Michas Geld. Wie soll ich denn die Bestattung bezahlen? Einladungskarten, das Essen?«

»Du weißt schon, wann die Trauerfeier stattfindet? Aber ich dachte, wir würden das zusammen …«

»Dora, das ist jetzt nicht das Thema.« David trat einen Schritt auf sie zu, hatte sich offenbar gefangen. Er roch wie die Parfümerieabteilung eines Kaufhauses, Binder und Einstecktuch waren perfekt aufeinander abgestimmt, und das Haar war mit reichlich Gel in Form gebracht. Rasiert hatte er sich auch, das konnte Dora aus der Nähe gut erkennen.

»Weißt du, Dora, ich habe auch Mittel und Wege!« David wechselte den eleganten Lederrucksack von einer Schulter auf die andere.

»Willst du mir drohen?«

»Muss ich das?«

»Ha.« Dora trat einen Schritt zurück. »Womit kannst du mir schon drohen? Mein Sohn ist tot, mein Enkel im Gefängnis. Meine Freundinnen wollen nichts mehr mit mir zu tun haben, ich wüsste nicht, womit du mir noch Angst machen willst.« Sie wandte sich Richtung Wohnzimmer.

»Du kannst da stehen bleiben und mich hassen oder mitkommen und in Ruhe mit mir reden.«

Ohne sich nach David umzusehen, ging sie ins Wohnzimmer. Ließ sich auf dem hohen Stuhl neben dem Fenster nieder und sah hinaus in die Dunkelheit. Ein wunderschöner Frühlingstag würde es morgen werden und ein weiterer Tag, den Michael nicht mehr erlebte.

David räusperte sich hinter ihr. »Tut mir leid.« Er versuchte, zerknirscht auszusehen, aber der Versuch misslang gründlich.

»Was genau tut dir leid?«

»Dass ich dich so überfallen habe. Ich war einfach erschrocken. Ich habe online Geld überweisen wollen, und das ging nicht. Da bin ich zur Bank gefahren, und die haben mir gesagt, dass sie auch nichts machen können, weil die Polizei die Sperrung des Kontos angeordnet hat.«

»Aber ihr seid doch verpartnert?«

»Das heißt ja nicht, dass man sein Leben deswegen aufgibt, oder? Ich habe auch mein eigenes Konto behalten. Aber ich bin Freiberufler und verdiene nun mal nur einen Bruchteil von dem, was Michael hat. Hatte.«

»Nimm Platz.« Dora deutete auf die Sitzecke. »Wieso denkst du eigentlich, dass ich etwas damit zu tun habe?«

David blieb im Türrahmen stehen, verschränkte die Arme vor der Brust und sah aus wie ein Model beim Fotoshooting. Leuchtend blauer, schmal geschnittener Anzug, zartrosa Hemd, Binder und Einstecktuch in Knallrot, im gleichen Ton die Socken, wie Dora jetzt sehen konnte, als er elegant einen Fuß vor den anderen stellte. »Du hast doch immer dazwischengefunkt in letzter Zeit, wenn irgendetwas nicht so lief, wie du es wolltest.«

»Ach so?«

»Nun tu doch nicht so unschuldig, Dora! Allein eure Pläne mit dem Haus. Ich bin nicht mal gefragt worden, wie ich die Idee finde. Das habt ihr einfach so unter euch entschieden.«

»Michael wollte dich damit überraschen. Du hättest sehen sollen, mit welcher Begeisterung er dein neues Arbeitszimmer geplant hat.«

»Vielleicht war das ja gar nicht für mich bestimmt.« David wechselte das Standbein. »Wir hatten zuletzt häufig Funkstille. Auch wenn ich dachte, wir hätten das Schlimmste hinter uns.«

»Was soll das heißen? Du meinst, Michael wollte gar nicht, dass du mit einziehst in das Haus? War eure Beziehung so marode?«

»Das habe ich nicht gesagt!«

Dora stand auf, es machte sie nervös, zu David aufzusehen. Sie lehnte sich gegen die Fensterbank und spürte die Kälte, die das Glas hinter ihr ausstrahlte. »Ich weiß nicht, warum du ausgerechnet auf mich kommst, David. Ich habe mit der Kontosperrung nichts zu tun, und ich wüsste auch nicht, wie ich dir da helfen könnte. Natürlich kann ich für die Bestattung aufkommen, das ist gar keine Frage. Aber was das Konto angeht, musst du dich an die Polizei wenden.«

»Weißt du denn, warum die so was machen? Ein Konto einfrieren? Ich meine, Michael hat doch keine kriminellen Sachen gemacht.« David trat einen Schritt auf Dora zu. »Oder doch? Vielleicht war er deswegen so selten zu Hause …«

»David, jetzt reicht es aber! Hörst du eigentlich, was du da redest?« Dora ging auf David zu und blieb dicht vor ihm stehen, auch wenn der intensive Duft, den er verströmte, ihr unangenehm war. »Du bist doch derjenige, der seit Beginn eurer Ehe fast jeden Tag unterwegs war. Hier eine Party, da eine Veranstaltung mit irgendwelchen Prominenten. *Du* hast dich doch andauernd aus dem Staub gemacht, sobald es einen Kindergartenplatz für Jakob gab.«

»Das ist nicht wahr!« David schüttelte den Kopf.

Aber Dora war noch nicht fertig. »Kindergarten, Kindermädchen oder eben auch mal das Kind bei Oma abladen. Dafür war ich dir dann gut genug. Michael hat jedenfalls versucht, für Jakob da zu sein, obwohl er beruflich so eingespannt war. Jetzt fang bitte nicht an, meinen Sohn schlechtzumachen!«

»Dora, du hast wirklich keine Ahnung.« David steckte die Hände in die Hosentaschen und schüttelte den Kopf. »Ich *musste* einfach mal raus. Das war ein Irrenhaus in den vergangenen Wochen. Michael war immer vollkommen überarbeitet und genervt, *wenn* er mal zu Hause war, und Jakob – pah, dein ach so lieber Enkel – ist komplett durchgedreht. Er war total aggressiv.«

»Was meinst du damit?«

David nahm die Hände wieder aus den Taschen und trat einen Schritt näher an sie heran. »Vor ein paar Wochen hat Jakob den Fernseher kaputt gemacht. Absichtlich. Ich hatte ihn gebeten, endlich mit dem Spielen aufzuhören und für seine Klausur zu lernen, bevor Michael nach Hause kommt und sich wieder aufregt. Da ist er so wütend geworden, dass er erst gegen die Konsole getreten hat und dann gegen den Fernseher. Hinterher war alles Schrott.«

»Das denkst du dir doch aus.«

»Das hättest du gern, nicht wahr? Die schöne, heile

Familie, und alle haben sich so furchtbar lieb. Die Ahlendorfs, die in Bremen ja sooo beliebt sind. Der gute Hanjo, auf Du und Du mit der politischen Prominenz. Alle ein Herz und eine Seele, schaut euch an, wie gut die sich verstehen und miteinander umgehen.«

Kleine Spucketröpfchen flogen Dora ins Gesicht, als David lauter wurde. Wenigstens hatte er keinen Mundgeruch.

»So war es aber nicht, Dora! Nach Jakobs Ausbruch bin ich losgefahren und habe einen neuen Fernseher gekauft. Damit Michael nicht merkt, was passiert ist, und Jakob noch mehr Ärger bekommt.« Jetzt schrie David beinahe. »Mein Leben war die Hölle. Ein einziger Drahtseilakt. Michael beruhigen und Jakob im Griff behalten. Michael und ich haben uns allmählich wieder besser verstanden. Wir haben … ach, ist auch egal. Aber vor Jakob habe ich Angst. Ja, ich fürchte mich vor ihm und bin irgendwie erleichtert, dass er gerade nicht zu Hause ist.«

Dora trat einen Schritt zurück. »Ich glaube, es ist besser, wenn du jetzt gehst. Du redest dich um Kopf und Kragen.«

»Also doch!«

»Also doch was?«

»Du glaubst mir nicht, und du hast was gegen mich. Immer schon. Eigentlich bist du genauso wie dein Mann. Homophobe Spießer alle beide.«

Dora deutete mit der ausgestreckten Hand auf die Haustür. »Ich spare mir jetzt, auf derartig blödsinnige Bemerkungen zu antworten. Bitte schön.«

David machte kehrt, ohne sie eines weiteren Blickes zu würdigen.

Dora rief ihm hinterher: »Gib mir Bescheid, wenn du die

Trauerfeier planst. Und wenn du wirklich Probleme finanzieller Art bekommst, dann melde dich. Immerhin geht es um die Bestattung meines einzigen Sohnes.«

»Ja klar.« David murmelte irgendetwas Unverständliches, öffnete die Tür und drehte sich noch einmal zu Dora um. »Wollen wir hoffen, dass keine Geschichten ans Tageslicht kommen, die deinen ach so wunderbaren Sohn in einem ganz anderen Licht dastehen lassen.« Damit trat er aus dem Haus und zog schwungvoll die Tür hinter sich zu.

Dora atmete aus. Sie hatte, ohne es zu merken, die Luft angehalten. David hatte etwas Bedrohliches ausgestrahlt, Liebe für ihren Sohn hatte sie seinen Worten nicht entnommen. Ganz im Gegenteil, jedes Mal, wenn er Michael erwähnte, hatte so etwas wie Hass in seinem Blick gelegen. Hatte er das alles nur im Zorn gesagt, oder war es die Wahrheit? Ging es ihm finanziell wirklich so schlecht, dass er seine Existenz bedroht sah ohne das Geld von Michael? Angst vor Jakob? Das war doch wohl übertrieben. Natürlich bekam ein Siebzehnjähriger mal einen Wutanfall, aber deshalb gleich Angst vor ihm zu haben? Dora vermutete, dass etwas anderes hinter Davids Auftritt steckte.

Jakob

Jakob lag nach einer schlaflosen Nacht auf dem schmalen Bett in seiner Zelle und starrte die Wand an. Er war todmüde gewesen, als der Polizist ihn endlich zu seiner neuen Unterkunft brachte, aber einschlafen konnte er nicht, dazu ging ihm zu viel im Kopf herum.

Ein Arzt hatte ihn untersucht und nach Allergien befragt. Man hatte Fotos von ihm gemacht und seine persönlichen Daten aufgenommen. Die Beamten waren allesamt höflich, aber distanziert gewesen. Jakob hatte sich jedes Mal gefragt, was sein jeweiliges Gegenüber gerade von ihm dachte. Wie oft die wohl Jungs hierherbrachten? Und weswegen?

Einmal hätte er beinahe angefangen zu heulen. In einem kleinen Zimmer hatte er sich komplett ausziehen und dann auf einen Spiegel stellen müssen, der in einer Ecke des Raums auf dem Boden aufgeklebt war. Jede kleinste Körperstelle wurde kontrolliert, ob er auch wirklich keine verbotenen Gegenstände in die JVA einschleppte. Erniedrigend. Er hatte sich richtig mies gefühlt.

Als der Beamte ihm erklärte, dass ihn diese Prozedur nach jedem Besuch von draußen erwartete, war er froh, dass ohnehin niemand herkommen würde. Oma vielleicht. Aber die hatte im Moment sicher andere Sorgen und war traurig wegen Michael.

Warum hatte er nicht mit ihr geredet, als sie zu ihnen nach Hause gekommen war? Mit Oma hatte er doch immer sprechen können. Die hatte ihn immer verstanden, und wenn nicht, dann war sie trotzdem für ihn da gewesen. Vielleicht hätte er längst mit ihr darüber reden sollen, wie sein Vater zuletzt drauf war. Aber Michael war ja auch ihr Sohn. Als Jakob mal eine Andeutung gemacht hatte, wie streng sein Vater sei, wenn es um die Schule gehe, hatte Dora nur gesagt, dass das bei seinem Opa genauso gewesen sei. Opa und Michael wollten halt immer nur das Beste für ihre Söhne.

Wie oft hatten die hier wohl mit Mördern zu tun? Wie viele jugendliche Kriminelle saßen hier ein? Gab es auch Mädchen im Jugendgefängnis? Er stand vom Bett auf und stellte sich an das vergitterte Fenster.

Jakob hatte sich nicht getraut, auch nur eine einzige dieser Fragen zu stellen, hatte stattdessen alle Prozeduren über sich ergehen lassen und möglichst wenig gesprochen.

Später hatte ihn ein Polizist, auf dessen Rücken »JUSTIZ« stand, über einen Hof geführt. Raus aus dem Neubau mit der Verwaltung und in Richtung des Jugendtraktes, der in einem eigenen Gebäude am anderen Ende des Geländes untergebracht war. Das Gemäuer rechts von ihm sah uralt und unheimlich aus. Sie waren auch an einem durch ein Schild über der Tür als Schule kenntlich gemachten Gebäude vorbeigegangen. Seitlich davor Beete mit Grünzeug, fast wie in Omas Garten. Sah alles gar nicht so übel aus, hatte Jakob gedacht. Sie kamen an der alten Kirche vorbei, deren Türme er schon auf der Herfahrt aus dem Auto gesehen hatte. Der große Müllsack mit Handtüchern und Bettzeug über seiner Schulter war schwer, aber er musste ihn alleine tragen.

»Ey, Süßer!«, hatte jemand gerufen. Hinter den weißen Gitterstäben ein Mann mit nacktem Oberkörper, der obszöne Gesten machte. Jakob hatte schnell in die andere Richtung geschaut. Dort befand sich eine Werkstatt mit kruden Tonfiguren vor der Tür und einem bunten Windspiel, das reglos und traurig herabhing.

Wieder bogen sie ab. Rechts ein flaches weißes, scheinbar neueres Gebäude. Dann standen sie vor einem hohen eisernen Tor.

»Da wären wir also.« Der Beamte schloss das Tor auf. Ein geteerter Weg führte an einem Sportplatz mit Beachvolleyball-Feld und einer kleinen Wiese vorbei. Schließlich standen sie vor einer Stahltür mit vergittertem Glasfenster. Wieder griff der Polizist zu seinem Schlüsselbund und öffnete die Tür, deutete die Treppe hinauf.

Es roch nach Erbsensuppe und Turnhalle. Der Flur war in einem hellen, nichtssagenden Grau gestrichen. Die Treppe führte in einen breiten, kurzen Flur, links davon schwere Stahltüren, rechts Glastüren, in der Mitte des Flurs eine Tischtennisplatte. Vor ihnen eine Wand aus Glas, dahinter schien es einen ähnlichen Gang zu geben.

Der Beamte schloss eine Tür auf der rechten Seite auf. »Hereinspaziert.«

Sehnsüchtig sah Jakob jetzt in den blauen Himmel. Auch wenn er früher lieber stundenlang vor seiner Konsole gesessen hatte, würde er mittlerweile jede Playstation gegen einen Spaziergang da draußen eintauschen. Aus seinem Fenster konnte er grüne Büsche und Blumenbeete erkennen. Hühner liefen über das kleine Stückchen Wiese.

Jakob setzte sich auf die Bettkante. Auf etwa drei mal drei Meter standen das Bett und ein Regal aus Kiefernholz. Über dem Bett eine schlichte Holzleiste, wofür auch immer. Vor dem vergitterten Fenster dunkelblaue Vorhänge.

Der Beamte war gestern Abend im Türrahmen stehen geblieben, hatte auf die zweite Tür im Raum gedeutet. »Da ist das Badezimmer, mit Dusche. Es gibt auch einen Anschluss für einen Fernseher, für den muss aber ein Antrag gestellt werden. Das Ding da neben dem Bett ist ein Kühlschrank. Abendessen und Frühstück werden zusammen mit dem Mittagessen ausgegeben. Frühstück für morgen sollte da drin für dich stehen. Zu trinken gibt's Wasser aus dem Hahn. Geschirr hast du ja in deinem Sack da.« Er zeigte mit dem Finger auf einen Apparat neben der Tür. »Hier hast du einen direkten Draht zu den Kollegen, die gerade Aufsicht haben. Aber bitte wirklich nur im Notfall benutzen, nicht wenn du wissen willst, wie spät es ist, okay?«

Jakob nickte.

»Dann richte dich mal ein. Morgen wird sicher der Sozialarbeiter mit dir sprechen wollen.« Er hob die Hand zum Gruß, und die Tür fiel zu.

Jakob hörte noch, wie der Schlüssel im Schloss herumgedreht wurde. Dann war er allein. Aber so still wie jetzt war es nicht gewesen.

Von irgendwoher hatte er laute Rap-Musik gehört. Wie im Film.

Er fing jetzt wieder an zu weinen. Genau wie gestern Abend, als er hier gesessen hatte.

Er hatte nicht gewusst, was auf ihn zukam und wie es sich anfühlen würde.

Aber er wusste: Ab jetzt würde alles anders sein.

Dora

Dora machte sich Sorgen. Nachdem David verschwunden war, hatte sie versucht, Wolfgang zu erreichen. Er hatte sich nicht wie versprochen bei ihr gemeldet. Die Mailbox sprang immer sofort an. Möglicherweise war er unterwegs, um Spuren zu verfolgen und Leute zu treffen, die weitere Hinweise liefern konnten. Vielleicht hatte er ihr sogar davon erzählt, aber sie hatte es wieder vergessen.

Andererseits, dass ihr Freund gar nicht erreichbar war, und das über Stunden, war ungewöhnlich. Dora wollte ihm von Davids Besuch erzählen, wollte von ihm wissen, was er darüber dachte.

Nachdem sie rastlos von einem Zimmer ins andere gelaufen war, einige trockene Blätter von den Topfpflanzen gezupft, das schmutzige Geschirr vom Frühstück in den Geschirrspüler geräumt und den Müll hinausgebracht hatte, wusste sie nichts mehr mit sich anzufangen.

Auf das Schwimmen und weitere Begegnungen mit sogenannten Freundinnen konnte sie vorerst verzichten. Sie hatte weder die Energie, sich aufs Fahrrad zu setzen und eine Runde zu drehen, noch, einen kleinen Spaziergang zu machen.

Aber sie musste sich ablenken, wollte nicht an Michael denken und sich nicht damit quälen, wie es ihrem Enkel gerade gehen mochte. Sie hatte auch nicht den Nerv, sich über die Bestattung Gedanken zu machen. Außerdem brauchte sie Kraft für die Suche nach dem wahren Täter.

Sie wollte mit Wolfgang reden.

Wieder nur endloses Tuten, bevor die Mailbox ansprang.

Ihr fiel die Wäsche ein, die immer noch in der Maschine lag. Sie programmierte das Gerät, trank einen weiteren Kaffee, und endlich war es Zeit, zur Kriminalpolizei zu fahren. Dann musste es eben ohne Wolfgang gehen, obwohl er ihr versprochen hatte mitzukommen.

Das Polizeipräsidium war in der Nähe vom Rhododendronpark, also nahm sie das Auto.

Sie fand einen Parkplatz vor der Tür, wurde an der Pforte gebeten zu warten und kurz darauf von einem Polizisten zum Büro von Kommissar Mundt geführt.

Die Bürotür stand offen, und als er Dora kommen hörte, blickte Mundt von seinem Computer auf, winkte sie herein und erhob sich. »Frau Ahlendorf, treten Sie doch bitte näher. Überpünktlich. Darf ich Ihnen den Mantel abnehmen?«

Der Kommissar trug auch heute eine ausgebeulte Jeans, dazu ein kariertes Flanellhemd in gedeckten Farben. Er wandte sich an den Polizisten, der Dora begleitet hatte. »Sind Sie so gut und holen Kommissarin Buchholz dazu, Herr Kachel?«

Dann bat er Dora an den kleinen runden Tisch, der in der Ecke seines Büros stand. Rechteckiger Raum, eher spartanisch eingerichtet. Möbel aus Kiefernfurnier. Raufaser an den Wänden. Rechts über dem Schreibtisch ein Kalender der Polizeigewerkschaft, auf dem immer noch Januar war.

Ein Kaktus auf der Fensterbank kurz vor dem Aufgeben. Dem Schreibtisch gegenüber ein Regal mit Akten. Die Aufkleber darauf mit so kleiner Schreibmaschinenschrift versehen, dass Dora nicht entziffern konnte, was daraufstand. Eine gerahmte Urkunde. Ohne ihre Brille konnte Dora nicht lesen, für was der Kommissar ausgezeichnet worden war. Sie schälte sich aus ihrem Mantel und hängte ihn zusammen mit ihrer Handtasche über die Stuhllehne.

»Möchten Sie auch einen Kaffee?« Mundt hielt eine Thermoskanne in die Höhe.

Sie schüttelte den Kopf.

»Moin.« Frisch wie der junge Morgen trat die Buchholz in den Raum. Rosige Wangen, glasklarer Blick. Sie warf die Tür mit Schwung hinter sich zu. »Ich nehme auch einen Kaffee. Viel Milch bitte.«

Als alle am Tisch saßen, Frau Buchholz ihren Block und den Stift wieder parat hatte, räusperte sich Mundt. »Also, erst einmal danke, dass Sie hergekommen sind, Frau Ahlendorf.«

»Ich würde gerne wissen, wie es meinem Enkel geht. Haben Sie mit ihm gesprochen? Wissen Sie, wann ich meine Besuchserlaubnis bekomme?«

Die Buchholz schüttelte den Kopf, Bedauern im Blick. »Nein, tut mir leid. Und mit Jakob haben wir seit dem letzten Verhör nicht gesprochen. Gestern Abend ist er nach Oslebshausen gekommen. Natürlich werden wir mit ihm reden, aber …«

»… aber aktuell können wir Ihre Frage leider nicht beantworten«, beendete Mundt den Satz seiner jungen Kollegin. »Inzwischen wissen wir aber, dass es eine Übereinstimmung der DNA-Proben gab.«

Dora dachte an Davids Auftritt vergangenen Abend. Also doch!

»Jakob hat Spuren auf den Patronenhülsen hinterlassen, die wir im Büro Ihres Sohnes sichergestellt haben.«

»Also verdächtigen Sie jetzt David?«

Der Kommissar sah Dora fragend an, und dieses Mal sprang die Buchholz ein. »Sie haben offenbar nicht verstanden, Frau Ahlendorf. Es gibt ein weiteres Indiz dafür, dass Ihr Enkel der Täter ist. Nicht Herr Kendrick.«

Mundt nickte zustimmend. »Ob der Ehemann Ihres Sohnes ein Mittäter gewesen sein könnte, müssen wir noch ermitteln. Möglicherweise gab es Tathelfer.« Er zählte auf: »Der Täter hat einen Schlüssel zum Büro gehabt, wir haben die Zeugin, die DNA-Spuren auf den Patronen und einen positiven Schmauchspurentest.«

Die Kommissarin schaute auf ihren Block, klappte ihn jetzt zu und zeigte mit dem Stift auf Dora. »Von Ihnen würden wir gerne wissen, ob es stimmt, dass das Verhältnis zwischen Jakob und seinem Vater in letzter Zeit gestört war.«

»Wie bitte?« Dora meinte, sich verhört zu haben.

»Wir haben eine Zeugenaussage, dass Jakob von seinem Vater ziemlich kurzgehalten wurde, dass dieser sehr streng mit ihm war und dass es häufiger Streit gab«, kam es von Mundt.

Die beiden Kommissare waren ein so eingespieltes Team wie ihre *Tatort*-Kollegen.

»Wer hat Ihnen denn diesen Unsinn erzählt?«

»Wir dürfen unsere Quellen natürlich nicht preisgeben.« Jetzt war wieder sie dran. »Jugendliche in der Pubertät, die sich ungerecht behandelt fühlen, sind mitunter zu Dingen fähig, die Sie und ich uns nicht einmal vorstellen können.«

»Jetzt ist es aber genug!« Dora stand auf. »Ich habe es Ihnen bereits gestern gesagt, und ich wiederhole es gern: Mein Enkel ist unschuldig! Er und sein Vater, seine Väter, hatten es gut miteinander. Sicher haben sie sich auch einmal gestritten, aber alles andere wäre doch ausgesprochen verwunderlich, oder? Haben Sie Kinder?«

Beide schüttelten den Kopf.

»Warum überrascht mich das jetzt nicht?« Dora nahm ihre Handtasche und schlüpfte in ihren Mantel. »Und das nächste Mal komme ich nur in Begleitung meines Anwalts.«

Mundt stand auf, Buchholz blieb sitzen und starrte sie mit ihren glänzenden Kinderaugen an.

»Dann danken wir Ihnen, dass Sie sich die Mühe gemacht haben, bei uns vorbeizuschauen.« Der Kommissar öffnete Dora die Tür. Reichte ihr die Hand. »Tut mir leid, dass ich Ihnen wegen der Besuchserlaubnis nicht weiterhelfen kann.«

Das glaubte Dora ihm sogar.

Sobald sich die Tür zum Polizeipräsidium hinter ihr geschlossen hatte, versuchte Dora noch einmal, Wolfgang zu erreichen.

Wieder nur die Mailbox.

Jetzt reichte es ihr. Sie stieg in ihren Wagen und gab Wolfgangs Adresse ins Navi ein, auch wenn sie bezweifelte, dass dieser kleine Apparat die abgelegene Hütte finden würde. Ihrer Erinnerung vertraute sie aber noch weniger.

Dora wunderte sich, wie viele Menschen an diesem Vormittag auf den Straßen unterwegs waren. Kleine Jungen und Mädchen mit riesigen Schulranzen auf dem Rücken erinnerten sie an wunderbare Zeiten mit Jakob. Sie hatte ihn manchmal aus der Grundschule abgeholt, und zusammen waren sie dann zu ihr nach Hause spaziert.

An einer roten Ampel hielt Dora an. Eine Frau, offenbar frisch vom Friseur mit einer lila Tönung in den Haaren, stand neben einem jungen Mann, der eine Mütze trug wie die Schlümpfe, die Michael als Kind gesammelt hatte. Nur dass diese Mütze nicht weiß, sondern grau war. Sie musste sich eingestehen, dass sie mit der heutigen Mode nicht mehr viel anfangen konnte.

Die Ampel sprang auf Grün, und Dora schaute kurz auf das Navigationsgerät: in zweihundert Metern rechts abbiegen. Sie folgte den Instruktionen, verließ die Stadt und bog kurz vor dem Stadtwald links ab Richtung Überseestadt. Hier wurde es ländlicher, die Häuser standen weiter auseinander, und Dora erreichte schließlich die Blocklander Hemmstraße.

Diese Gegend war noch grüner und noch dünner besiedelt, hohe Hecken schirmten die Häuser ab, ab und zu erhaschte sie einen Blick auf eines der alten Fachwerkhäuser oder auf einen Garten. Links von der Straße musste die Kleine Wümme liegen, rechts nur noch unbebautes Land. Felder, so weit man sehen konnte.

Dora hörte eine Sirene, kurz darauf überholte sie ein Krankenwagen mit Blaulicht.

Wenige Minuten später erreichte sie Wolfgangs Hütte inmitten einer Ansammlung von kleinen Häusern, verborgen durch dichte immergrüne Hecken und hohe Bäume.

Und da stand der Krankenwagen mit offenen Türen.

Dora verhedderte sich in ihrem Sicherheitsgurt, weil sie es so eilig hatte, aus dem Wagen zu steigen.

Die Sanitäter traten gerade mit der Krankenliege aus der Tür. Daneben der Notarzt, in der einen Hand seine Tasche, mit der anderen hielt er eine Infusionsflasche in die Höhe, deren dünner Schlauch in Wolfgangs Arm führte.

»Was ist denn los? Wolfgang, was ist passiert?« Dora lief neben der Liege her und sah erleichtert, dass Wolfgang die Augen geöffnet hatte. Aber er war sehr blass. Das Lächeln schien ihn so anzustrengen, dass er die Augen gleich wieder schloss.

»Sind Sie die Ehefrau?« Der Notarzt, ein junger Mann mit zippeligem Bart, sah sie fragend an. Lautes Kläffen ertönte irgendwo im Haus.

Dora schüttelte den Kopf. »Eine enge Freundin.«

»Das ist gut.« Der Notarzt deutete mit dem Kinn Richtung Haus. »Da drinnen finden Sie den Postboten mit dem Hund. Wäre gut, wenn Sie sich um ihn kümmern, also um den Hund, sonst müssen wir den Tierschutz benachrichtigen. Der Postbote sagt, er kann ihn nicht mitnehmen.«

Die Sanitäter schoben die Liege in den Krankenwagen, der Arzt stieg ebenfalls ein.

»Wo bringen Sie ihn denn hin?«

»In die Diako.« Der Arzt hängte die Infusionsflasche an einen Haken an der Wand des Krankenwagens. »Machen Sie sich keine Sorgen, der Postbote hat uns rechtzeitig alarmiert. Das wird schon wieder.«

Die Sanitäter sprangen aus dem Wagen und schlossen die Türen. Dora schaute dem Krankentransport nach, hörte, wie die Sirene kurz ertönte, dann Stille.

Das Kläffen setzte wieder ein, dann trat der Postbote mit Bella an der Leine aus der Tür. »Moin.«

»Moin.« Dora ging auf ihn zu. »Was war denn los? Hat der Arzt Ihnen gesagt, was mit Wolfgang passiert ist?« Dora musste sich an der Wand abstützen, alles schien sich plötzlich zu drehen. Als Bella sie sah, hörte sie auf zu kläffen, zog winselnd an der Leine in ihre Richtung.

»Herzattacke wohl.«

Der Postbote wurde natürlich nicht fürs Reden bezahlt, aber etwas mehr Gesprächigkeit hätte Dora sich schon gewünscht.

»Hat er was Genaueres gesagt?«

»Ne.« Der Postbote schaute auf seine Armbanduhr. »Ich muss dann auch ma, sonst schaff ich meine Runde nicht.« Er hielt ihr die Leine hin. »Sie sind ja wohl die Bekannte, von der Wolfgang mir erzählt hat. Die er die Tage nach längerer Zeit wiedergesehen hat.«

Dora wunderte sich darüber, dass der Mann Wolfgang beim Vornamen nannte und dass ihr Freund sich mit einem Postboten über sie unterhielt. Bemerkte die noch immer ausgestreckte Hand mit der Leine.

»Ich kann den Hund nicht mitnehmen«, sagte Dora entschieden.

Die Hand sank langsam nach unten. Der Postbote schaute in den Himmel. Man konnte ihm beim Nachdenken förmlich zusehen. Dann wandte er sich wieder Dora zu. »Dann müssen Sie mal reingehen.« Er deutete mit dem Daumen hinter sich. »Neben dem Telefon in der Küche liegt ein kleines Buch, da müsste die Nummer vom Tierarzt drinstehen. Bringen Sie Bella eben da hin. Auto ham Sie ja.«

»Wie soll ich den Hund denn in mein Auto reinbekommen? Der mag mich außerdem nicht.« Dora schüttelte den Kopf.

»Na, auf meinem Gefährt kann ich Bella nu auch schlecht transportieren.« Der Mann blickte in Richtung seines Fahrrads mit den gelben Taschen. »Oder soll ich sie vielleicht hinten in den Sack stecken?« Er keuchte, was aber genauso gut ein Husten oder ein Lachen sein konnte. »Ne, dat wird nix.« Wieder hielt er die Leine in Doras Richtung.

Dora griff danach. »Gut, dann rufe ich den Tierarzt an.« Sie achtete darauf, zwischen sich und Bella genügend Abstand zu lassen.

Der Postbote setzte eine Kappe auf, die er von irgendwo hergezaubert hatte, tippte mit den Fingern einen Gruß an die Stirn und sagte: »Denn will ich ma wieder. Ich bin Torsten, meine Telefonnummer steht auf einem Zettel an der Pinnwand über dem Küchentisch. Sie können ja Bescheid sagen, wenn Sie wissen, was mit Wolfgang is. Ich glaub nich, dass der will, dass ich ihn im Krankenhaus besuchen komm. Aber wenn ich sonst helfen kann, sagen Sie Bescheid.« Ein knappes Nicken, dann stieg der Mann auf sein Fahrrad und verschwand kurz darauf zwischen den Bäumen.

Bella jaulte ihm hinterher und setzte sich auf ihr Hinterteil. Dora war unschlüssig, ob sie den Hund mit ins Haus nehmen oder hier draußen lassen sollte. Sie wollte ihn nicht so gern in ihrer Nähe haben. Aber was, wenn er abhaute, dem Krankenwagen und seinem Herrchen hinterher? Sie sah sich suchend um. Schließlich zog sie die unwillige Hündin zu der Bank vor dem Haus und machte die Leine an einem der Beine fest. Zufrieden betrachtete sie ihr Werk. So würde es vorläufig gehen.

Dora betrat das kleine Haus, das nach kaltem Kaffee und Putzmitteln roch. Es gab nur drei Türen, die vom winzigen Eingangsflur abgingen, und alle standen offen. Links ein kleines Badezimmer mit einer Dusche in der Ecke und einem Waschbecken mit Alibert darüber. Die lindgrünen Kacheln waren vor einigen Jahrzehnten mal modern gewesen.

Im Schlafzimmer rechts sah Dora das ungemachte Doppelbett, die Kissen und Laken zerwühlt, als hätte Wolfgang eine ebenso unruhige Nacht hinter sich gehabt wie sie selbst. Links und rechts neben dem Bett Tischchen mit jeweils einer kleinen Lampe mit weißem Schirm darauf. Eine brannte. Als Dora in das Zimmer ging, um sie auszuschalten, fiel ihr Blick auf den Stapel Papiere, in denen Wolfgang offenbar zuletzt gelesen hatte. Kaufunterlagen, Grundbucheinträge, lauter Zeug, mit dem sie nichts anfangen konnte. Sie schob den Haufen zu einem ordentlichen Stapel zusammen und knipste das Licht aus. Griff automatisch nach dem Kopfkissen und schüttelte es auf, fragte sich dann aber, wie Wolfgang es wohl fände, wenn sie in seinem Schlafzimmer Ordnung schaffte. In *diesem* Schlafzimmer. Das Kissen flog zu dem anderen aufs Bett.

Dora ging zurück in den Eingangsflur, dann durch die letzte Tür in das Küchenwohnzimmer. Das, was der Postbote als »die Küche« bezeichnet hatte, war eine Einbauzeile aus Naturholz mit Ober- und Unterschränken, die von Wand zu Wand reichte. Eine Spüle mit Metallbecken, ein Herd mit zwei simplen Kochplatten, weder Dunstabzugshaube noch Geschirrspüler.

Neben dem Herd entdeckte sie die Quelle des Kaffeegeruchs. Wolfgang war anscheinend dabei gewesen, sich Kaffee aufzubrühen, als die Attacke ihn ereilte. Der Kessel lag auf dem Fußboden, die Porzellankanne und der Handfilter umgekippt auf der Arbeitsplatte, während der Kaffeesatz sich schlammig über die Kante bis zum Boden vorgearbeitet hatte.

Dora griff nach einer Rolle Küchenpapier und beseitigte die Schweinerei, nahm den Müllbeutel aus dem Behälter unter der Spüle und verknotete ihn, um ihn draußen in der Tonne zu entsorgen.

Statt eines Küchentisches hatte Wolfgang sich einen Tresen eingebaut. Auf den hohen Stühlen sitzend, konnte man durch das große Fenster auf die Wümme und die Wiesen davor sehen. So ein Haus auf dem Deich hatte durchaus seine Qualitäten.

Bella fing an zu bellen, und Dora suchte nach dem Notizbuch, von dem der Postbote gesprochen hatte. Das Telefon stand am Rand des Tresens an der Wand, daneben lag ein Exemplar der Gelben Seiten, aber kein Notizbuch. Das Bellen draußen wurde zu einem Winseln. Dora schichtete Angelzeitschriften und Ausgaben des *Weserkurier* von einem hohen Hocker auf den anderen. Kein Notizbuch.

Schließlich ließ sie sich im Wohnzimmer auf den Fernsehsessel fallen, der so ausgerichtet war, dass man sowohl den Flachbildschirm sehen als auch die Aussicht genießen konnte. Für einen Moment schloss sie die Augen.

Das Winseln draußen wurde noch lauter.

Sie stand auf, prüfte mit dem Daumen die Feuchtigkeit der Topfpflanzen auf der Fensterbank und gab ihnen einen Schluck Wasser. Dann durchsuchte sie den Kühlschrank auf Verderbliches, aber außer einer Flasche Sekt, Margarine und einem noch verschlossenen Glas Marmelade hatte Wolfgang keine Vorräte, die in seiner Abwesenheit vergammeln konnten.

Doras Blick fiel auf die Hundenäpfe auf dem Boden vor dem Kühlschrank.

Sie traf eine Entscheidung.

* * *

So ganz geheuer war es Dora nicht, dass der Hund jetzt in ihrem Haus lag. Aber was würde Wolfgang wohl sagen, wenn Bella in einem Tierheim darauf wartete, dass er aus dem Krankenhaus wieder nach Hause kam?

Das arme Tier hatte ihr leidgetan, also hatte sie Trockenfutter und die Näpfe eingepackt und alles zusammen in ihr Auto verfrachtet. Der Hund war brav auf den Rücksitz gesprungen, hatte sich zusammengerollt und während der Fahrt nicht gerührt.

Zu Hause hatte sie die Näpfe gefüllt, aber nachdem Bella etwas Wasser geschlürft hatte, begann sie zu winseln und sah Dora traurig an. Dora trat vorsichtig an sie heran und kraulte sie zwischen den Ohren, so, wie sie es bei Wolfgang gesehen hatte. Das Winseln erstarb, und schließlich rollte sich der Hund mit einem tiefen Seufzen unter dem Tisch zusammen.

Im Krankenhaus hatte man Dora vertröstet. Man könne ihr keine Auskunft geben, da sie keine Familienangehörige sei, aber wenn sie morgen zur Besuchszeit ins Krankenhaus komme, dann sei der Arzt vielleicht zu sprechen.

Dora hatte die Unterlagen aus Wolfgangs Schlafzimmer mitgenommen und setzte sich nun damit an den Küchentisch. Mit einem grünen Stift hatte Wolfgang Fragezeichen auf einige Papiere gemalt, es gab Unterstreichungen und Notizen am Rand.

Bella begann zu knurren, aber noch bevor Dora sich ängstigen konnte, wurde die Tür aufgerissen, und der Hund stürzte bellend auf Kirsten zu.

»Ist ja gut, alles gut, mein Lieber, ich wohne hier. Es ist alles in Ordnung.« Kirsten sprach beruhigend auf das Tier ein, während Dora immer noch ihr Herz klopfen spürte.

Kirsten hatte noch nie Angst vor Tieren gehabt. Selbst als Kind war sie auf große Hunde zugelaufen und hatte sie gestreichelt.

»Wo kommt der denn her?«

Bella hatte sich beruhigt und ließ sich von Kirsten kraulen.

»Das ist Bella, Wolfgangs Hund. Wolfgang ist im Krankenhaus.«

»Bitte?«

Dora nickte. Sie hatte einen dicken Kloß im Hals und räusperte sich. »Ja, ich war auf dem Weg zu ihm, weil ich ihn telefonisch nicht erreicht habe, da hat mich der Krankenwagen überholt. Der Postbote war wohl gerade noch rechtzeitig da.«

»Und was ist passiert?« Kirsten wirkte ehrlich erschrocken.

»Der Notarzt hat gemeint, Herzattacke, sich aber nicht näher ausgelassen, und auch im Krankenhaus sagen sie mir nichts.«

»Klar.« Kirsten ging zum Kühlschrank, holte die Milch heraus und trank sie direkt aus der Packung.

»Nimm dir doch bitte ein Glas.« Manchmal ist das Leben eine einzige Zeitschleife, dachte Dora. Erst ermahnt man die Kinder, wenn sie klein sind, dann die Enkel, dann wieder die Kinder. Sie schaute auf Kirsten, die sich ein Glas aus dem Schrank nahm, und auf den Hund, der ihrer Tochter auf Schritt und Tritt folgte. »Da hast du wohl eine neue Freundin gefunden.«

Kirsten beugte sich zu Bella hinunter und säuselte: »Ja, bist du meine neue Freundin, du? Bist du das? Du bist ja eine ganz Liebe.«

»Gehst du mit ihr spazieren?«

»Klar.« Kirsten ließ sich Dora gegenüber auf den Stuhl fallen. »Mach ich gleich, ziehe mir nur was Bequemeres an. Und was tust du da?« Sie griff nach den Papieren, die oben auf dem Stapel lagen. »Kaufvertrag, Michael Ahlendorf. Sichtest du Michaels Besitztümer?«

Bella legte sich unter den Tisch, und Dora fühlte den warmen Körper kurz an ihrem Bein. »Das hat Wolfgang eigentlich vorgehabt. Wir dachten, vielleicht gibt es einen Hinweis auf einen möglichen Täter.« Dora seufzte und stützte den Kopf in die Hände. »Aber das sind böhmische Dörfer für mich.«

»Lass mich mal.« Kirsten zog den Stapel zu sich heran, blätterte, las und sortierte das Gelesene nach einem für Dora nicht nachvollziehbaren System. »Also, ich kann das jetzt auch nur überfliegen, aber ich habe eine Ahnung, was Wolfgang an diesen Papieren so spannend fand.« Sie schob Dora eins der Papiere zu. »Das hier ist ein Kaufvertrag. Michael hat vor einigen Jahren ein Grundstück gekauft. Ziemlich groß, hat damals fast drei Millionen gekostet.«

»Was? Wo hatte er denn so viel Geld her?«

»Keine Ahnung, wahrscheinlich geliehen.« Kirsten reichte ihr ein weiteres Blatt. »Hat sich aber rentiert. Denn hier kannst du sehen, dass er ein Angebot bekommen hat, das Grundstück zu verkaufen, aber für mehr als das Doppelte. Möglicherweise hat ihm jemand mal einen Tipp gegeben, Micha hatte ja einige Freunde im Senat.« Kirsten tippte auf die Zahl, legte aber gleich ein drittes Blatt darauf. »Das ist der Grundbucheintrag. Guck mal, die Lage! Ich weiß, wo das ist. Genau dahinter liegt ein Entwicklungsgebiet der Stadt, also Platz für Wohnungen oder Gewerbeansiedlung.

Gigantisch, sage ich dir.« Wieder deutete ein rot lackierter Fingernagel auf eine Zeichnung. »Aber jetzt kommt's: Wenn du dir das genauer anguckst, hier und hier, dann siehst du diese Striche, ja?«

Dora nickte, wusste aber nicht, worauf ihre Tochter hinauswollte.

»Das sind Bahngleise. Fällt dir jetzt was auf?«

Dora starrte auf die Zeichnung. Kurze Striche, lange Striche, schraffierte Striche. Sie schaute Kirsten an und schüttelte den Kopf. »Sag du es mir.«

Kirsten lehnte sich zurück und verschränkte die Arme vor der Brust. »Die einzige Möglichkeit, auf das Entwicklungsgebiet zu kommen, ist durch Michaels Grundstück hindurch, es sei denn, man baut eine gigantische Brücke über die Gleise.«

Dora versuchte, auf der Zeichnung nachzuvollziehen, was ihre Tochter ihr gerade erklärt hatte. »Und du meinst …«

»Ich meine nicht nur. Mama, erinnerst du dich noch an Hagen?«

»Diesen Architekten meinst du?«

Vor nicht allzu langer Zeit hatte Kirsten diesen Hagen gelegentlich getroffen. Es sah zunächst so aus, als würde sich etwas Ernsteres daraus entwickeln, aber dann hatte Kirsten die Geschichte von einem Tag auf den anderen beendet. Noch bevor Dora ihrer Tochter sagen konnte, dass der Mann ihr nicht geheuer war. Er hatte ihr nie in die Augen sehen können, außerdem hatte er immer schweißige Hände gehabt und einen laschen Händedruck. Ja, Dora konnte sich sehr gut an Hagen erinnern.

»Hagen hat mir mal Entwürfe gezeigt. Nicht nur er, auch andere Architekten haben Konzepte für dieses Gelände entwickelt. Hagens Idee war eine Mischung aus Wohnpark und Vergnügungsviertel. Mit einem See in der Mitte, auf dem man Boot fahren kann, und netten kleinen Gastronomiebetrieben …«

»Das haben wir doch schon im Bürgerpark.«

»Aber nicht so.« Kirsten war offenbar immer noch ein bisschen begeistert von dem Mann mit dem laschen Händedruck. »Ist ja auch egal.« Sie blätterte wieder durch die Papiere. »Es gibt hier ein Angebot von einer Schweizer Firma. Sie haben Michael mehrfach kontaktiert und ihm zuletzt die astronomisch hohe Summe von fünf Millionen Euro angeboten. Weil sie eben ohne sein Grundstück als Zufahrt das Sahnestück dahinter nicht nutzen können.«

»Warum hat Michael denn nicht verkauft? So viel Geld! Was hatte er denn mit diesem Grundstück vor?«

»Ich habe keine Ahnung. Aber diese Schweizer Firma kommt mir seltsam vor. Woher weiß die denn von so einer attraktiven Lage in Bremen? Und warum sollte es sich für die lohnen, ausgerechnet hier zu investieren, noch dazu eine so hohe Summe?«

»Wie meinst du das?«

»Ich glaube, da hat sich jemand einen Strohmann gesucht.« Kirsten hatte offenbar Doras fragende Miene registriert und erklärte: »Jemand, den Michael kannte, oder vielleicht jemand hier aus Bremen sucht sich eine Firma, die auf so etwas spezialisiert ist. Sagt dieser Firma, wie hoch sie im Preis gehen darf, und lässt sie das Geschäftliche erledigen. Wenn alle Verträge unterschrieben sind, verkauft er das Grundstück weiter und streicht den Gewinn ein.«

»Das verstehe ich nicht.« Dora starrte auf die Zeichnung und versuchte, darin zu sehen, was Kirsten sah.

»Gut, dann anders.« Kirsten drehte eines der Blätter um, nahm einen Stift und malte ein Strichmännchen. »Das ist Michael. Ihm gehört das Grundstück, das für die Eigentümer der großen Fläche, die daran anschließt, interessant ist. Nennen wir sie einfach mal die Bauherren.« Sie malte ein kleines und ein großes Grundstück dazu. »Nehmen wir weiter an, dass jemand, der sich mit Bebauungsplänen auskennt, entdeckt hat, dass Michael sozusagen auf einer Goldmine sitzt. Der Strohmann macht ein Angebot, denn schließlich soll Michael nicht merken, wie wichtig sein Grundstück für die Bauherren ist.«

»Aber wer sollte denn ein Interesse daran haben, so etwas im Geheimen zu machen?«

»Jemand, der Michael das große Geld nicht gönnt und selber verdienen möchte. Einer, der ganz genau weiß, was man für dieses Grundstück verlangen kann, wenn der richtige Investor kommt. Einer, der Zugriff auf die Pläne hat und möglicherweise vom Interesse der Bauherren weiß. Der würde doch gerne fünf Millionen zahlen, wenn er später von den Bauherren das Doppelte dafür verlangen kann.«

»Du glaubst, so viel ist das Grundstück wert?«

»Mama, überleg doch mal. Da ist ein riesiges Stück Land, das der Stadt Bremen gehört. Bei der aktuellen Wohnungsnot wäre es super, wenn man da Wohnanlagen errichten und Investoren dafür finden könnte. Oder man verkauft das Land und hat wieder ein bisschen Geld in der Senatskasse, was weiß ich? Auf jeden Fall ist der Grund überhaupt nichts wert, solange Michael sein Grundstück nicht verkauft. Weil es den Weg dorthin blockiert.«

Bella wurde unruhig, winselte, kam unter dem Tisch hervor und legte ihren Kopf auf Kirstens Oberschenkel.

»Na, meine Kleine, musst du mal raus?«

Der Hund bellte.

»Ach, du verstehst mich? Du Feine!« Kirsten kraulte das Tier zwischen den Ohren und stand auf. »Ich zieh mir eine Jeans an, und dann machen wir einen Spaziergang, meine Schöne.« Sie wandte sich an Dora. »Lass uns nachher weiterreden, ja? Ich glaube, da habt ihr etwas Interessantes entdeckt.«

Jakob

Jakob saß mit David vor dem Fernseher. Sie hatten einen gemütlichen Sonntag verlebt. Erst ein Frühstück zu dritt, dann hatte Michael sich ins Büro verabschiedet, er wollte in Ruhe noch einige Akten durchsehen.

David war nachmittags ins Fitnessstudio gefahren und hatte auf dem Rückweg Pizza mitgebracht. Weil Michael immer noch nicht zurück war, machten sie es sich mit dem Essen vor dem Fernseher bequem, um eine Serie oder einen Film anzusehen. Etwas zu finden, das ihnen beiden gefiel, war nie einfach. Jakob mochte Action, David liebte Filme mit viel Herzschmerz, bei denen er am Ende ein wenig weinen konnte. Schließlich einigten sie sich auf Indiana Jones und das Königreich des Kristallschädels, *den Michael kürzlich auf Bluray besorgt hatte, aßen Pizza aus dem Karton und genossen den Abend.*

Als Michael kam, lagen die Pappkartons auf dem Fußboden, auf dem flachen Wohnzimmertisch standen eine Schale mit Gummibärchen und Schokolade und ein leerer Eisbecher – das Eis hatten sie sich geteilt.

Michael blieb in der Tür zum Wohnbereich stehen, die

Hände in die Hüften gestützt, und schüttelte den Kopf. »Hallo. Na, hier sieht's ja nach einem netten Abend aus.«

»Ah, der Herr des Hauses beehrt uns.« David erhob sich, um seinen Mann mit einem Kuss zu begrüßen. »Wie war dein Tag, Schatz?«

»Offenbar nicht so entspannt wie eurer.« Michael deutete mit dem Kinn Richtung Fernseher. »Gut?«

»Ja, allerdings nicht ganz so toll wie der zweite Teil, den mag ich am liebsten.« Jakob konzentrierte sich wieder auf den Film.

»Soll ich dir noch etwas zu essen machen?«, fragte David. »Im Kühlschrank müsste noch ein Rest von der Pasta von gestern sein.«

»Nein danke, ich bin nicht hungrig. Ist Wein offen?«

»Ich hole dir ein Glas.« David verschwand Richtung Küche.

Michael ließ sich neben Jakob auf das Sofa fallen und legte ihm die Hand auf den Oberschenkel. »Geht's dir gut, mein Sohn?«

Jakob nickte.

David kam mit einem Glas zurück, schenkte Michael Rotwein ein und setzte sich in einen Sessel neben dem Sofa.

Alle drei starrten auf den Bildschirm und sahen Harrison Ford dabei zu, wie er mit seiner Liebsten in einen dunklen Schacht kletterte, an dessen Ende sicher mindestens ein wildes Tier lauerte.

»Ich finde, Marion Ravenwood hat durchaus Ähnlichkeit mit Anna.« David grinste Jakob an.

»Quatsch.«

»Wer ist Marion, und muss ich diese Anna kennen?« Michael schenkte sich Wein nach und griff nach einem Stückchen dunkler Schokolade.

»Ne, schon gut.« Jakob verfolgte eingehend die Aktion im Tunnel, er hatte keine Lust, seinem Vater mehr über Anna zu erzählen.

»Ach, komm schon, zier dich doch nicht so.« Sein Dad drehte sich im Sessel zu Jakob.

Jakob zeigte Richtung Fernseher. »Das da ist Marion. Die Figur heißt so.«

»Aha.« Michael wirkte nicht zufrieden mit seiner Antwort.

»Anna geht mit Jakob in eine Klasse.« David ignorierte den Gesichtsausdruck seines Sohnes. »Wie gesagt, sie sieht ein bisschen so aus wie die Schauspielerin.« David grinste. »Vielleicht sogar ein bisschen hübscher. Nicht wahr, Jakob?«

Jakob brummte etwas und nahm sich eine Hand voll Gummibärchen. Mit vollem Mund durfte er nicht sprechen, damit war das Problem vielleicht vom Tisch.

»Und woher kennst du dieses Mädchen so gut? Offenbar ist sie ja nicht nur eine Mitschülerin?«

Jakob konnte aus den Augenwinkeln sehen, dass David nickte, einen Kussmund andeutete und mit dem Finger auf ihn zeigte.

»Jakob?« Michael rutschte auf dem Sofa ein Stück nach vorn, um seinem Sohn ins Gesicht zu sehen.

»Was denn? Kann man hier nicht mal in Ruhe einen Film gucken?«

»Ich würde gern mehr wissen über dich und diese Anna.«

»Da gibt es nichts zu wissen.«

»Jakob, bitte!« Michael griff nach der Fernbedienung und stellte den Film auf Pause.

»Oh, Mann.« Jakob stand auf. »Was soll denn das?«

Michael trank einen Schluck Wein, sah ihn an, sagte nichts.

»Können wir nicht einfach diesen Film angucken?«

»Ich schau mal, ob wir noch Chips haben.« Sein Dad verschwand Richtung Küche. Klar, wenn die Stimmung zu kippen drohte, tauchte David lieber unter.

»Was ist denn das Problem?« Jakob verschränkte die Arme vor der Brust.

»Es gibt kein Problem. Ich möchte nur gern wissen, warum David es offenbar als wichtig erachtet, dieses Mädchen zu erwähnen.«

»Weiß ich doch nicht.«

»Jakob, warum ist es so schwer für dich, mit mir zu reden?«

»Ich rede doch.«

»Du weißt genau, wie ich das meine. Mit David kannst du offenbar alles besprechen, was dir wichtig ist, für mich bleiben Schulnoten und vielleicht noch, welchen Film du dir gerade angesehen hast.«

Jakob hatte keine Ahnung, wie er aus dieser Nummer schnell wieder herauskam. Und sein Vater war offenbar noch lange nicht am Ende mit seinen Fragen.

»Also, wer ist Anna?«

»Anna ist meine Freundin.« Jakob sah zu Boden.

»Freundin?«

Jakob überlegte kurz, ob er seinem Vater jetzt wirklich erklären sollte, wie er »Freundin« definierte.

»Jakob, sieh mich an.«

Jakob hob den Blick.

Michael saß auf der Kante des Sofas, die Ellenbogen auf die Knie gestützt, die Hände wie zum Gebet gefaltet. »Hat diese Freundin einen Anteil daran, dass deine letzte Mathearbeit nicht so gut ausgefallen ist?«

Sein Vater war sehr ruhig, aber Jakob kannte ihn gut genug, um zu wissen, dass es in seinem Inneren brodelte. Am besten gar nichts sagen, Michael würde sich ohnehin gleich selbst die Antwort geben.

»Ich habe mich schon gefragt, warum du in letzter Zeit so oft abwesend bist. Jakob, das geht nicht, das weißt du, oder?«

»Was geht nicht?«

»Du kannst dich offenbar nicht gleichzeitig auf eine Freundin und *auf die Schule konzentrieren. Aber du hast nur noch ein paar Monate bis zum MSA, und dieser Abschluss ist wichtig, wenn du dein Abitur machen willst. Du musst dich also für eins von beiden entscheiden, und ich muss dir ja wohl nicht sagen, worauf du ab sofort verzichtest?«*

»Das kannst du nicht ernst meinen.« David war bei Michaels letzten Worten ins Wohnzimmer zurückgekommen. Er stellte eine Schüssel mit Kartoffelchips auf den Tisch. Sein Blick wanderte von Michael zu Jakob und zurück. »Du kannst doch Jakob nicht seine Freundin verbieten.«

»Und ob ich das kann!«

»Anna ist ein sehr nettes Mädchen und ganz sicher nicht der Grund dafür, dass die letzte Mathearbeit danebengegangen ist.« David stellte sich neben Jakob, legte ihm die Hand auf die Schulter. »Erinnerst du dich nicht mehr, wie es war, als du zum ersten Mal verliebt warst?«

»Ich bin nicht verliebt.« Jakob versuchte, möglichst viel Hass in seinen Blick zu legen, als er Michael ansah. »Anna ist mehr ein Kumpel, nicht so eine Freundin, wie ihr euch das vorstellt.«

»Das ist mir egal. Was mir nicht egal ist, ist deine Zukunft.« Michael nahm sich eine Hand voll Chips, kaute, stand auf. »Du beendest dieses Egal-was-es-ist und konzentrierst dich wieder ganz auf deine Noten. Haben wir uns da verstanden?«

Jakob starrte auf den Boden, spürte, wie David seine Schulter drückte.

»Ob wir uns da verstanden haben?«

Davids Griff wurde fester.

Jakob nickte.

»Gut.« Michael griff nach der Fernbedienung und beendete die Filmpause. »Ich muss noch ein paar Akten lesen.« Er nahm sein Glas und verschwand.

David schob Jakob zum Sofa zurück und ließ sich neben ihn fallen. »Wir finden schon eine Lösung. Du weißt doch, wie er manchmal ist.«

Das wusste Jakob nur zu gut. Er wusste nur nicht, wie lange er sich das noch gefallen lassen würde.

Jakob

Jakob zog den grauen Jogginganzug aus, in dem er im Gefängnis angekommen war und in dem er auch geschlafen hatte. Wenn man das Herumwälzen auf der weichen Matratze so nennen wollte. Das Kissen war zu hart, und die Bettwäsche roch nicht wie zu Hause.

Er hörte, wie Türen geöffnet wurden und wieder ins Schloss fielen, hörte Gelächter und sah eine Gruppe Jugendlicher auf dem Teerweg vor seinem Fenster. Einer schubste einen anderen, überhaupt wirkte das Ganze eher wie ein Klassenausflug als wie eine Gruppe Gefangener. Dann war es wieder sehr ruhig.

Beim Duschen in dem winzigen Badezimmer seiner Zelle wurde das Wasser nicht richtig heiß, und das Duschgel roch wie Spülmittel. Merkwürdiges Gefühl, nackt in einem Zimmer zu stehen, über dessen Tür er keine Kontrolle besaß und die jeden Moment aufgehen konnte. Das Fenster ließ sich öffnen, aber davor waren wie überall die weiß lackierten Gitterstäbe.

Schnell schlüpfte er in den blauen Trainingsanzug, den das Gefängnis ihm gestellt hatte.

Im Kühlschrank lag immer noch das Frühstück, auf das er bisher keinen Hunger gehabt hatte. Brot, Margarine und Marmelade. Er sehnte sich nach frisch gepresstem Orangensaft oder heißem Kakao, während er, auf dem Bett sitzend, die trockene Mahlzeit kaute. Als er gerade den letzten Bissen mit Leitungswasser hinunterspülte, klopfte es. Er stand auf und schaute auf die graue Stahltür. »Ja?«

Ein Schlüssel im Schloss, und die schwere Tür wurde aufgezogen. Ein lächelndes Gesicht, glänzender Schädel und Hipster-Bart, freundliche braune Augen mit Lachfältchen. »Moin, ich bin Patrick, der Sozialarbeiter.«

»Hallo.«

»Magst du mitkommen, und wir unterhalten uns ein bisschen?«

»Klar.« Alles schien Jakob im Moment besser als die Einsamkeit in diesem kleinen Raum.

Der Sozialarbeiter trug eine ausgeblichene Jeans zu einem blau-weiß geringelten Sweatshirt, seine Sneaker hatten schon bessere Tage gesehen. Auf seinem kahl rasierten Schädel waren dunkle Stoppeln zu erkennen. Der Mann hielt Jakob die Zellentür auf und schloss sie hinter ihm ab. Dann deutete er galant in Richtung der Glastür am anderen Ende des Flurs. »Diese Richtung bitte.«

Jakob schaute im Vorbeigehen auf die Räume, die den Zellen gegenüberlagen. Glasfenster erlaubten den Blick auf eine Dartscheibe, auf eine Küche, auf ein Zimmer mit einer Ansammlung von Stühlen.

»Die Gemeinschaftsräume«, erklärte Patrick. »Ich führe dich nachher mal herum, okay?«

Jakob nickte. Dann betätigte er den Griff der Glastür. Er bewegte sich nicht.

»Passiert hier allen am Anfang.« Der Sozialarbeiter grinste und klimperte mit seinem Schlüsselbund. »Alle Türen sind abgeschlossen, deshalb bitte immer höflich zur Seite treten, wenn der Hausmeister kommt.«

Jakob tat wie geheißen. Danach bogen sie links in einen Gang, der aussah wie der Flur zum Büro seines Schuldirektors. An der ersten Tür rechts blieb Patrick stehen. Wieder dieselbe Prozedur: aufschließen, eintreten, Tür zu.

»Setz dich doch.« Patrick deutete auf zwei Stühle an einem kleinen runden Tisch, auf dem mehrere Akten lagen. Dieses Zimmer schien eine Art Büro zu sein, es gab darin einen Schreibtisch, rechts und links an den Wänden Regale und Aktenschränke, eher funktional als modern. Der Sozialarbeiter nahm eine Mappe von seinem Schreibtisch, verstaute den Aktenstapel in einem der Regale, setzte sich zu Jakob an den Tisch und schaute ihn an. »Also, da sind wir nun. Du bist Jakob Ahlendorf, richtig?«

Jakob nickte, sah dann an Patrick vorbei aus dem Fenster. Aus den Augenwinkeln konnte er sehen, wie der Mann in seiner Akte blätterte.

Patrick seufzte und schlug den Ordner zu. »Willst du mir erzählen, wie es dir geht?«

Jakob schaute den Mann an. »Wollen Sie auch wissen, warum ich es getan habe?«

Sein Gegenüber schüttelte den Kopf. »Nein. Genau *das* möchte ich auf gar keinen Fall wissen. Weder ob noch wie, interessiert mich alles nicht.« Er faltete die Hände über der Akte. »Ich bin hier der Sozialarbeiter. Meine Aufgabe ist es, zu beurteilen, in welcher Verfassung ihr seid. Ob es irgendwann möglich ist, euch wieder auf die Welt da draußen loszulassen, ob ihr klarkommt, wenn ihr euch an Regeln halten müsst.«

Jakob sagte gar nichts.

»Hast du das verstanden? Ich bin nicht der Richter. Für mich ist nicht entscheidend, was du getan oder nicht getan hast.« Der Sozialarbeiter schlug die Beine übereinander. »Vielleicht beginnen wir mal damit, dass ich dir die Regeln hier erkläre. Oder hat das schon jemand gemacht?«

Jakob schüttelte den Kopf.

»In der Untersuchungshaft ist alles noch ein wenig anders.« Patrick wippte mit dem Fuß. »Manches wird hier lockerer gehandhabt, aber für jedes Extra muss ein Antrag ausgefüllt werden. Fernseher, Geld, Pakete von deiner Familie. In die Schule gehen oder in der Werkstatt arbeiten, das ist in der Untersuchungshaft nicht vorgesehen.« Das Wippen hörte auf, Patrick wartete anscheinend auf eine Reaktion.

Jakob schaute wieder aus dem Fenster. Er sah den blauen Himmel und watteweiche Wölkchen. Wie cool es jetzt wäre, wenn er auf sein Fahrrad steigen und zu Lilly fahren könnte. Sie würden sich auf ihr Bett legen und Musik hören oder die Serie zu Ende gucken, die sie neulich angefangen hatten. Vielleicht würde er vorher noch Chips und Schokolade kaufen. Und Skittles, die liebte Lilly.

»Jakob?« Der Sozialarbeiter riss ihn aus seinen Gedanken. »Hast du mir zugehört?«

Jakob sah ihn an.

»Essen wird mittags ausgeteilt, und zwar für den Abend und Morgen gleich mit, das musst du dir einteilen. Genau wie die Rationen Margarine und Marmelade, die gibt's nur einmal in der Woche.« Er vergewisserte sich, dass Jakob weiter zuhörte. »Es gibt vegetarisches und normales Essen und Gerichte ohne Schweinefleisch, also für Muslime.«

»Kann meine Oma mir etwas zu essen mitbringen?«

Patrick zuckte mit den Schultern. »Wie ich schon sagte: Antrag stellen. Aber das dauert. Auch bis der erste Besuch kommen darf, werden sicher noch ein paar Tage ins Land gehen. Nur deine Anwältin, deine Gerichtshelferin und dein Vater bekommen schneller eine Erlaubnis.«

An der Wand neben dem Fenster tickte eine Uhr. Es war kurz nach elf. Die anderen hatten jetzt Mathe. Doppelstunde mit Frau Fiebig. Ob wohl jemand an ihn dachte? Ihn vermisste? Jakob musste schlucken. Er hätte sogar Scheiß-Mathe gemacht, wenn er dafür hier rauskäme.

»Wir haben einen Garten. Und Tiere.« Der Sozialarbeiter täuschte Begeisterung vor. »Hängebauchschweine und Ziegen und Hühner. Ein ehemaliger Vollzugsbeamter hat mit Häftlingen sogar Ställe gebaut, die sehen wir uns bei unserem Rundgang auch an.«

Die Zeiger an der Uhr schienen sich nicht zu bewegen. Aber sie war offenbar intakt und tickte.

»Jakob?«

Jakob wandte sich Patrick zu. »Was soll ich denn hier den ganzen Tag machen?«

Der Mann sah ihn nachdenklich an, dann lächelte er. »Die anderen kommen nachher aus der Schule und von der Arbeit zurück. In der Freistunde könnt ihr Tischtennis spielen oder in die Sporthalle gehen. Für Turnschuhe musst du allerdings erst einmal einen Antrag stellen.« Er grinste. »Ich werde mich dafür einsetzen, dass du in die Playstation-Gruppe kommst. Spielst du Schach?«

Jakob nickte. Mit Michael hatte er immer Schach gespielt. Sie hatten manchmal über Tage an einer einzigen Partie gesessen. David war oft dazugekommen, hatte sich danebengesetzt und in Zeitschriften geblättert. Immer wieder hatten Michael und Jakob versucht, seinem Dad die Spielzüge zu erklären, was meistens mit viel Gelächter endete, weil David sich extra dumm stellte und überlegte, warum ausgerechnet Pferde Spielfiguren waren und nicht etwa süße Kätzchen.

»Ja, das ist doch prima! Wir haben hier unter den Aufsichtsbeamten einen echten Schachmeister, der freut sich immer über würdige Gegner.« Patrick stand auf. »Gut, dann soll es das erst einmal gewesen sein. Leb dich ein, und wir sprechen uns in den nächsten Tagen, okay? Jetzt zeige ich dir noch die Tiere, die Küche und die Gemeinschaftsräume.«

Dora

Wolfgang saß auf einem Stuhl am Fenster, als Dora am späten Nachmittag sein Zimmer in der Klinik betrat. »Hallo, Wolfgang.«

»Dora!« Wolfgang strahlte sie an. Er trug eine sandfarbene Hose und ein hellblaues Hemd und wirkte irgendwie jünger.

»Du siehst gut aus.« Sie gab ihm Küsschen links und rechts auf die Wange.

Wolfgang hielt sie an den Hüften fest und schaute sie an. »Schön, dass du mich besuchen kommst.«

»Ich hab mir solche Sorgen um dich gemacht!« Seine Hände brannten Löcher in ihre Hüften. »Geht es dir wieder besser?«

Er stand auf und nahm ihr Gesicht in beide Hände. »Viel besser. Aber so eine Beinahe-Herzattacke ist ein Warnschuss, und ich möchte meine Zeit nicht mehr vergeuden.« Sein Zeigefinger strich sacht über ihre Wange.

Dora ließ die Handtasche auf den Boden fallen. Im Zimmer war es plötzlich unerträglich heiß.

»Weißt du, es war nur eine Durchblutungsstörung, aber es hat sich anders angefühlt. Für einen Moment dachte ich, das war's jetzt.«

Wolfgang beugte sich vor und hauchte ihr einen Kuss auf die Lippen. Wie selbstverständlich fanden ihre Hände sich hinter Wolfgangs Rücken. Der Kuss wurde intensiver. Dora vergaß für einen Moment alles, und gleichzeitig wirbelten Erinnerungen durch ihren Kopf.

Wolfgang schob sie sanft ein Stück von sich weg. »Darauf habe ich nun wirklich lange genug gewartet.« Er deutete auf den zweiten Stuhl am Fenster. »Setz dich doch.« Er setzte sich ebenfalls und ergriff ihre Hand. »Die Ärzte sagen, ich kann morgen wieder nach Hause. Danke, dass du dich um Bella kümmerst.«

»Woher weißt du das?«

»Mein Briefträger hat angerufen.«

Dora nickte. »Natürlich.«

»Weißt du, wenn einem so etwas passiert, dann werden manche Dinge auf einmal klein und andere groß und wichtig. Du weißt, ich wollte immer nur dich.« Wolfgang nahm auch ihre andere Hand, rutschte auf dem Stuhl weit nach vorne und sah sie eindringlich an. »Ich will nicht mehr ohne dich sein, Dora. Ich habe schon einmal verzichtet, was mir im Nachhinein leidtut. Wahrscheinlich hätte ich damals einfach mit dir durchbrennen sollen.«

»Ach, Wolfgang. Das ist doch Jahre her.«

»Aber vergessen hast du es nicht, oder?«

Dora schüttelte den Kopf.

»Du bist doch nur deshalb bei Hanjo geblieben, weil du dir um die Kinder Sorgen gemacht hast. Dabei waren die noch so klein, die hätten das schon verkraftet.«

»Hätte, hätte.« Dora machte sich los und stand auf. »Damals war das alles nicht so einfach. Du hattest gerade diesen großen Fall vor Gericht, und ich war ein unbedarftes

Ding.« Sie lief zwischen Fenster und Bett auf und ab. »Ich hatte keine Vorstellung davon, was passieren würde, wenn ich alles hinschmeiße. Natürlich habe ich mir Sorgen um die Kinder gemacht und darum, was die Freunde sagen. Ich wusste, Hanjo würde alles daransetzen, mir die Kinder wegzunehmen, wenn ich ihn verlasse. Das hat er sehr deutlich zum Ausdruck gebracht.«

Dora schwieg, dann erzählte sie Wolfgang von ihrem Fund im Geheimfach von Hanjos Schreibtisch. »Er hatte einen Detektiv beauftragt, mir nachzuspionieren. Es gibt ein Foto von dir und mir im Auto, aber nur dieses eine harmlose Foto von uns aus der Zeit, als ich entschieden hatte, dass es besser ist, wenn wir nur Freunde bleiben.«

»Was sagst du da?« Wolfgang sah sie überrascht an. »Hanjo hat dich überprüfen lassen?«

»Du ahnst nicht, was er mir damals alles an den Kopf geworfen hat. Dass ich andere Männer hätte! Klar, gemeinsame Freunde, seine Kollegen, die meine Tochter und mich ins Krankenhaus fuhren, weil er selbst nicht vor Ort war. Oder ins Gartencenter, wenn er mal wieder keine Zeit hatte. Hanjo war unglaublich eifersüchtig. Und er hätte mich bei einer Trennung am langen Arm verhungern lassen. Ich hatte ja nicht mal einen Beruf.«

»Hast du es je bereut? Dass du nicht gegangen bist?«

Dora stand vor Wolfgang, legte ihm die Hände auf die Schultern. »Ach, das ist so lange her.«

Wolfgang zog sie an sich, drückte seinen Kopf an ihren Bauch, seufzte.

»Und was machen wir jetzt?« Dora trat einen kleinen Schritt zurück.

»Ich hätte da durchaus eine Idee.« Wolfgang grinste.

»Aber ich schätze, hier sind wir nicht ungestört.« Er machte eine Kopfbewegung in Richtung des Krankenhausbettes.

Dora gab ihm einen Kuss auf die Wange und setzte sich wieder ihm gegenüber. »Ich bin sicher, dass deine Ärzte dir von derartigen Aktionen ohnehin abraten würden. Du sollst doch dein Herz schonen.«

»Ach, Unfug.« Wolfgang winkte ab. »Was kann wohl besser für ein krankes Herz sein als Bewegung?«

Dora spürte, wie sie rot wurde. »Vielleicht besprechen wir das, wenn du wieder zu Hause bist?«

»Natürlich.« Wolfgang schien ihre Verlegenheit zu bemerken und wechselte das Thema. »Gibt es Neuigkeiten in unserem Fall?«

»Ich habe die Unterlagen aus deinem Schlafzimmer wieder mitgenommen.« Dora fasste zusammen, was sie und Kirsten über das Grundstück herausgefunden hatten.

»Gar nicht so dumm von Kirsten. Hätte ich ihr nicht zugetraut.« Wolfgang blickte nachdenklich aus dem Fenster. »Aber dass jemand deinen Sohn aus dem Weg räumt wegen so einer Grundstücksgeschichte, das kommt mir doch etwas übertrieben vor.«

»Habe ich auch erst gedacht, aber Kirsten hat gemeint, wir sollten der Spur des Geldes folgen. Du wirst ja nicht abstreiten, dass es hier um ganz schön viel Geld geht.«

Wolfgang nickte. »Und habt ihr herausgefunden, wer hinter dieser Firma aus der Schweiz steckt?«

»Kirsten wollte sich darum kümmern.« Dora hob ihre Handtasche auf und legte einige Papiere auf den Tisch. »Währenddessen habe ich herausgefunden, dass es gar nicht so schwierig ist, einen Auftragskiller zu finden.«

»Wie bitte?« Wolfgang sah sie verdutzt an.

»Ja, ich habe mich daran erinnert, dass eine der Damen aus dem Lesekreis mal von ihrem Neffen erzählt hat, der sich im Darknet auskennt. Ist dir das ein Begriff?«

»Darknet. Klar. «

»Also, wir haben damals einen Krimi gelesen, in dem das Darknet eine Rolle spielte, und ihr Neffe kenne sich da aus, hat sie gesagt.«

»Und den hast du kontaktiert?«

»Genau.« Dora schob Wolfgang die Papiere zu. »Ich habe ihn angerufen und ihm erklärt, dass ich von Jakobs Unschuld überzeugt bin und dass ich deshalb selbst ermittle.«

»Du siehst mich überrascht.« Wolfgang deutete auf die Papiere. »Und das hier …?«

»… sind Recherchen im Darknet, in das man so ohne Weiteres nicht reinkommt. Also, wenn du fünfzigtausend auf der hohen Kante hast, dann bekommst du dafür einen Killer.«

»So einfach ist das?« Wolfgang betrachtete eingehend die Papiere. Dann lehnte er sich auf dem Stuhl zurück und verschränkte die Arme vor der Brust. »Du meinst, jemand hat einen Killer engagiert, weil er das Grundstück haben wollte?«

Dora nickte. »Ist zumindest eine Möglichkeit.«

»Aber wer immer dahintersteckt, muss doch gewusst haben, dass es einen Ehemann und einen Sohn gibt, die erben. Wie konnte derjenige so sicher sein, dass die an ihn verkaufen?«

»Das ist genau der Punkt. Es muss einer gewesen sein, der David und Jakob sehr gut kennt. Ich kann mir sogar vorstellen, dass David mit jemandem unter einer Decke steckt und das Ganze seine Idee war.«

»Aber, Dora, woher soll David denn das Geld haben, einen Killer zu bezahlen? Ich kann mir nicht vorstellen, dass der fünfzigtausend Euro unter der Matratze liegen hat.«

»Keine Ahnung! Aber das ist noch nicht alles, was ich herausgefunden habe. Seit einiger Zeit gibt es von Michaels Privatkonto aus monatliche Überweisungen in Höhe von eintausendfünfhundert Euro auf ein ausländisches Konto.«

»Du meinst, dein Sohn ist erpresst worden?«

»Wäre eine Möglichkeit.« Dora steckte die Papiere wieder ein und legte ein Foto auf den Tisch. »Das wollte ich eigentlich entsorgen, habe es aber wieder aus dem Müll gefischt. Wie du siehst, hat mein Mann nicht nur mich von Privatdetektiven bespitzeln lassen. Das hier habe ich auch in Hanjos Geheimfach gefunden.«

Wolfgang beugte sich über das Bild. »David! Und wer sind die beiden anderen?«

»Ich dachte, du kennst sie vielleicht.«

»Nie gesehen.« Wolfgang nahm das Foto in die Hand, betrachtete es gründlich. »Obwohl … der da rechts kommt mir bekannt vor.«

»Na, du kannst dich gewiss nicht an jeden Kriminellen erinnern, der dir in deinem Berufsleben über den Weg gelaufen ist.«

»Wenn es überhaupt ein Krimineller ist. Kann auch sein, dass das einfach nur Kollegen von David sind. Oder C-Promis, die eben nicht jeder kennt.« Wolfgang reichte Dora das Bild.

»Nein, behalt du das Foto und zeig es deinen früheren Kontakten bei der Polizei. Und Hans. Wenn die zwei wirklich etwas auf dem Kerbholz haben, dann hat die sicher schon mal einer gesehen.«

Dora erhob sich und gab Wolfgang einen Kuss auf die Wange. Es fühlte sich richtig an, wenn auch ein wenig ungewohnt.

Wolfgang packte sie an den Armen und zog sie auf seinen Schoß, küsste sie leidenschaftlich. »Du willst doch nicht schon gehen?«

»Ich muss.« Dora versuchte aufzustehen, aber Wolfgang hielt sie fest.

»Hiergeblieben, ich bin noch nicht fertig.« Noch ein leidenschaftlicher Kuss. Dann schob er sie wieder auf die Füße.

Dora fuhr sich mit der Hand durch die Haare, suchte dann in der Tasche nach einem Kamm, während Wolfgang sich hinter sie stellte und ihren Nacken liebkoste.

Jemand klopfte an die Tür, und wie ertappte Teenager fuhren sie auseinander.

»Moin, wie ich sehe, haben Sie sich schon prima erholt.« Ein Arzt in weißem Kittel stand im Türrahmen. Machte einen Schritt auf Dora zu. »Frau Westerholt, nehme ich an, angenehm, mein Name ist Urstrom.«

Dora reichte ihm die Hand, versuchte, die aufsteigende Hitze zu ignorieren, schüttelte den Kopf. »Ahlendorf ist mein Name, ich bin eine … eine Bekannte von Herrn Westerholt.«

Wolfgang saß grinsend auf der Bettkante. »Meine Bekannte wollte gerade gehen.«

Dora hatte soeben die Autotür geöffnet, als David sie auf dem Handy anrief. »Hallo, David.«

Schluchzen am anderen Ende.

»David? Was ist denn los? Ist was mit Jakob?« Sie ließ sich seitlich auf den Fahrersitz fallen.

»Nein, nein. Mit Jakob ist alles okay. Seine Anwältin hat mit ihm gesprochen.« David schniefte. »Die Kripo hat angerufen, Michaels … also Michael … seine Leiche …« Ein tiefer Seufzer drang durch die Leitung. »Wir können Michael jetzt beerdigen.«

Mit voller Wucht kam die Erkenntnis zurück. Michael war tot. Sie würde ihren Sohn nie wieder sehen, mit ihm sprechen, ihn berühren. Dora hatte jeden Gedanken daran verdrängt, sich so in die Suche nach dem Täter vertieft, dass sie von morgens bis abends abgelenkt war. Und wenn sie nachts nicht schlafen konnte, dann hatte sie sich Unterlagen aus Hanjos Büro geholt und darin gelesen, bis ihr die Augen zufielen.

»Dora? Bist du noch dran?« Offenbar stellte David diese Frage nicht zum ersten Mal.

»Ja, ich bin noch da.«

»Ich dachte, weil du ja gesagt hattest … Also, kannst du mir helfen?«

Dora setzte sich in den Wagen und schloss die Tür hinter sich.

David fing wieder an zu weinen und war kaum noch zu verstehen. »Alleine schaffe ich das nicht, ich, ich weiß doch gar nicht … Weil du doch wegen Hanjo …«

»Hast du schon einen Bestatter ausgesucht?« Dora bemühte sich um Fassung.

»Nein.«

»Ich habe mit Mechtmann gute Erfahrungen gemacht. Die sind freundlich und diskret und kümmern sich um alles. Schaffst du es, da einen Termin auszumachen?«

Vermutlich nickte David, aber außer einem Schniefen war nichts von ihm zu hören.

»Wenn die heute noch einen Termin haben, nimm den. Dann rufst du mich an, und wir treffen uns dort. Ist das okay für dich?«

»Ja.«

»Mechtmann. In der Hamburger Straße.«

»Hab ich verstanden. Ich rufe gleich an.«

Dora bezweifelte, dass David sich den Namen des Bestatters länger als fünf Minuten merken konnte, aber sie hatte andere Pläne.

»Dora?«

So zaghaft hatte sie David noch nie erlebt. »Ja?«

»Danke. Bis später.«

David beendete das Gespräch.

Gedankenverloren starrte sie auf das Display ihres Handys. Ob sie Jakob für die Bestattung aus dem Gefängnis ließen? Er musste sich doch von seinem Vater verabschieden dürfen. Besser, sie fand vorher heraus, was wirklich passiert war. Niemand würde wollen, dass der Mörder bei der Beerdigung am Grab stand.

In ihre Überlegungen hinein klingelte das Handy erneut. Dieses Mal war es der Mann von der Kripo, Kommissar Mundt.

»Frau Ahlendorf, darf ich Sie kurz stören?«

»Natürlich.« Dora war über jede Ablenkung froh.

»Sie können jetzt einen Bestatter aufsuchen. Die Rechtsmedizin hat den Leichnam Ihres Sohns freigegeben.«

»Ja, mein Schwiegersohn hat mich deswegen gerade angerufen.« Dora zögerte einen Moment, bevor sie fragte: »Kann ich noch mal bei Ihnen vorbeikommen? Ich habe Unterlagen, die ich Ihnen gerne zeigen würde.«

»Was denn genau?«

Der Kriminalkommissar sprach, wie er aussah. Unordentlich. Er verschluckte Silben beim Sprechen. Wasn gnau? War ihr gar nicht aufgefallen, als sie ihm gegenübergesessen hatte. »Ich kann es Ihnen auch am Telefon sagen.«

»Immer raus damit.«

»Es gibt da so eine Grundstückssache, da geht es um ziemlich viel Geld. Mein Sohn hat ein Grundstück von hohem Wert besessen. Es könnte Leute geben, die sich mit dem Kauf und Verkauf einen hohen Profit ausgerechnet haben.« Dann erinnerte sich Dora an die monatlichen Überweisungen. »Das ist aber noch nicht alles. Außerdem hat mein Sohn jeden Monat Geld an ein ausländisches Konto überwiesen. Vielleicht ist er erpresst worden?«

»Ne, ne, das sicher nicht.«

Dora hörte ein ratschendes Geräusch am anderen Ende, dann tiefes Einatmen. Mundt hatte sich offenbar eine Zigarette angezündet.

»Sie meinen die fünfzehnhundert?«, fragte er.

»Genau. Tausendfünfhundert Euro, seit einigen Monaten.«

Der Kommissar schien jetzt den Rauch auszustoßen. »Nein, das ist nix.« Isnx. »Haben wir geprüft. Das Geld ging an die leibliche Mutter Ihres Enkels in den USA. Hat uns Ihr Schwiegersohn erklärt.«

»Ach.« Wieso hatte Michael ihr nichts davon gesagt, dass er die Leihmutter finanziell unterstützte? Und warum auf einmal nach so vielen Jahren? Sie musste mit David sprechen.

»Und das mit dem Grundstück … Also, wenn Sie dieses Stück Land meinen hinter den Bahnschienen, da sind wir dran. Auch da hat uns Herr Kendrick mit Unterlagen versorgt. Waren bei Ihrem Sohn zu Hause in einer Mappe abgelegt.«

Dora stieß einen Laut der Überraschung aus.

»Hallo? Frau Ahlendorf? Geht es Ihnen gut?«

»Ja, alles fein.«

»Hören Sie, Frau Ahlendorf, ich verstehe, dass Ihnen diese ganze Sache Kummer macht. Aber Sie sollten sich jetzt um Ihren Schwiegersohn kümmern. Der kann mit dem Tod seines Partners ganz und gar nicht umgehen. Also, der ist echt nicht so gefasst wie Sie, wenn ich das mal so sagen darf.« Sagndaf. »Sicher ist auch bald die Besuchserlaubnis für Ihren Enkel da. Keine Sorge, wir machen hier unsere Arbeit, und die machen wir gut. Wir sind dafür ausgebildet.«

Der Ton erinnerte Dora an die Art, wie Kirsten mit dem Hund sprach. Deshalb sagte sie schnell: »Ich muss jetzt auch Schluss machen.«

»Gut, dann höre ich von Ihnen wegen des Bestatters?«

»Natürlich.« Sie beschloss, den Kommissar auf die Sache mit dem Killer aus dem Darknet lieber nicht anzusprechen.

Jakob

Jakob fühlte sich unwohl.

Außer ihm waren keine anderen Schüler da. Hieß ja auch Elternsprechtag, also war dieser Termin eigentlich nicht für ihn und seine Klassenkameraden gedacht. Michael und er saßen auf Stühlen, die der Hausmeister bereits gestern entlang des Flurs zu den Klassenzimmern aufgereiht hatte. Auf der anderen Seite des Gangs unterhielt sich flüsternd ein Ehepaar. Die Frau trug ein buntes Kleid und rote Pumps, der Mann einen dünnen grauen Parka zur Jeans. Jakob hatte keine Ahnung, wessen Eltern das waren.

Michael las in irgendwelchen Akten, um sich die Wartezeit zu vertreiben, und beachtete Jakob nicht weiter.

Frau Berber, seine Klassenlehrerin, öffnete die Tür, gab einer sehr jung aussehenden Frau in Jeans und dickem Strickpullover die Hand. Dann wandte sie sich ihnen zu. »Herr Ahlendorf?«

Sein Vater zuckte wie ertappt zusammen, sprang auf und stopfte die Papiere in seine Aktentasche. »Ja, dann sind wir wohl an der Reihe.« Michael ging auf die Lehrerin zu und gab ihr die Hand. »Guten Tag.«

»Oh, Sie haben Jakob mitgebracht?«

Eine Frage wie einen Vorwurf formulieren – lernten Lehrer das eigentlich während ihres Studiums? Jakob nickte einen Gruß.

Frau Berber schloss die Tür hinter ihnen und deutete auf die beiden Stühle, die vor dem Lehrerpult standen. »Nehmen Sie doch bitte Platz.« Sie selbst setzte sich hinters Pult und schaute in ihre Unterlagen. »Ja, schön, dass Sie gekommen sind.« Sie warf einen Blick auf Jakob. »Obwohl es eigentlich nicht üblich ist, dass die Schüler bei diesen Gesprächen dabei sind.« Sie schenkte Michael ein säuerliches Grinsen. »Aber nun …«

»Wir halten es so, dass wir mit *unserem Sohn sprechen, wenn es um Themen geht, die ihn betreffen. Nicht* über *ihn.« Michaels Lächeln wirkte sehr viel ehrlicher.*

Jakob fand die ganze Situation peinlich. Am liebsten hätte er gleich wieder den Raum verlassen.

»Nun, es geht heute vor allem um das Wahlpflichtfach Ihres Sohnes.« Frau Berber tat so, als suchte sie irgendein Papier, aber wahrscheinlich wollte sie Michael nur nicht weiter ansehen müssen. »Also, wie es aussieht, wurde der Kurs ›Politische Bildung‹ leider von zu vielen Schülern gewählt. Daher haben wir Jakob vorgeschlagen, sich für Geografie zu entscheiden. Zumal seine Talente –«

»Es ist mir relativ gleichgültig, wo Sie die Talente meines Sohnes vermuten.« Darin war sein Vater groß: im Ton freundlich, aber hart in der Sache. »Er hat sich für ein Angebot entschieden, und es ist doch wohl Aufgabe der Schule, diese Wahl zu unterstützen.«

Das säuerliche Lächeln war Frau Berber vergangen. Sie hielt das Blatt Papier inzwischen mit beiden Händen vor sich, wie zum Schutz. »Wahlpflichtfach – ich habe das noch einmal im Schulgesetz nachgelesen – bedeutet, dass die Schülerinnen und Schüler sich etwas aussuchen sollen, das ihren Talenten entspricht. Ein Fach, das sie später vielleicht bei der Wahl ihres Studiums unterstützt. In dem sie sich Wissen aneignen, das in den Pflichtfächern nicht vermittelt wird.«

Auf Frau Berbers Gesicht schienen sich Eiskristalle zu bilden. Langsam begann Jakob die Sache Spaß zu machen.

Michael spielte den Ball geschickt wieder zurück. »Ganz genau! Jakob interessiert sich sehr für Politik. Daher wird seine Wahl eines Studiums sicher nicht auf Geografie fallen, sondern eher auf Journalismus oder Politikwissenschaft. Sie wollen ihm doch diesen Weg nicht verbauen, indem Sie ihm ein Fach aufzwingen, das für ihn nicht relevant ist?«

Frau Berber schüttelte den Kopf. »Natürlich nicht. Aber wie ich bereits sagte, es haben sich einfach zu viele –«

»Vielleicht überprüfen Sie die Schüler, die Interesse angemeldet haben, noch einmal daraufhin, ob dieses Wahlpflichtfach auch wirklich ihren Neigungen entspricht.«

Frau Berber gab sich geschlagen und legte das Papier-Schutzschild vor sich auf den Tisch. »Ich prüfe das noch mal, aber versprechen kann ich Ihnen gar nichts. Doch ich hatte Sie ja noch wegen einer anderen Sache hergebeten.« Sie faltete die Hände wie zum Gebet und schaute Jakob an. »Es gab ein Problem in der letzten Geschichtsklausur. Herr Hille hat unter Jakobs Pult Material aus dem Unterricht gefunden. Deshalb wurde die Klausur mit null Punkten bewertet, was wiederum zu einer Gesamtnote von drei Punkten führt.« Das säuerliche Lächeln war zurück. »Wenn ich mir die Note in Mathematik ansehe, dann darf aber auch gar nichts mehr schiefgehen, sonst ist Jakobs Versetzung gefährdet.«

»Zunächst einmal würde ich mir wünschen, dass Sie von

meinem Sohn nicht in der dritten Person sprechen, wenn er hier mit am Tisch sitzt.« Michael legte Jakob die Hand auf die Schulter und sah ihn an. »Vielleicht magst du noch mal erklären, wie das war in Geschichte.«

Die Hand auf seiner Schulter machte Jakob Mut. Ihm kam es so vor, als strömten Klarheit und Kraft durch diese Hand direkt in seinen Körper. Seine Gedanken sortierten sich, und er war in der Lage, alles genau zu berichten. »Ich habe in der Pause noch mal in die Unterlagen geguckt. Sie können Marcel fragen, der saß neben mir und hat mich abgefragt. Die Mappe danach unter dem Tisch liegen zu lassen war einfach blöd von mir. Aber ich habe nicht gespickt! Ich kann die Klausur gerne jetzt wiederholen, auf der Stelle, wenn Sie wollen.«

Michaels Hand drückte seine Schulter. Jakob schaute Frau Berber an, hielt ihrem Blick stand, bis sie die Augen niederschlug und etwas auf ihren Zettel kritzelte.

»Auch hier kann ich Sie nur ermutigen, die Angelegenheit noch einmal zu überprüfen.« Michael nahm seine Hand von Jakobs Schulter und rutschte sehr nah an das Lehrerpult heran. »Sehen Sie, Jakob hat mir gesagt, dass auch die Klausuren von vier anderen Schülern mit null Punkten bewertet wurden, weil sie ebenfalls ihre Mappen unter dem Tisch liegen hatten. Sie alle haben dem Geschichtslehrer offenbar mehrfach versichert, dass kein Betrugsversuch vorlag.«

Jakob konnte sich plötzlich sehr gut vorstellen, wie Michael vor Gericht auftrat.

»Es handelt sich hier also um fünf Schülerinnen und Schüler, die sich besonders gut vorbereiten wollten, aber mit einer Note bestraft wurden, die sich eventuell auf ihre gesamte schulische und möglicherweise auch berufliche Laufbahn auswirkt.«

»Nun übertreiben Sie mal nicht, es stehen ja nicht alle, die Herr Hille erwischt hat, auch noch in einem zweiten Fach auf der Kippe.«

»Aber wir haben nicht gespickt!« Jakob konnte Frau Berber ansehen, wie unangenehm ihr diese Situation war.

Michael seufzte hörbar. »Frau Berber. Sie sind doch offenbar eine sehr vernünftige Person.« Er rutschte auf seinem Stuhl zurück und schlug die Beine übereinander. »Ich möchte nur anregen, dass Sie mit dem Geschichtslehrer darüber sprechen, ob er den Jugendlichen nicht vielleicht die Chance einer zweiten Prüfung geben will.«

»Sie stellen sich das so unproblematisch vor, aber da gibt es Vorschriften! Klausuren kann man nicht einfach so noch mal schreiben, das ist im Schulgesetz alles ganz genau geregelt.«

Michael stand abrupt auf und griff nach seiner Tasche. »Gut, dann wäre es das, oder?«

Frau Berber wirkte überrumpelt, nickte.

»Ich würde mir wünschen, dass Sie einmal darüber nachdenken, was für einen Beruf Sie gewählt haben. Sie werden von Steuergeldern, also auch von meinem Geld, dafür bezahlt, dass Sie diese jungen Menschen«, er deutete auf Jakob, der immer noch auf seinem Stuhl saß, »gut rüsten für ein angemessenes Berufsleben, für ein faires Miteinander in der Gesellschaft, für ein gesundes Urteil darüber, was um sie herum passiert.«

Michael machte Jakob ein Zeichen aufzustehen, wandte sich aber noch einmal an Frau Berber, die wie ein hypnotisiertes Kaninchen an ihrem Pult saß. »Das, was Sie mit den Jugendlichen machen, ist Erziehung zur Unmündigkeit und Akzeptanz von Autoritäten, ohne sie zu hinterfragen. War das wirklich Ihr Ziel, als Sie Ihr Lehramtsstudium begonnen haben?«

Er schob Jakob vor sich her, und als die Tür hinter ihnen geschlossen war, fing er an zu lachen. »Hast du das Gesicht von deiner Lehrerin gesehen? Meinst du, die hat überhaupt verstanden, was ich ihr da an den Kopf geworfen habe?«

Jakob musste ebenfalls lachen. »Geguckt hat sie jedenfalls, als würdest du gleich mit faulen Tomaten werfen.«

Michael umfasste seine Schulter, zog ihn zu sich heran. »Na, egal. Dann gleichst du die Note im nächsten Jahr wieder aus. Klappt schon, oder? Ich möchte einfach nur, dass du dich anstrengst. Das kannst du mir doch versprechen?«

Jakob nickte.

»Lass uns mittagessen gehen. Ist hier in der Seitenstraße nicht diese Pizzeria, von der du erzählt hast?«

Dora

Hilke war eine alte Freundin von Dora und die Einzige unter all den Müttern, mit denen sie befreundet gewesen war, die immer gearbeitet hatte. Abitur, Studium und sehr schnell Anwältin und Notarin mit eigener Kanzlei. Hanjo hatte sich gern lustig gemacht über die »Hausfrauenjuristin«, die sich um Grundstücksangelegenheiten und Erbschaftsstreitigkeiten kümmerte, statt die ganz großen Fälle an Land zu ziehen. Aber Hilke war genau die Frau, die Dora jetzt brauchte. Deshalb hatte sie die wesentlichen Unterlagen in eine Mappe gepackt und war spontan zu ihr gefahren. Sie hatte der Sekretärin die Dringlichkeit ihres Anliegens deutlich gemacht und saß nun mit ihrer Freundin in deren Büro.

Hilkes Arbeitsplatz entsprach jedenfalls nicht dem einer »Hausfrauenjuristin«. Die Kanzlei war in einer alten Villa an der Contrescarpe untergebracht und nahm die gesamte untere Etage ein. Die Bäume vor den Fenstern hatten bereits so kräftiges Laub gebildet, dass hier drinnen künstliches Licht notwendig war.

Die grüne Bibliotheksleuchte auf dem Schreibtisch und die Wagenfeldlampen auf den Fensterbänken sorgten für eine angenehme Atmosphäre. Es roch nach Kaffee und dem Parfum ihrer Freundin, das sie schon seit Jugendtagen trug.

Hilke hatte kein Wort über den Mordfall und die Zeitungsberichte verloren. Sie hatte Dora mit einer kantigen Umarmung begrüßt und sie dann in einem der Designerledersessel platziert, um sich anzuhören, weswegen ihre Freundin gekommen war.

Dora reichte Hilke die Mappe mit den Unterlagen und einen Zettel, auf dem sie alles notiert hatte, was ihres Wissens zu Michaels Besitztümern gehörte.

Hilke blickte kurz auf die Liste, sah dann Dora an. »Also, ich fasse noch mal zusammen. Du weißt nicht ganz genau, wie hoch Michaels Vermögen ist, gehst aber davon aus, dass alles in allem eine Summe im höheren sechsstelligen Bereich zusammenkommt. Mindestens.«

Dora nickte.

»Die Erbfolge ist bei einer Zugewinngemeinschaft ganz klar geregelt. Das weißt du ja noch von Hanjo. Erste Erben sind Ehepartner und Kinder, dann folgen Eltern und Geschwister.« Hilke schob den Zettel in die Mappe auf ihrem Schreibtisch. »Das heißt also, David und Jakob erben hälftig. Es sei denn …«

»Ja?«, fragte Dora, obwohl sie schon wusste, was kommen würde.

Hilke griff nach einem Stift, tippte damit auf den Zeigefinger der anderen Hand. »Sollte sich tatsächlich herausstellen, dass Jakob der Täter ist, dann ist er erbunwürdig. Das ist der Fachbegriff, schon mal gehört?«

»Ja, Wolfgang hat darüber gesprochen. Und Kirsten hat den Begriff auch mal erwähnt.«

Hilke setzte sich auf ihren Schreibtisch. »In ganz einfachen Worten heißt das: Wer sich schlecht benommen hat, der bekommt auch nichts. Oder anders ausgedrückt: Wer ein Verbrechen begangen hat, darf dafür nicht mit einem Vermögen belohnt werden. Ich verurteile hier niemanden, ich sage dir nur, wie das Gesetz es vorsieht.«

Dora nickte. Das war ihr im Grunde klar gewesen. Doch nach wie vor stand für sie fest: Jakob war kein Verbrecher! Laut sagte sie: »Im Falle einer Schuld von Jakob würde das bedeuten, dass David alles erbt.«

»So sehe ich das.« Hilke ging wieder um den Schreibtisch herum und blätterte in der Mappe. »Nun zu dieser Grundstückssache. Da kann ich dir leider auch nicht viel mehr sagen, als Kirsten dir schon erklärt hat. Ohne Michaels Grundstück kommen die an den großen Brocken dahinter nicht so ohne Weiteres heran. Von dieser Schweizer Firma habe ich noch nie gehört, aber ich werde mal einen Kollegen daransetzen.« Sie grinste. »Hartmut ist ein echtes Trüffelschwein. Wenn es etwas zu finden gibt, das nur den Hauch einer Ungesetzlichkeit hat, dann wird er es definitiv aufstöbern.«

Sie kam wieder um den Schreibtisch herum, setzte sich auf einen Stuhl Dora gegenüber und faltete die Hände im Schoß. »Und sonst, liebe Dora, wie geht es dir?«

Dora kamen die Tränen. Sie schluckte sie hinunter. Nickte. Versuchte es mit »ganz okay«.

Hilke lenkte das Gespräch in eine andere Richtung. »Und Kirsten, wie geht sie mit der Situation um?«

Dora schüttelte den Kopf. »Die kommt klar. Michael und sie waren ja seit vielen Jahren nicht besonders eng.«

»Was man zu einem gewissen Grad verstehen kann.«

»Ich habe das nie verstanden. Die zwei sind doch …

waren doch Geschwister. Ich habe mir immer einen Bruder oder eine Schwester gewünscht. Als Kinder waren die beiden unzertrennlich. Erinnerst du dich noch an den Sommer, als wir alle zusammen in Holland waren?«

»Dora, in Kirstens Augen trägt Michael die größte Schuld daran, dass es mit ihrer Karriere bergab gegangen ist. Das ist dir bewusst, oder?«

»Kirsten hat ihr Leben doch selber ruiniert mit ihrer Sauferei.« Dora hatte immer ein schlechtes Gewissen, wenn es um Kirsten ging. Sie hätte besser auf ihre Tochter aufpassen, mehr darauf achten müssen, wie viel Kirsten trank, und sie hatte den Zeitpunkt verpasst, als das Ganze aus dem Ruder lief.

Hilke schüttelte den Kopf. »Kirsten hat ihren Bruder immer gehasst dafür. Aber im Grunde wollte Michael seine Schwester nur beschützen.« Sie deutete auf den Stuhl neben Dora. »Da hat er gesessen, wollte unbedingt meinen Rat als Kollegin.«

»Michael?«

»Ja, genau. Er ist eigens hierhergekommen. Er hatte Kirsten zufällig getroffen, als er auf dem Weg zum Gericht war. Sie war unterwegs zur Klinik und hatte eine Fahne bis sonst wohin.«

»Aber eine Fahne heißt ja nicht, dass sie betrunken war.« Dora hatte in der Zeit bis zu Kirstens Freistellung keinen intensiven Kontakt zu ihrer Tochter gehabt. Damals hatte Kirsten auch noch in ihrer eigenen schicken kleinen Wohnung im Viertel gewohnt.

»Nein, natürlich nicht. Hätte auch sein können, dass der Dunst einfach der Rest vom Vorabend war. Kleine Feier, es ist so nett, und schwupps hat man einen über den Durst getrunken.« Hilke schlug die Beine übereinander. »Aber du weißt, dass es nicht so war.«

Widerwillig nickte Dora.

»Michael hatte sie nicht zum ersten Mal in diesem Zustand angetroffen«, fuhr Hilke fort. »Ein paar Tage zuvor waren sich die beiden beim Bäcker begegnet, und da war Kirsten wohl auch nicht nüchtern. Noch dazu hatte David ihm von einer Party erzählt, auf der Kirsten offenbar einen denkwürdigen Auftritt hingelegt hatte.«

Dora erinnerte sich dunkel, dass David auch sie damals angerufen hatte. Er mache sich Sorgen, dass Kisten Alkoholprobleme habe und ob Dora sich nicht vielleicht kümmern wolle. Schließlich sei sie die Mutter.

Und was für eine, dachte Dora. Sie hatte alle Alarmsignale überhört. »Ich wollte das damals nicht sehen.«

»Das ist doch total normal.« Hilke zuckte die Schultern. »Du hattest zu der Zeit auch genug mit Hanjo zu tun. Ich erinnere mich, dass er damals an dieser ganz schlimmen Lungenentzündung erkrankt war.«

»Ich bin eine wirklich schlechte Mutter.«

»Nein, Dora, das bist du nicht.« Hilke beugte sich vor und nahm Doras Hände. »Du hast nur dich selbst geschützt. Du wolltest nicht wahrhaben, dass Kirsten Hilfe braucht. Außerdem hat deine Tochter immer darauf bestanden, dass sie ihre Probleme selbst in den Griff bekommt.«

»Und dann hat Michael dich aufgesucht und um Rat gefragt. Warum ist er nicht zu mir gekommen?«

»Weil er wusste, dass er dich mit der Frage, die ihm am Herzen lag, überfordert hätte.« Hilke tätschelte Doras Hand. »Er wollte wissen, ob er es der Klinikleitung nicht besser melden solle, dass Kirsten Alkoholprobleme hat.«

»Was?«

Hilke nickte.

Dora machte sich los und stand auf. Sie stellte sich ans Fenster. Schaute in das saftige Grün der Bäume, auf die leuchtend bunten Primeln, die den Weg vom Gartentor zur Kanzlei säumten. »Ich kann das nicht glauben.« Sie drehte sich zu Hilke um. »Michael hat Kirsten denunziert?«

»Das ist vielleicht ein etwas zu hartes Wort.«

»Aber wie konntest du ihm dazu raten? Wieso hast du nicht wenigstens mit mir gesprochen?«

Hilke stand auf und trat auf sie zu. Blieb vor ihr stehen und legte ihr die Hände auf die Schultern. »Weil du Kirsten beschützt hättest. Damit hättest du ihr aber keinen Gefallen getan. Was meinst du denn, was passiert wäre, wenn sie betrunken in der Klinik jemanden verletzt oder sogar getötet hätte?«

»Es hätte sicher eine andere Lösung gegeben.«

»Dora, Michael kannte den Klinikleiter, er hat dafür gesorgt, dass das Ganze sehr sensibel gehandhabt wurde. Keiner der Kollegen hat je erfahren, warum Kirsten beurlaubt wurde.«

»Weiß Kirsten, dass Michael das getan hat?«

»Keine Ahnung. Von mir jedenfalls nicht.« Hilke schüttelte den Kopf. »Aber es kann natürlich sein, dass sie es irgendwie herausgefunden hat. Das wäre für mich jedenfalls die Erklärung dafür, dass die beiden irgendwann aufgehört haben, miteinander zu reden.«

Doras Handy signalisierte den Eingang einer Nachricht. Sie zog das Gerät aus ihrer Handtasche. »Tut mir leid, ich muss gehen. Ich treffe mich mit David beim Bestatter.«

Hilke nahm sie in die Arme. »Das alles tut mir so wahnsinnig leid. Lass mich wissen, wenn ich dir irgendwie helfen kann. Ganz egal, ob es um Erbschaftsangelegenheiten oder etwas anderes geht, ja?«

Dora fühlte schon wieder diesen Kloß im Hals, nickte deshalb nur und verabschiedete sich.

Jakob

Jakob stand am Fenster seiner Zelle und sah nach draußen. Ein Polizist und seine Kollegin spazierten langsam auf dem Teerweg in Richtung der Ställe und unterhielten sich. Die Frau sah nett aus. Klein und zart, die langen blonden Haare hatte sie zum Zopf gebunden. Sie lachte so laut über irgendetwas, was der Typ gesagt hatte, dass er es durchs geschlossene Fenster hören konnte. Kurz darauf waren die beiden um die Hausecke verschwunden, und sein Ausblick bestand wieder nur aus Gras, Bäumen und einer Mauer.

Er langweilte sich. Schon den ganzen Tag. Nachdem der Sozialarbeiter ihm alles gezeigt hatte, war er wieder in seine Zelle gesperrt worden.

Jakob setzte sich auf sein Bett mit dem Rücken zur Wand und zog die Beine an. Normalerweise hätte er jetzt sein Handy aus der Tasche gezogen und nachgesehen, was im Schulchat so abging. Normalerweise.

Er verschränkte die Arme hinter dem Kopf. Nichts zu tun. Einen Fernseher hatte er noch nicht, ein Radio auch nicht, die Bücher hatte einer der Wachleute unter Verschluss, da kam er frühestens in ein paar Stunden dran.

Hier sitzen und nichts tun – das war das Einzige, was ging. Jakob fragte sich, ob darin die Strafe bestand. Vielleicht war es auch Taktik: die Häftlinge so lange im eigenen Saft schmoren zu lassen, bis sie vor lauter Langeweile irgendwelche Dinge zugaben, die sie gar nicht gemacht hatten. Nur um endlich wieder etwas zu tun zu haben.

Seine Armbanduhr zeigte ihm, dass die anderen Gefangenen bald aus der Schule und von der Arbeit kamen. Danach war Pause, und er durfte mit raus. Für eine halbe Stunde etwas anderes tun, als hier auf das blaue Linoleum zu starren.

Plötzlich hatte er Appetit auf Nudeln mit Pesto. David machte ein ganz hervorragendes Pesto. Überhaupt, kochen konnte sein Dad ziemlich gut. Und sein Essen genießen. Vielleicht war er deshalb so entsetzt gewesen, als Jakob ausgerastet war. Weil er sich eigentlich auf ein schönes Abendessen gefreut hatte.

David hatte Sturm geklingelt und war, nachdem Jakob die Tür geöffnet hatte, an ihm vorbei Richtung Küche geeilt. Beladen mit Einkaufstüten aus einem Delikatessengeschäft. Jakob erinnerte sich, dass ein Henkel gerissen war und er gerade noch die Flasche Wein auffing, die sich selbstständig machen wollte. Und dann war alles irgendwie aus dem Ruder gelaufen.

Jakob fragte, warum David so gute Laune habe.

»Warum sollte ich schlechte Laune haben?«, antwortete er und machte sich pfeifend an das Auspacken der Tüten.

»Das ist doch sonst nicht deine Art. Du hasst einkaufen, das weiß ich. Also, was ist passiert?«

David stellte das Radio an und suchte nach einem Sender mit Popmusik. »Schätzchen, ich habe einfach einen schönen

Tag gehabt. Mein Artikel über die Ausstellungseröffnung ist gut angekommen in der Redaktion, und ich habe bis übermorgen frei. Das reicht doch, oder?«

»Ich hab dich gesehen.«

David hielt kurz inne und packte dann weiter die Tüten aus. Allerdings ohne zu pfeifen.

Jakob sah ihm dabei zu und wartete auf eine Reaktion. Die nicht kam. Und dann brach es aus ihm heraus. Er sagte seinem Dad, dass er ihn vor einem Hotel gesehen habe. Am Taxistand. Im Taxi habe ein anderer Mann gesessen, er habe aber nur die Umrisse sehen können. David habe den Kerl geküsst. »Und zwar nicht so, wie man einen Bekannten küsst. War das dieser Udo, der dir auch die Mails geschrieben hat?«

David drehte sich von ihm weg, räumte die Einkäufe in den Kühlschrank und sagte beiläufig: »Es ist ja wohl ganz allein meine Sache, mit wem ich mich wann und wo treffe.«

»Ist es nicht.« Jakob erinnerte sich an die Wut, die er immer gespürt hatte. Sein ganzes Leben lang hatte er anderen erklärt, dass man auch mit zwei Vätern ganz prima aufwachsen könne. Dass man nichts vermisse ohne Mutter. Dass eine Beziehung wie die seiner Väter nichts anderes sei als eine Ehe zwischen Mann und Frau. Vielleicht sogar besser. Und nun stand er hier und musste feststellen, dass es wirklich keinen Unterschied gab. Er hatte genauso viel Angst davor, dass seine Väter sich scheiden ließen, wie einige seiner Freunde bei ihren Eltern.

David drehte sich um und sah ihn traurig an. »Jakob«, sagte er, »du weißt doch, dass ich viele alte Freunde aus der Zeit habe, als ich noch nicht mit deinem Vater verheiratet war. Das sind wirklich uralte Bekanntschaften, da küsst man sich schon mal. Das hat keine Bedeutung.«

Da reichte es Jakob. Er fühlte heiße Wut in sich aufsteigen, nahm die Flasche Rotwein und warf sie mit Schwung neben David an den Hochschrank. Sie zerbarst in Tausende Scherben, die rote Flüssigkeit tropfte langsam auf die Arbeitsplatte und von dort auf den Boden.

David zuckte zusammen. Jakob konnte sehen, wie erschrocken er war. Wie erstarrt stand sein Dad da, die Hände ausgestreckt, als wollte er weitere Flaschen abwehren.

»Du lügst!«, schrie Jakob und hielt nach einem weiteren Wurfgeschoss Ausschau. Schließlich nahm er einen Apfel aus der Obstschale und warf ihn nach seinem Dad, traf ihn seitlich am Kopf.

Das löste David aus seiner Starre. Er kam zu ihm und nahm ihn fest in den Arm. »Schhhhhschschhhhhhh«, machte er dazu, wie früher, als Jakob klein war.

Jakob rollte sich auf dem schmalen Bett seiner Zelle zusammen und fing an zu weinen. Jetzt hätte er so eine Umarmung gut gebrauchen können. Und auch so ein Essen wie das, was es an diesem Abend gegeben hatte. Zusammen mit David hatte er ein Drei-Gänge-Menü gekocht für Michael, nachdem sie zusammen aufgeräumt hatten. Zum Glück war noch genügend Wein im Schrank gewesen, und David hatte seinem Vater nichts von dem Vorfall erzählt. Jakob erinnerte sich aber auch an den erschrockenen, fast ängstlichen Blick, als er den Apfel geworfen hatte, und an das Zögern, bevor sein Dad ihn umarmt hatte.

Das war das erste Mal, dass seine Wut stärker gewesen war als seine Beherrschung. Aber nicht das letzte Mal.

David

David schaute zum wiederholten Mal auf die Uhr. Er verspätete sich. Wieder einmal. Dabei hatten sie sich darauf geeinigt, an diesen besonderen Tagen jede Minute auszukosten.

Langsam befürchtete er, dass er den Champagner allein trinken musste. Er füllte das Kristallglas aufs Neue und stellte sich ans Fenster. Von hier aus hatte man einen wunderbaren Blick auf die Weser. Ab und zu donnerte ein Zug vorbei.

Hätte er auch nie gedacht, dass er in der eigenen Stadt einmal im Hotel einchecken würde. Noch dazu mitten am Tag.

Das verabredete Klopfzeichen unterbrach seine Gedanken. Auf dem Weg zur Tür stellte er das Glas neben dem Fernseher ab, zog den Gürtel des hoteleigenen Bademantels stramm und schaute durch den Spion. Öffnete die Tür einen Spalt. »Ja bitte? Wir kaufen nichts.«

Die Tür wurde von außen aufgedrückt. »Sehr witzig.«

Die Tür fiel ins Schloss. David wurde rückwärts dagegengeschoben, zwei Hände fummelten am Gürtel seines Bademantels.

»Hey, hey, langsam, wir haben doch Zeit.« Er trat einen Schritt zurück. »Vielleicht erst mal ein Glas Champagner?«

»Oh, es gibt Champagner?«

David trat an den schmalen Schreibtisch und nahm die tropfende Flasche aus dem Eiskühler, füllte ein zweites Glas und reichte es seinem Gast. Sie stießen an, schauten sich dabei in die Augen. David spürte etwas, das er längst verloren geglaubt hatte. Begehren. Vorfreude auf das, was gleich passieren würde. Geilheit.

»Vielleicht sollten wir das mit den SMS-Nachrichten lieber lassen. Irgendwann kommt noch jemand dahinter, dass wir uns heimlich treffen.«

»Und dann? Rauchzeichen, wenn es zeitlich gerade passt, oder wie stellst du dir das vor?«

»Wollen wir nicht wenigstens Jakob sagen, dass wir uns treffen? Der hat neulich so seltsam geguckt, als ich deine Nachricht bekommen habe. Ich glaube, der ahnt etwas.«

Sein Gegenüber stellte das Glas ab. Löste die Krawatte, hängte das Sakko an die Garderobe. »Gerade Jakob sagen wir kein Wort. Du weißt doch, wie Teenager sind. Die haben mal einen schlechten Tag, und dann gehen sie petzen. Dann wissen es alle, und es ist vorbei mit unseren Schäferstündchen.« Er begann, sein Hemd sehr langsam aufzuknöpfen.

David setzte sich aufs Bett und sah ihm dabei zu. Trank einen Schluck Champagner.

Hemd, Krawatte und Hose wurden achtlos auf den Boden geworfen. Slip und Socken folgten.

David stellte sein Glas auf den Nachtschrank des breiten Bettes und stand auf, um sich des Bademantels zu entledigen.

Hände umfassten seine, Atem und warme Lippen an seinem Ohr, schließlich ein Kuss, der fordernder wurde.

»Es war eine sehr gute Idee, sich heimlich hier zu treffen«, sagte Michael und schubste ihn sanft auf das Bett. »Und nenn mich ruhig wieder Udo, es hat mir gefallen, ein anderer zu sein.«

Dora

Schon beim ersten Mal hatte es Dora hier nicht gefallen, und in der Zwischenzeit hatte der Bestatter an seiner Einrichtung nichts geändert. Herr Mechtmann selbst hatte ihr beflissen die Tür geöffnet, die geräuschlos hinter ihr wieder ins Schloss fiel. Der Bestatter in seinem dunklen Anzug, irgendetwas zwischen Graumeliert und Anthrazit, an den Schultern zu weit, dafür über dem kugeligen Bauchansatz zu eng, war ihr etwas zu devot.

Mit »Frau Ahlendorf hier« und »Frau Ahlendorf da« hatte er sie durch den Vorraum geleitet.

David saß bereits an dem runden dunklen Tisch, der in eine Ecke des großen Büros gestellt worden war, als wäre er eigentlich überflüssig.

Der Raum wurde von einem Schreibtisch dominiert, der vielleicht ein Erbstück, vielleicht aber auch der Stil des Hauses war. Dunkles Holz mit Intarsien, gedrechselte Beine und eine grüne Filzunterlage, auf der ein zugeklappter Laptop lag. Sonst nichts.

»Nehmen Sie doch bitte Platz.« Herr Mechtmann zog den Stuhl neben David unter dem Tisch hervor.

David stand auf, gab Dora die Hand. »Danke, dass du gekommen bist.«

Er sah grauenvoll aus. Die Schatten unter seinen Augen waren noch ein wenig dunkler geworden, obwohl das kaum möglich war. Er hatte sich beim Rasieren mehrfach geschnitten, und am Hals über dem Kragen klebte ein weißes Fitzelchen, das Dora stark an Toilettenpapier erinnerte. Davids Nase war gerötet, ebenso die Haut drum herum, wie durch zu viel Naseputzen bei einer starken Erkältung.

Immerhin hatte er hinsichtlich des Outfits einen deutlichen Vorsprung vor dem Bestatter. David trug einen mittelgrauen Anzug mit dunklen Karostreifen, dazu ein schwarzes Hemd, am Kragen aufgeknöpft.

»Dann wollen wir mal. Zunächst möchte ich Ihnen nochmals mein herzliches Beileid aussprechen.« Herr Mechtmann war sichtlich darin geübt, eine betroffene Miene zu machen. Er hatte die Hände gefaltet und auf einen schwarzen Aktenordner gelegt, den er aus einem niedrigen Regal hinter seinem Schreibtisch gezogen hatte. »Mein Team und ich, wir fühlen uns geehrt, dass wir in diesen Stunden und Tagen der Trauer an Ihrer Seite sein dürfen. Haben Sie denn bereits entschieden, wie der Verblichene seinen letzten Weg antreten soll?«

Dora war sich nicht sicher, ob der Bestatter wirklich »Verblichener« gesagt hatte. Sie schaute David an, der aber keine Miene verzog, sondern auf die Tischplatte starrte, sichtlich darum bemüht, nicht die Fassung zu verlieren. »David?« Dora hätte das lieber allein mit ihrem Schwiegersohn besprochen, aber sie war froh, dass er sie überhaupt darum gebeten hatte, ihn zum Bestatter zu begleiten. »Habt ihr je darüber gesprochen?«

»Worüber?« David sah sie an, als hätte er vergessen, wo sie sich befanden.

Sie legte ihm eine Hand auf den Arm. »Über die Bestattung. Hat Michael je mit dir darüber geredet, wie er bestattet werden möchte?«

Immer noch ein fragendes Gesicht.

Mechtmann schaltete sich ein. »Nun, es gibt ja einige Möglichkeiten. Da wäre zunächst die klassische Beisetzung in einem Sarg. Auch eine Seebestattung wäre möglich. Früher war sie ja allein Seeleuten vorbehalten, aber inzwischen …« Er spürte Doras Blick, räusperte sich und fuhr fort: »Oder aber Sie entscheiden sich für Feuerbestattung und eine Urnenbeisetzung, die ebenfalls auf See stattfinden kann.«

David begann zu schluchzen.

»Ob wir wohl einen Moment für uns alleine bekommen könnten?« Dora streichelte sanft über Davids Arm. Sie meinte, seine Verzweiflung bis in ihre Fingerspitzen zu spüren.

»Selbstverständlich.« Beflissen stand der Bestatter auf. »Nehmen Sie sich alle Zeit, die Sie brauchen. Ich gehe derweil nach nebenan. Öffnen Sie einfach die Tür, wenn Sie so weit sind.« Sacht zog er die Tür zum Nebenzimmer hinter sich zu.

Dora sah David beim Weinen zu und kämpfte selbst mit den Tränen. »David, ich bin ja da. Wir stehen das zusammen durch.«

David ließ sich auf den Boden sinken und legte den Kopf auf ihren Schoß. »Ich kann nicht mehr, ich kann das nicht. Ich will Michael zurück. Wie soll das denn gehen ohne ihn? So war das doch nicht abgemacht, das ist nicht fair!«, klagte er, unterbrochen von weiteren Schluchzern.

Dora streichelte ihm über das Haar. Seine braunen Locken fühlten sich überraschend weich an, fast wie Babyflaum.

Er sah zu ihr auf. »Ich weiß, ich hab mich dir gegenüber benommen wie der letzte Arsch, aber ich hab doch nur noch dich, Dora.« Eine dicke Träne kullerte seine Wange hinunter.

Dora schob David ein Stück von sich weg. »Komm, steh auf.« Sie griff nach ihrer Handtasche, suchte ein Taschentuch, reichte es ihm. »Putz dir die Nase. Wir müssen das hier irgendwie zu Ende bringen, danach können wir alles Weitere besprechen, okay?«

David nickte und schien sich zu fassen. Stand auf, schnäuzte sich und steckte das Taschentuch in die Hosentasche. »Hast du noch eins?«

Dora gab ihm die ganze Packung. »Kann ich dich etwas fragen?«

»Natürlich.«

»Was war los zwischen dir und Michael in den vergangenen Wochen? Wieso war er dauernd bei mir?«

»Wir hatten eine schwierige Phase.« David zuckte mit den Schultern. »Ist doch normal. War uns von Anfang an klar, dass wir nicht immer auf Wolke sieben schweben werden.« Er nahm ein weiteres Taschentuch, putzte sich noch einmal die Nase. »Ich glaube, du hast das nie verstanden, das zwischen Michael und mir. Das war etwas ganz Besonderes, einzigartig.« Er setzte sich wieder auf den Stuhl neben Dora und schaute sie eindringlich an. »So einen Mann trifft man nur einmal im Leben, und deshalb muss man sich anstrengen, damit er bei einem bleibt.«

»Wieso sollte ich das nicht verstehen?«

»Weil das zwischen dir und Hanjo anders war.« David knüllte das Taschentuch zu einem kleinen Ball. »Ich weiß, das waren damals andere Zeiten, du warst noch sehr jung und schwer verliebt und dann gleich schwanger. Hat Michael mir alles erzählt. Er hat immer vermutet, dass du eher so etwas wie eine Trophäe warst für deinen Mann. Der wollte Karriere machen und hat einfach eine attraktive Frau gesucht, die ihm elegant und unaufgeregt den Rücken frei hält.«

Dora erstarrte. Ihr war nicht klar gewesen, dass Michael die Ehe seiner Eltern auf diese Weise betrachtet hatte.

»Na ja, dass Michael sich dann geoutet und auch noch so eine Tunte wie mich geheiratet hat …«

»Ach, komm …« Dora hörte selbst, wie schwach das klang.

»Doch, doch.« Mit einem gekonnten Wurf platzierte David den Taschentuchball in einem Papierkorb neben dem Fenster. »Ich mit meinen feinen Anzügen und immer auf Partys unterwegs. Hanjo hat mir ja selbst mal gesagt, wie geckenhaft er das findet.«

»Hanjo hat was?« Dora hatte nicht gewusst, dass ihr Mann überhaupt mit David gesprochen hatte.

»Er hat mich beobachten lassen. Wusstet du das?«

Dora nickte. »Aber ich habe es erst vor ganz kurzer Zeit herausgefunden.«

»Einen Privatdetektiv hat er auf mich gehetzt. Aber ich hab einen Blick für so was und schnell geschnallt, dass mich da einer aus dem Auto heraus fotografiert.« David zog ein frisches Papiertaschentuch aus dem kleinen Päckchen, wischte sich damit die Augen. »Das war kurz nachdem Michael und ich geheiratet hatten. Zum Geburtstag wollte ich Michael überraschen und habe mich mit zwei Freunden getroffen, die Zaubershows machen. Als wir aus dem

Restaurant kamen, konnte der Kerl mit seiner Kamera nicht schnell genug verschwinden. Ich habe ihn zur Rede gestellt, und er hat sofort geplaudert.«

Ja, Dora erinnerte sich an das Foto, das David mit zwei unbekannten Männern zeigte.

»Er hat zugegeben, dass er im Auftrag deines Mannes hinter mir herschnüffelt. Dass er Fotos liefern muss, die beweisen, dass ich untreu und nur wegen des Geldes mit Michael zusammen bin. Ich hab ihn mit hundert Euro bestochen, deinem Mann nicht zu sagen, dass ich ihn enttarnt habe.« David faltete das Tuch ordentlich zusammen, legte es auf seinen Oberschenkel und sah Dora fragend an.

»Zu der Zeit hatte ich wirklich nicht die geringste Ahnung davon«, sagte Dora.

»Immerhin habe ich den Typen danach nie wiedergesehen und auch nie mehr das Gefühl gehabt, dass mir einer nachschnüffelt. Michael habe ich davon gar nichts erzählt, der hatte sowieso keinen Kontakt mehr zu euch.«

»Aber warum hast du denn nie mit mir darüber gesprochen?«

»Dora, ich dachte, du steckst mit Hanjo unter einer Decke. Habe immer vermutet, dass du es richtig findest, wenn dein Mann alles über euren Schwiegersohn herausfinden will. Ist ja vielleicht auch ein Zeichen von Elternliebe, von dem Wunsch, sein Kind zu beschützen.«

»Aber doch nicht so!«

»Viele Alternativen gab es ja nicht. Darf ich dich daran erinnern, dass ihr beide kaum noch mit Michael gesprochen habt, nachdem wir verheiratet waren?«

»Das stimmt doch nicht«, widersprach Dora. »Ich habe euch besucht, als Jakob geboren war und …«

»Ach, Dora, dir war doch immer nur wichtig, dass du schöne Bilder von deinem Enkel hast, die du bei deinen Freundinnen herumzeigen kannst. So richtig wohl war dir doch auch nie bei dem Gedanken, dass dein Sohn sich mit einem Mann verpartnert hat, oder?«

Dora wusste, dass David recht hatte. »Aber ich habe Michael geliebt.«

Jetzt legte David seine Hand auf ihren Arm. »Das weiß ich doch. Aber ich habe ihn auch geliebt. Wir haben uns in den vergangenen Wochen immer mal wieder heimlich getroffen.«

»Wie, heimlich?« Dora empfand die Berührung nicht als unangenehm.

»Wir haben uns Nachrichten geschickt und uns dann im Hotel getroffen.« Davids Wangen bekamen plötzlich Farbe. »Das war wie früher. Spannend und … prickelnd irgendwie. Wir haben uns sogar andere Namen gegeben«, er lächelte, »und uns neu ineinander verliebt.«

»Ach, David.«

»Ja, und Jakob, für den war das irgendwie nicht leicht. Die Pubertät und die Schule und dann seine Väter mit ihren Schwierigkeiten. Vielleicht war es falsch, ihn nicht in diese Heimlichkeiten einzuweihen. Wenn ich ihm gesagt hätte, dass Michael der Typ war, mit dem er mich mal gesehen hatte, dann wäre alles vielleicht anders gelaufen.«

»Aber du glaubst doch nicht ernsthaft, dass das ein Grund für Jakob war, auf Michael zu schießen?« Dora senkte die Stimme. Womöglich saß der Bestatter im Nebenraum und bekam alles mit. »Er hat Michael geliebt. Und dich auch.«

»In letzter Zeit war es manchmal schwierig für ihn, seine Emotionen im Griff zu behalten. Er hatte Anfälle von Jähzorn, die mir Angst gemacht haben, er hat mit Sachen geworfen oder tagelang nicht mit mir gesprochen.«

»Aber das ist doch ganz normal in dem Alter.« Dora rückte ein Stück weg von David. »Das geht vorbei. Bei mir war er aber nicht so.«

»Das mag schon sein. Michael hat erst mal versucht, dieses Benehmen zu ignorieren. Danach hat er ihn bestraft, ihm das Kino verboten oder das Taschengeld gestrichen. Aber genützt hat das alles nichts.« David sah Dora an. Traurig. Die dunklen Augen ohne jede Wärme darin.

»Aber wieso habt ihr euch nicht Hilfe geholt? Der Kinderarzt zum Beispiel, der kennt Jakob doch seit der Geburt, und der …«

»Dora, wie willst du einen Jugendlichen denn dazu zwingen, zu einem Arzt zu gehen?«

Es klopfte, die Tür wurde langsam einen Spalt geöffnet, und Herr Mechtmann lugte hindurch. »Entschuldigen Sie, ich will Sie nicht hetzen, ich weiß, dass alles seine Zeit braucht. Aber ich erwarte gleich ein weiteres Kundenpaar.« Er schob die Tür ganz auf. Nahm die Stimmung im Raum wahr. »Oder möchten Sie lieber an einem anderen Tag wiederkommen? Ich kann Ihnen auch Prospekte mitgeben, dann können Sie ganz in Ruhe zu Hause überlegen.«

Jakob

Jakob stand wieder am Fenster und sah hinaus, um diesen endlos scheinenden Tag irgendwie herumzubringen. Er hatte das ungeliebte Frühstück aus dem Kühlschrank ganz aufgegessen und auch das Mittagessen, das man ihm auf die Zelle gebracht hatte. Mit dem warmen Mittagessen war auch die Box mit den Lebensmitteln für abends und den folgenden Morgen angekommen. Während er sich fragte, was um alles in der Welt er noch tun konnte, um die Zeit totzuschlagen, hörte er das Geräusch von klappernden Schlüsseln und einer Tür, die geöffnet wurde. Die Musik in der Nebenzelle verstummte. Stimmengewirr. Dann ein Schlüssel in seiner Tür.

Seine Zellentür stand nun offen, er hörte die Schritte der anderen auf dem Gang. War unentschlossen, was er tun sollte.

»Hey.« Ein schmaler Typ stand im Türrahmen. »Alles klar, Alter?«

Jakob nickte.

»Ich bin Cem. Willst du Tischtennis? Oder raus?«

Jakob schätzte Cem auf Anfang zwanzig. Vielleicht machten der zottelige Ziegenbart, die eingefallenen Wangen und die lockigen, schulterlangen Haare ihn aber auch älter.

Cem hielt die Hand zu einem High Five hoch, als Jakob auf ihn zutrat.

»Jakob.«

»Jakob? Lass ma rausgehen.« Der Typ grinste. »Abgefuckter Name, ey. So mit Kirche und so haste aber nix zu tun, oder? Gab da nich auch 'n Jakob? Haste Abi?«

Jakob schüttelte den Kopf. Er ging neben Cem die Treppe hinunter.

Drei junge Männer drehten sich zu ihnen um. Nickten einen Gruß, vertieften sich dann wieder in ihr Gespräch.

»Das sind Maik, Ali und Fetti.« Cem deutete auf die Gruppe vor ihnen. »Fetti heißt irgendwie anders, aber keiner weiß wie.« Cem trug eine moonwashed Jeans, die schon ewig aus der Mode war, und dazu einen Hoodie mit Star-Wars-Logo. Als sie den Weg entlanggingen, den Jakob aus seinem Zimmer so lange angestarrt hatte, zündete Cem sich eine Zigarette an. »Warum biste hier?«

Jakob antwortete nicht, schaute stattdessen auf den Rücken von Fetti, der seinen Spitznamen vollkommen zu Recht trug. Das T-Shirt saß so eng, dass man jede einzelne Speckrolle sah.

Cem hielt ihm die Zigaretten hin. »Hier, zum Einstand würde ich eine ausgeben.«

Jakob schüttelte den Kopf. »Nein danke. Ich rauche nicht.«

»Und sonst? Andere Laster? Kiffen, saufen? Wenn du so ein lieber Junge bist, wärst du nicht hier gelandet, oder?«

»Ich möchte lieber nicht darüber reden.«

Cem nahm einen tiefen Zug von seiner Zigarette, blies den Rauch langsam aus und sah seinen Kringeln nach. »Ja, verstehe ich. Gibt einige, die das nicht wollen, wenn sie herkommen.« Er schaute Jakob an. »Aber weißte, kommt immer raus, die Scheiße.« Er deutete mit der Hand, in der er die Zigarette hielt, auf die Gruppe vor ihnen. »Ali ist schon zum dritten Mal hier, hat sich bei einem Bruch erwischen lassen. Sitzt er ab, dann macht er genauso weiter. Weil er es geil findet, mit der Kohle einen auf dicke Hose zu machen. Fettes Hotel in Berlin und so. Letztes Mal hat er sich 'n Ferrari gemietet. Alter, der muss abgegangen sein. Hast du 'ne Ahnung, wie viel PS so 'ne Karre hat? «

Sie gingen Richtung Sportplatz. »Maik wär da sicher gern mit von der Partie gewesen. Den haben sie wegen Autorennen verknackt und weil er dabei nachts fast einen Rentner gekillt hätte. Der kommt aber in drei Wochen wieder raus.« Cem aschte auf den Weg. »Fetti sieht nur so lieb aus. Der hat seine Freundin vertrimmt, also, richtig verdroschen, so mit Blut und so. Nicht nur einmal. Wie blöd ist die Alte auch, dass sie immer wieder zu ihm zurückgeht, hä? Aber jetzt du.« Cem warf die Zigarette auf den Boden und trat sie mit der Ferse aus. »Oder kannst du nicht richtig deutsch?«

»Können wir das auf einen anderen Zeitpunkt verschieben? Ich rede nicht so gern über mich.«

»Alter, stell dich nicht so an. Meinst du, wir kriegen hier drinnen nichts mit? Die haben im Fernschen und in den Zeitungen rauf und runter über dich und deinen Alten berichtet. Klar, das Foto hatten die so verwischt, dass man nix richtig sieht. Aber wenn du dann vor einem stehst, schon klar.«

Die anderen Gefangenen, die auf dem Sportplatz und dem Rasen herumstanden, drehten sich zu ihnen um, tuschelten und lachten. Wussten die wirklich alle, wer Jakob war und warum er hier war?

Cem schlug ihm auf die Schulter und lachte. »Spaß, Alter! Ich hab ’n guten Draht zu einem der Schließer. Der hat mir gesagt, wer du bist. Glaubst du, ich guck so Kackfernsehen aus Bremen, ey?« Er lachte gackernd, kriegte sich kaum wieder ein. »Dein Gesicht solltest du mal sehen. Voll der Schisser.«

Fetti drehte sich um. »Cem, halt die Fresse, du nervst.«

Cem holte Luft, um etwas zu erwidern, ließ es aber bleiben und griff nach Jakobs Arm. »Hast du wirklich deinen Alten abgeknallt? Bist du echt ein Mörder?«

Dora

Dora hatte den Wagen im Parkhaus in der Faulenstraße abgestellt und ging nun an der Weser entlang. Sie überquerte den Fluss auf der Stephaniebrücke, bog nach rechts ab und war jetzt ganz allein auf dem schmalen Treidelweg unterwegs. Der Wind kam stark von vorn, genau das, was sie brauchte, um ihre Gedanken zu ordnen.

Sie hatte auf der Fahrt vom Bestatter zum Parkhaus über all die Dinge nachgedacht, die Hilke und vor allem David ihr erzählt hatten.

Natürlich wusste sie, dass Hanjo misstrauisch gewesen war. Auch dass seine Eifersucht und sein Kontrollzwang im Alter wieder schlimmer geworden waren, war ihr nicht entgangen. Sie hatte sich nur mit einem Paketboten freundlich unterhalten müssen, und Hanjo war bereits wütend geworden. Wenn sie ausgingen, war er mitunter mehrfach ins Haus zurückgegangen, um nachzusehen, ob der Herd wirklich ausgeschaltet war. Dora hielt abrupt inne. Was war eigentlich mit Kirsten? Hatte Hanjo auch sie ausspionieren lassen, als Erwachsene? So, wie er es früher bei ihr und bei David getan hatte? Aber wieso waren dann keine Bilder von Kirsten in diesem Geheimfach gewesen? Hatte ihre Tochter Bilder von sich womöglich längst entdeckt und vernichtet?

Dora setzte sich auf einen großen Stein, der auf dem ungemähten Rasen lag, und schaute aufs Wasser. Wie friedlich hier alles wirkte. Ein paar Schiffe lagen vertäut an einem hölzernen Steg, gegenüber ragten die Türme auf dem ehemaligen Kellogs-Gelände in den Himmel. Ein Frachtschiff näherte sich von links.

Dora zog ihr Handy aus der Tasche, tippte eine Nachricht an Kirsten und wählte dann die Nummer von Wolfgang.

Er ging nach dem ersten Freizeichen ran. »Dora! Wie schön, dass du dich meldest. Alles in Ordnung? Ich wollte dich auch gerade anrufen.«

Dora drehte sich aus dem Wind, um Wolfgang besser zu verstehen. »Ja, es geht schon. Sag mal, hast du in den Unterlagen, die du mitgenommen hast, Berichte über Kirsten gefunden? Oder über Michael?«

»Was denn für Berichte?«

»Ich habe dir doch erzählt, dass Hanjo vor Jahren einen Privatdetektiv auf mich angesetzt hatte. Der das Foto von dir und mir im Auto geschossen hat. Hanjo hat auch David überwachen lassen. Von Kirsten und von Michael gibt es allerdings nichts in der Art. Das ist doch eigenartig.«

»Du entwickelst dich noch zu einem richtigen Cop, Dora.« Sie hörte das Lächeln in Wolfgangs Stimme. »Ne, ich hab keine Berichte über deine Kinder gefunden. Hast du Kirsten mal danach gefragt?«

»Mach ich nachher.« Dora verstummte, hing ihren Gedanken nach. Der Frachter verschwand langsam aus ihrem Blickfeld. Eine Möwe stürzte sich kreischend auf das Wasser.

»Wo bist du denn?«, unterbrach Wolfgang ihr Schweigen. »Am Wasser?«

»Ich gehe spazieren, brauchte mal Luft.«

»Du machst dir Sorgen um deinen Enkel.«

»Natürlich.« Auf der Brücke rechts von ihr fuhr in rasendem Tempo ein Wagen mit Blaulicht vorbei. Von ihrer Position aus war nicht zu erkennen, ob es Polizei oder ein Notarztwagen war. »Ich bin mir so sicher, dass er unschuldig ist, und gleichzeitig so hilflos, weil ich nicht weiß, was ich tun soll.«

Wolfgang seufzte.

»Ich hab nachgedacht, und mir ist wieder eingefallen, was ich die ganze Zeit im Hinterkopf hatte.«

»Jetzt bin ich aber gespannt.«

»Mach dich nur lustig.« Dora wechselte das Telefon in die andere Hand. »Michael hat vor ein paar Wochen, als wir zusammen mittagessen waren, Witze darüber gemacht, dass ihn jemand verfolgt.«

»Wie, verfolgt?«

»Er hat sich ständig umgedreht, und als ich ihn gefragt habe, ob er auf jemanden wartet, hat er behauptet, er habe das Gefühl, jemand würde ihm nachlaufen. Ein sehr schlanker, großer Mann mit Brille sei ihm aufgefallen.«

»Wieso fällt dir das erst jetzt ein?«

Dora hörte Stimmen durch das Telefon. »Was ist denn da los bei dir?«

»Ach, die bringen dauernd irgendwas, Medikamente, Wasser. Und das geht nie ohne große Ankündigung. Ignorier das einfach, ja? Also, warum hast du das vergessen?«

»Ach, weil Michael es nur so nebenbei gesagt hat. Vielleicht hat er es sich ja auch nur eingebildet.«

Bei Wolfgang wurde es wieder laut.

»Dora, ich muss hier raus!«

»Ich dachte, du sollst bis morgen bleiben?«

»Ich gehe auf eigene Verantwortung. Kannst du mich abholen? Der Arzt sagt, ich sollte besser noch nicht Auto fahren.«

»Ich muss erst noch zu David. Kirsten und ich treffen uns bei ihm zu Hause wegen der Trauerfeier.« Dora zögerte, sah, wie die Möwe mit einem kleinen Fisch im Schnabel ans andere Ufer flog. Leben und sterben. Manchmal lag nur ein Wimpernschlag dazwischen. »Das wird nicht ewig dauern. Danach hole ich dich ab. Aber nur unter einer Bedingung: Du kommst mit zu mir und bleibst in einem der Gästezimmer, bis es dir wieder richtig gut geht.«

Wolfgang schnaubte in den Hörer. »Abgemacht. Also, jedenfalls der erste Teil. Ich komme mit zu dir. Ob ich im Gästezimmer bleibe, entscheiden wir später. Ich packe meine Sachen zusammen.« Er beendete das Gespräch, noch bevor Dora sich verabschieden konnte.

Das Frachtschiff war schon ein ganzes Stück die Weser hinuntergefahren. Dora seufzte, steckte das Telefon ein und stand auf, um sich auf den Weg zu ihrem Schwiegersohn zu machen.

* * *

Ein außenstehender Betrachter hätte denken können, dass eine Familie sich zu einem gemütlichen Abendessen versammelt hatte. Auf dem Tisch stand ein Strauß Frühlingsblumen, rote Servietten lagen neben den Tellern, und auf einem Tablett waren verführerisch aussehende Schnittchen angerichtet.

David ist einfach der perfekte Gastgeber, dachte Dora, als sie ihrem Schwiegersohn dabei zusah, wie er Wasser aus einer zarten Karaffe in die Gläser füllte, bevor er sich zu ihr und Kirsten an den Tisch setzte.

»So, ich dachte, wir sprechen mal in Ruhe über alles.«

David sah immer noch schrecklich aus, obwohl er sich auch mit seinem Äußeren Mühe gegeben hatte. Gel in den Haaren, frisch rasiert, und er hatte Parfum aufgetragen. Aber man sah ihm an, dass er viel geweint und wenig geschlafen hatte in den vergangenen Tagen. »Wir sind ja schließlich eine Familie.«

»Ach so?« Kirsten hob die Augenbrauen. »Das fällt dir jetzt plötzlich ein?«

»Kirsten!« Dora wollte keinen Streit. Nicht heute. »Hast du von Jakob gehört?«, wandte sie sich deshalb an David.

»Nein.« Er reichte ihr die Platte, aber Dora schüttelte den Kopf.

»Hast du denn nicht versucht, ihn anzurufen? Du kannst ihn bestimmt auch besuchen. Als Vater geht das doch. Hat Wolfgang gesagt.«

»Dora, lass uns jetzt bitte nicht über Jakob sprechen, ja?«

»Aber willst du denn nicht wissen, wie es ihm geht? Wie muss das für ihn sein im Gefängnis? Ist dir klar, mit was für Menschen er da zu tun hat?«

Kirsten nahm sich ein Schnittchen. »Das ist David doch egal, solange er seinen Zuckerpo hier auf den Designermöbeln parken kann, nicht wahr, Schätzchen?«

»Das ist mir keineswegs egal! Die Anwältin steht in Kontakt mit ihm und hält mich auf dem Laufenden. Es geht Jakob den Umständen entsprechend.«

»Und das heißt was?« Dora schob den Teller von sich weg.

David schenkte sich Wasser nach. »Eigentlich wollte ich mit euch nicht über meinen Sohn, sondern über die Trauerfeier sprechen.« Er stand auf, um die Prospekte zu holen, die der Bestatter ihnen mitgegeben hatte.

»Ach, wenn ich das gewusst hätte, wäre ich gar nicht erst gekommen.« Kirsten sprang auf.

»Nun setz dich wieder hin, und hör dir an, was David uns sagen möchte.« Dora zog Kirsten auf ihren Stuhl. »Ganz egal, wie dein Verhältnis zu deinem Bruder war, zumindest jetzt kannst du dich zusammenreißen!«

»Warum sollte ich? Michael hat mich gehasst. Er hat alles getan, um mein Leben zu ruinieren. Warum sollte ich mich also an sein Grab stellen und so tun, als wäre ich traurig?«

David, der sich wieder an den Tisch gesetzt hatte, barg sein Gesicht in den Händen. Seine Schultern zuckten.

»Du brauchst gar nicht zu heulen!« Kirsten stand wieder auf. »Michael war ein Arsch. Weißt du, was er gemacht hat?«

Dora nahm die Hand ihrer Tochter. »Kirsten, hör auf damit! Das muss doch nicht jetzt sein.«

»Doch, das muss genau jetzt sein! Ich habe das viel zu lange mit mir rumgetragen.« Sie riss sich von Dora los und stellte sich neben David. »Sieh mich an! Dein feiner Ehemann hat dafür gesorgt, dass ich meinen Job im Krankenhaus verliere! Aber das ist noch lange nicht alles.« Sie stützte sich mit beiden Händen auf den Tisch und beugte sich zu David. »Michael hat mir die Liebe meines Lebens ausgespannt. Hast du das gewusst? Er hat sich früher einen Spaß daraus gemacht, meine Freunde zu ›testen‹, wie er das gerne nannte. Nur um mich zu ärgern, hat er sich an die Jungs rangemacht, die ich mit nach Hause gebracht habe.«

»Was sagst du da?« Dora war fassungslos. Und noch nie hatte sie Kirsten so wütend gesehen.

»Hat nicht immer geklappt, es waren durchaus Jungs dabei, die immun gegen seinen Charme waren. Irgendwann habe ich auch aufgehört, meine Freunde mitzubringen. Aber dann habe ich Rolf kennengelernt.«

Genau, Rolf hieß er, nicht Robert. Dora erinnerte sich an das Foto von Kirsten und Rolf in dem Kästchen in Hanjos Schreibtisch.

»Ich war so verliebt in Rolf. Und er in mich. Wir wollten zusammenziehen, hatten schon einen Weihnachtsurlaub in der Karibik gebucht …« Kirsten fing an zu weinen, ließ sich wieder auf ihren Stuhl fallen. »Aber dann kam die Einladung zum Grillabend bei uns zu Hause. Mama, weißt du noch, du wolltest Rolf unbedingt kennenlernen.«

Dora nickte und reichte Kirsten ihre Serviette.

Kirsten trocknete damit ihre Tränen, bekam sich allmählich wieder unter Kontrolle. »Michael war nett und zuvorkommend. Aber in einem unbeobachteten Moment hat er sich Rolfs Telefonnummer geben lassen.«

David saß da wie erstarrt, das Glas in beiden Händen, den Blick auf einen Punkt hinter Dora gerichtet. Er zuckte zusammen und verschüttete etwas Wasser, als Kirsten plötzlich laut in die Hände klatschte.

»Und dann – boom! – haben die beiden sich ohne mich getroffen. Wenn du verstehst, was ich meine.«

»Kirsten, das ist doch Jahre her!« Dora wischte mit Davids Serviette das Wasser vom Tisch. »Damals warst du doch noch eine ganz junge Frau.«

»Ich war vierundzwanzig, Mama! Mit Rolf zusammen wäre mein Leben ganz anders verlaufen.«

»Das weißt du doch gar nicht.« David war aus seiner Starre erwacht.

»Ich weiß aber, dass Michael sich mit Rolf getroffen hat. Und dass Rolf danach nichts mehr mit mir zu tun haben wollte.«

»Aber das kann doch ganz andere Gründe und nichts mit Michael zu tun gehabt haben.« Dora spürte, wie ihr die Situation entglitt.

»Aber …« David holte Luft, sprach seinen Gedanken jedoch nicht aus.

»Aber was?« Kirsten wandte sich ihm zu. »Auch meinen Vater hat Michael hintergangen. Er hat sich mit Geschäftsfreunden von Papa getroffen, um sie ihm als Klienten abspenstig zu machen.«

»Da musst du etwas verwechseln.« David stellte sein Glas ab. »Michael hatte es nicht nötig, so gemeine Dinge zu tun.«

»Ha!« Kirstens Stimme troff vor Theatralik. »Du hast echt keine Ahnung!« Sie sprang so schnell auf, dass der Stuhl hinter ihr umkippte. »Er hat auch noch mein letztes Bewerbungsgespräch torpediert. Am Tag vor seinem Tod hat er zufällig den Arzt getroffen, der mir einen Job in seiner Praxis anbieten wollte. Dessen Frau war eine Mandantin von Michael.« Sie machte eine Handbewegung, als wollte sie die Erinnerung vom Tisch wischen. »Na, wie auch immer. Man kannte sich, man kam ins Gespräch. Die beiden haben über mich geredet, und dann hat mein feiner Bruder davon abgeraten, mich einzustellen. Ich sei noch zu instabil nach meiner Krankheit für die Verantwortung, die der Beruf mit sich bringe. Das jedenfalls war die Begründung für die Absage. Am Telefon. Und wollt ihr wissen, wie er darauf kam, dass ich noch zu instabil sei? Er hatte mich kurz vorher zufällig beim Einkaufen getroffen.«

»Wie, getroffen?« Dora hatte Mühe, all die Neuigkeiten zu sortieren.

»Ich war einkaufen, du hattest mich darum gebeten, weil du zu deinem Gutmenschending wolltest.«

Dora erinnerte sich dunkel an eine derartige Abmachung.

»Ich hatte *eine* Flasche Wein im Einkaufswagen. Eine einzige. Und die hat Michael registriert. Er hat nichts gefragt, nicht mal, ob ich den Wein vielleicht verschenken will. Nichts. Nur dieses typische Ich-weiß-schon-alles-Gesicht.« Kirsten griff nach ihrer Handtasche. »Obendrein habe ich dann erfahren, dass ich bald unter der Brücke schlafen kann, weil Michael tolle Pläne für ein gemeinsames Haus mit Mama hatte. Ein Haus, in dem ich nicht vorgesehen war.«

Kirsten ging einen Schritt auf David zu, beugte sich zu ihm hinunter und flüsterte: »Ich habe Michael gehasst. Und ich habe der Polizei erzählt, was in eurer kleinen Männerwelt so alles los gewesen ist. Dass hier nicht die heile Welt geherrscht hat, die ihr anderen gerne vorgegaukelt habt.« Kirsten ließ den Blick von David zu Dora wandern, hasserfüllte Augen, in denen Tränen standen. »Manchmal frage ich mich, wann es eigentlich angefangen hat. Was war der erste Schritt dieser Familie in den Abgrund? Wann sind wir falsch abgebogen? Weißt du das, Mama?«

Dora schüttelte den Kopf. Sie war viel zu geschockt von Kirstens Ausbruch, um zu antworten.

»Im Grunde seid ihr alle Egoisten. Nur an eurem eigenen schönen Leben interessiert. Was aus den anderen wird, ist euch doch egal. Ich kann verrecken und Jakob am besten gleich mit, oder?« Sie nahm ihre Tasche und legte Dora eine Hand auf die Schulter. »Ich weiß, du hast es auch nicht immer leicht gehabt mit Papa, aber ein bisschen mehr Liebe hätte ich mir schon gewünscht.« Sie versuchte ein Lächeln, das zur Grimasse geriet, warf David einen letzten Blick zu, nahm sich ein Schnittchen und verschwand.

David sah ihr nach, bis die Tür krachend ins Schloss fiel. Erst dann wandte er sich wieder Dora zu. »Was war das jetzt?«

»Ach, Kirsten ist einfach durcheinander. Sie hat Michael mehr gemocht, als es jetzt den Anschein hat. Sein Tod hat sie getroffen, und sie weiß nicht, wie sie damit umgehen soll. Sieh es ihr nach.«

»Wenn du meinst.« David nahm sich ein belegtes Brot und knabberte daran herum. »So ganz unrecht hat sie ja nicht. Eure Familie war nie so eng, wie du es gerne gehabt hättest, nicht wahr?«

»Unter jedem Dach ein Ach. Du weißt doch selber, wie schwierig die Männer in meiner Familie sind. Das gilt für meinen verstorbenen Mann genauso wie für Michael. Aber beide haben immer nur das Beste für uns gewollt. Daran hast du doch keinen Zweifel?«

David schüttelte den Kopf, sah ihr dabei aber nicht in die Augen. Stattdessen griff er nach den Broschüren des Bestatters. »Lass uns hier zu einer Entscheidung kommen, es gibt noch so vieles zu tun.«

Dora hätte lieber über andere Dinge als über die Beerdigung gesprochen. Über Jakob, über das Leben miteinander, die Zukunft. Aber sie sah David an, dass er nicht bereit war, einen Schritt auf sie zuzugehen. Noch nicht.

* * *

Wolfgang stand bereits vor dem Eingang des Krankenhauses und wartete auf sie. Als er Doras Wagen erkannte, griff er nach seiner kleinen Tasche und winkte ihr. »Wie schön, dass du da bist.« Er ließ sich auf den Beifahrersitz fallen, beugte sich zu Dora, gab ihr einen Kuss auf die Wange.

»Wartest du schon lange?«

»Nein, bin gerade erst rausgekommen. Der Arzt wollte mich zwar überreden, wenigstens noch eine Nacht zu bleiben …«

Dora warf ihm einen schnellen Blick zu. »Aber?« Sie schaltete die Zündung aus.

»Aber ich fühle mich schon jetzt sehr viel besser.« Er ließ das Fenster ein Stück hinunter. »Allein die Luft da drinnen macht einen ganz mürbe.« Er wandte sich Dora zu. »Habt ihr alles klären können, du und die Kinder?«

»Die Kinder? Ja, benommen haben sie sich wie Kinder! Was für ein Desaster!« Dora legte die Hände auf das Lenkrad und ließ den Kopf darauf sinken. »Ach, Wolfgang, was ist bloß passiert? Warum geht alles auf einmal den Bach runter?« Sie spürte seine warme Hand über ihre Haare streichen. Genoss das Gefühl der Wärme für einen Moment, richtete sich dann auf. Sah Wolfgang an. »Kirsten ist komplett durchgedreht und gleich wieder gegangen, nachdem sie uns die Meinung gegeigt hat. Sie war es übrigens, die der Polizei gesagt hat, dass Jakob und Michael zuletzt nur Streit hatten.«

»Was?«

»Ja, aus Rache dafür, was Michael ihr angeblich alles angetan hat.«

Wolfgang sagte nichts, nahm nur ihre Hand.

»David hat mir erzählt, dass er und Michael gerade wieder auf einem guten Weg waren. Er hat Micha nicht betrogen, die beiden haben so getan, als wären sie heimliche Geliebte, haben sich Nachrichten geschickt und in Hotels getroffen. Aber er hat mir vorhin auch erzählt, dass Michael sich in den vergangenen Monaten fast kaputt gearbeitet hat, dass er psychische Probleme hatte, eine depressive Störung vielleicht. Das würde die Sache mit dem Verfolgungswahn erklären.«

»Möglich.« Wolfgang drückte ihre Hand. »Und du denkst nun was?«

»Ich weiß nicht, was ich denken soll.« Dora schüttelte den Kopf. »Außerdem hat David gesagt, dass es für ihn und Micha seit einiger Zeit schwierig war, mit Jakob umzugehen. In den vergangenen Wochen war er wohl oft sehr aggressiv. Ich wusste das nicht. Bei mir war er nie so.« Doras Kehlkopf fühlte sich plötzlich an, als würde er quer im Hals stecken. Sie hustete. Schluckte die Tränen hinunter. »Was ist, wenn er es aus Wut tatsächlich getan hat?«

»Jakob?« Wolfgang schaute aus dem Fenster. »Traust du ihm das ernsthaft zu? Ich meine, da muss er wirklich sehr wütend gewesen sein.« Er wandte sich wieder zu Dora. »Ich weiß inzwischen ein bisschen mehr über den Tathergang. Frag mich jetzt bitte nicht, woher. Fest steht jedenfalls, dass insgesamt viermal auf Michael geschossen wurde. Der letzte Schuss kam aus kurzer Distanz, als er schon am Boden lag.« Wolfgang sah sie wieder an. »Das meine ich mit ›sehr wütend‹. Auf jemanden zu schießen, vielleicht im Affekt, weil er etwas gesagt oder getan hat, das einem nicht passt – das ist das eine. Aber ihm ins Gesicht zu sehen, während er am Boden liegt, und dann noch mal abzudrücken, das spricht für echten Hass.«

Dora versuchte, die Bilder aus ihrem Kopf zu vertreiben, die bei Wolfgangs Beschreibung unweigerlich auftauchten.

»Die Tatwaffe ist immer noch nicht gefunden worden. Liegt inzwischen vielleicht irgendwo auf dem Grund der Weser. Auch das spricht für einen kühlen Kopf nach der Tat. Für jemanden, der genau gewusst hat, was er tut, und nicht darüber erschrocken, sondern planvoll vorgegangen ist.«

Ein Arzt in weißem Kittel, der neben dem Eingang des Krankenhauses eine Zigarette geraucht hatte, kam auf sie zu und bedeutete Wolfgang, das Fenster weiter zu öffnen. Er beugte sich zu ihnen in den Wagen. »Moin. Also, Sie können hier nicht so lange stehen bleiben. Das ist kein Parkplatz.«

»Natürlich. Entschuldigung.« Dora startete den Wagen. Noch bevor sie losfuhr, schaute sie Wolfgang an. »Schön, dass du mitkommst. Ich mag jetzt gerade nicht alleine sein.«

Hinter ihnen hupte jemand, und Dora schreckte auf, schaute nach links und rechts, bog dann auf die Straße ein.

»Was war denn bloß los bei eurem Treffen?«, wollte Wolfgang wissen.

»Du hättest Kirsten sehen sollen. Sie hat David erklärt, was für ein Monster Michael war. Sein ganzes Leben lang habe er nichts anders im Sinn gehabt, als sie zu zerstören.«

»Meinst du nicht, dass da die Eifersucht aus Kirsten spricht?«

Dora erinnerte sich daran, dass Michael vor nicht allzu langer Zeit etwas ganz Ähnliches geäußert hatte. Kirsten sei so neidisch auf ihn und sein Leben, dass er lieber nicht wissen wolle, wozu sie imstande sei, um ihm zu schaden.

Wolfgangs Handy signalisierte den Eingang einer Nachricht. Er hob seine Tasche auf die Knie und wühlte darin herum. »Na, früher, also bevor Michael sich geoutet hat, hat Hanjo sich in erster Linie um seinen Sohn gekümmert.

Kirsten konnte sich noch so sehr anstrengen, Michael war immer der Beste.«

»Ach, ganz so stimmt das aber nicht.« Dora hielt an einer roten Ampel.

»Doch, genau so war das.« Wolfgang zog sein Handy aus der Tasche, las die Nachricht. »Geändert hat sich das erst nach Michaels Outing. Und da war's dann genau andersherum. Hanjo wollte von seinem Sohn nichts mehr wissen.«

Dora schwieg. Die Ampel schaltete auf Grün.

»Da war plötzlich seine wunderbare Tochter immer mit von der Partie. Zum Segeln hat er sie mitgenommen und zum Schießtraining. Sogar bei einem unserer Männer-Grillabende war sie dabei.«

»Was?« In Doras Hinterkopf tauchte plötzlich etwas auf, eine Erinnerung, die sich aber nicht richtig fassen ließ. Wie ein schlechter Geschmack im Mund nach einem fetten Essen.

»Ich habe übrigens gute Nachrichten für dich.« Wolfgang schwenkte sein Handy. »Du kannst Jakob morgen besuchen.«

»Kommst du mit?«

»Das halte ich für keine gute Idee. Ganz sicher findet es dein Enkel viel großartiger, wenn er dich ganz für sich hat.«

»Kann sein.« Dora bog in die Straße ein, die zu ihrem Haus führte.

»Übrigens hat Hans mich angerufen. Es ging noch mal um diese Idee, ob vielleicht jemand an das Zugangsgrundstück kommen wollte, das Michael gehörte. Aber das hat sich erledigt.« Wolfgang steckte sein Handy wieder ein. »Hans hat sich erkundigt und gesagt, dass die Dinge inzwischen ganz anders liegen. Die Umweltschützer haben sich eingeschaltet, weil sich dort irgendeine seltene Krötenart angesiedelt hat. Vorerst darf auf dem großen Stück Land nicht gebaut werden. Das Grundstück ist demnach nicht mehr so wertvoll, und es gibt auch keine Begehrlichkeiten mehr.«

Dora öffnete mit der Fernbedienung das Tor und stellte den Wagen vor dem Haus ab. »Und nun?«

»Nun hörst du dir erst einmal an, was dein Enkel zu sagen hat.«

Dora öffnete die Autotür. »Nein, ich meinte, jetzt gleich.«

»Jetzt lenke ich dich mal ein bisschen ab, und dann koche ich uns was Schönes, während du in der Badewanne entspannst.« Wolfgang gab ihr einen Kuss auf die Wange.

Für Dora klang das nach einem guten Plan.

* * *

Dora fand die ganze Situation beklemmend. Das dunkel anmutende Gebäude, die Wachleute, die ihren Ausweis verlangten. Die Anweisung, die Handtasche in einem der Schließfächer zu verstauen und den Besucherpass sichtbar zu tragen.

Warum hatte sie sich überreden lassen, ganz alleine zu Jakob ins Gefängnis zu gehen?

Im Warteraum Stühle aus heller Kiefer, Schließfächer für alles, was man bei sich trug, eine große Schmutzfangmatte, sonst nichts.

Nach wenigen Minuten kam eine Polizistin, wünschte einen guten Tag und winkte sie weiter, durch die nächste Tür.

In diesem Raum befanden sich eine Anlage wie bei der Gepäckkontrolle am Flughafen, ein Röntgengerät und ein

Tor, durch das sie hindurchgehen musste. Eine zweite Polizistin stand hinter dem Tor und tastete Dora ab. Fasste mit den Fingern unter ihren BH-Bügel, drehte sie herum, tastete ihren Rücken und ihre Beine ab, wollte ihre Schuhsohlen sehen.

»Sie können hier Platz nehmen, es holt Sie gleich jemand ab.« Sie deutete auf einen weiteren Warteraum, wenig größer als der erste. Wieder die Kiefernstühle, die sie an ein Klassenzimmer erinnerten. Überall Schilder: »Im gesamten Bereich der JVA werden Sie videoüberwacht.«

Außer Dora saß niemand im Wartebereich. Ein Getränkeautomat brummte, im Gerät daneben konnte man sich Schokoriegel kaufen, in die Ecke war ein Wickeltisch geklemmt worden. Graue Stahltüren mit Glasfenstern gaben den Blick frei auf einen Gang entlang einer Fensterreihe und auf ein Büro, in dem jemand in Uniform an einem Schreibtisch saß.

Das Fenster stand auf Kipp und ließ die Geräusche des Frühlings herein. Vogelgezwitscher, leises Rascheln in den Bäumen, eine Autohupe. Alles direkt vor dem Gebäude und dennoch unerreichbar von hier aus. Der Raum roch schwach nach Kunststoff und Bleiche. Ab und zu ging ein Polizist den Gang entlang.

Dora schaute sich um, las die an die Wände geklebten Flugblätter, die Hilfe bei Schulden anboten, auf geänderte Paketannahmezeiten und auf die Bremische Straffälligenberatung für Angehörige aufmerksam machten.

Sie stand auf und schaute aus dem vergitterten Fenster auf die Rückseite der JVA und die Anlage davor. Ein bunt bemalter Container stand dort neben einem Gartentrecker und zwei kleinen Fachwerkhäusern mit Fenstern aus Glasbausteinen. An einem Tisch saßen einige Männer, sie trugen beigefarbene Hosen und grüne Westen, spielten Karten, rauchten oder hielten das Gesicht in die Sonne.

Die Tür zu dem Fenstergang öffnete sich, eine weinende junge Frau kam herein, schwanger, an der Hand ein kleines Mädchen, ein nicht viel älterer Junge folgte den beiden. Der Polizist, der die drei begleitete, lächelte Dora zu. »Ich bin gleich bei Ihnen.«

Dora wischte ihre schweißnassen Hände an der Hose ab und sah zu, wie der Beamte die Zwischentür aufschloss, um die Frau und ihre Kinder herauszulassen. Dann kam er auf sie zu.

»Moin, Sie sind Frau Ahlendorf?« Und ohne eine Antwort abzuwarten, sagte er: »Dann kommen Sie mal mit.«

Dora schlug das Herz bis zum Hals, als der Schlüssel ins Schloss gesteckt wurde und der Polizist ihr die Tür aufhielt. »Bitte schön, immer geradeaus.«

Sie folgte dem Polizisten auf den Gang, ging an einigen kleinen Zimmern vorbei. Sie waren karg möbliert und mit den ewig gleichen Holzstühlen ausgestattet, mal zwei, mal drei davon, ein Tisch und ein vergittertes Fenster nach draußen. Am Ende des Ganges schließlich ein größerer Raum mit mehreren Tischen. Leicht erhöht und in einer Art Glaskabine saß ein Polizist, der offenbar den gesamten Raum überwachte. Sie konnte Kameras erkennen.

»Nehmen Sie Platz, Ihr Enkel kommt gleich.«

Dora war nicht in der Lage zu sprechen, schluckte, setzte sich an den Glastisch, mit dem Rücken zu den bunten Spielzeugen in einer Ecke, die ihr ein ungutes Gefühl verursachten. Kleine Kinder hatten hier doch wirklich nichts verloren.

Durch die gläserne Tischplatte konnte Dora ihre verkrampften Finger sehen, und als sie aufblickte, nickte der Polizist auf dem Wachposten ihr freundlich zu.

Endlich öffnete sich die Tür. Jakob trug einen dunkelblauen Jogginganzug, den sie noch nie an ihm gesehen hatte.

Sie sprang auf und nahm ihn in den Arm. »Jakob, mein Herz, wie geht es dir denn?« Sie schob ihn ein Stück von sich weg und musterte ihn. Blass war er, dunkle Schatten unter den Augen, die Haare konnten einen Kamm vertragen.

»Oma, lass doch.« Jakob machte sich los und setzte sich an den Glastisch.

Dora nahm ihm gegenüber Platz. »Ich hätte dir so gern etwas mitgebracht, Schokolade oder etwas zum Lesen, aber das ist alles nicht erlaubt.«

»Ich weiß, da muss man einen Antrag stellen.« Jakob malte mit dem Finger Muster auf die Glasplatte. »Nicht schlimm.«

»Geht es dir denn so weit gut?«

Jakob nickte.

Dora legte ihre Hand auf seine. »Jakob, sieh mich an.«

Er zog seine Hand weg, steckte beide Hände in die Hosentaschen, schaute auf seine Füße.

»Ich hätte dich gern früher besucht, aber es war nicht so einfach, die Genehmigung zu bekommen. Trotz der guten Kontakte, die Wolfgang hat.«

Keine Reaktion.

»Jakob, ich kann mir vorstellen, dass das keine einfache Situation für dich ist. Ich würde dir gern sagen, dass es bald ein Ende hat, aber das kann ich leider nicht. Niemand weiß, wann die Verhandlung losgeht.«

Jakob fing an zu weinen.

Dora sprang auf, lief um den Tisch herum und nahm ihn in den Arm.

Der Polizist in seiner Glaskabine sprach sie durch einen Lautsprecher an. »Entschuldigung, aber ich muss Sie bitten, wieder Platz zu nehmen.«

Dora streichelte Jakob noch einmal über die Haare und setzte sich wieder. »Jakob, rede doch mit mir! Was ist denn bloß los?«

Jakob zog die Hände aus den Taschen, wischte sich mit einem Ärmel den Rotz ab. »Ich hab Hunger.«

»Wie bitte?«

»Alles, was wir zu essen bekommen, ist genau abgezählt und portioniert. Kannst du nicht vielleicht ein Paket schicken mit Chips und Schokolade und so? Ein paar Flaschen Cola? Das muss doch gehen. Ich habe sogar einen Kühlschrank.«

»Ich kümmere mich darum.« Es zerriss Dora das Herz, ihren Enkel so leiden zu sehen. Aber sie ließ sich nichts anmerken, sagte stattdessen: »Ach, Jakob, ich kann nicht glauben, dass du das getan haben sollst. Was hat dein Vater dir bloß angetan, dass du so eine Wut auf ihn hattest?«

Wieder keine Reaktion. Jakob hatte den Kopf gesenkt, schaute zu Boden.

»Du hättest doch zu mir kommen können! Das Haus ist groß genug, es wäre kein Problem gewesen, wenn du ganz bei mir eingezogen wärst. Vier Schüsse, Jakob! Warum bist du nicht zur Besinnung gekommen? Warum hast du später keinen Krankenwagen gerufen?«

Ruckartig hob Jakob den Kopf. »Sag das noch mal.«

Der Beamte hinter dem Glasfenster hatte eine Zeitung aufgeschlagen, schaute aber darüber hinweg zu ihrem Tisch.

Jakob senkte die Stimme. »Oma, was hast du da gerade gesagt?«

»Warum du nicht zur Besinnung gekommen bist, wollte ich wissen. Schon nach dem ersten Schuss, der muss doch in deinem Kopf schrecklich geknallt haben …«

»Das meinte ich nicht. Hast du gesagt: vier Schüsse?«

»Ja, das hat Wolfgang auf irgendeinem Weg von der Polizei erfahren. Und der letzte Schuss war tödlich. Die anderen Treffer haben deinen Vater nur verletzt. Er hätte überlebt, wenn …«

»Ich war es nicht!«

»Jakob, das denke ich doch schon die ganze Zeit, aber du redest ja nicht! Mit der Anwältin nicht, mit der Polizei nicht, mit David nicht, mit mir nicht. Sagst du denen jetzt, was passiert ist? Und sagst du es mir?«

Jakob nickte. »Ich war es nicht. Ich habe nur dreimal geschossen.«

»Wie meinst du das?«

»Du kannst dir nicht vorstellen, wie wütend ich war! Mein Vater hat meiner Freundin den Kontakt zu mir verboten! Ich war in der Küche und hab Kekse für sie gebacken, als sie mir eine WhatsApp geschickt hat, dass sie mich nicht mehr sehen will.«

Dora nickte nur, wollte Jakob nicht unterbrechen.

»Ich bin dann los, hab gedacht, wenn ich einen fetten Strauß Rosen kaufe, dann überlegt sie sich das vielleicht noch mal. Aber der Automat hat meine Karte eingezogen. Ich bin dann rein in die Bank und habe die Kundenberaterin gefragt. Aber die hat nur gelacht und gesagt, dass ich das mit meinem Vater besprechen müsse. Er habe sicher seine Gründe, hat sie gesagt, die blöde Kuh.«

»Jakob!«

»Dann bin ich zu dir nach Hause, wollte mir das Geld von

dir leihen. David hätte es mir auch gegeben, aber der war in Hamburg.«

»Natürlich hättest du das Geld von mir bekommen,« sagte Dora.

»Aber du warst nicht zu Hause.«

Dora versuchte, sich zu erinnern, wo sie an diesem Tag gewesen war. Natürlich, die Suppenküche! Deshalb hatte sie das Haus früh verlassen. Anschließend war sie im Fitnessstudio gewesen, danach Sauna, Dusche, das volle Programm.

»Ich war so wütend, und dann hab ich mich an die Waffe erinnert.«

»Was für eine Waffe?«, fragte Dora, und zugleich kam ihr in den Sinn, dass dieser Tag anders verlaufen wäre, dass ihr Sohn noch leben würde, wenn sie an diesem Tag zu Hause und für ihren Enkel da gewesen wäre.

»Die Česká, die halbautomatische, die Papa irgendwann mal unter der Hand besorgt hat. Daran musst du dich doch erinnern. Er hat immer wieder die Geschichte erzählt, dass ihr beide unterwegs gewesen und in eine Polizeikontrolle geraten seid, während das Ding im Kofferraum lag.« Jakob lächelte bei der Erinnerung. »Im Wald konnte man die gut zum Üben benutzen, auf Dosen zielen und so. Ist schon 'ne Weile her, dass wir das gemacht haben. Irgendwann hat er die Česká dann bei euch gelassen. Er dachte, da wäre sie sicherer.«

Dora wollte nicht, dass Jakob jetzt abschweifte. »Und danach bist du ins Büro deines Vaters gefahren? Mit dem Fahrrad?«

»Nein, mit dem Bus. Es war ziemlich kalt an dem Tag, deshalb hatte ich die wattierte Jacke und den dicken Kapuzenpulli an. Da hat niemand gesehen, dass ich das Teil vorne im Hosenbund hatte.«

»Warum hast du mich denn nicht angerufen? Oder David?« Dora spürte, wie die Verzweiflung in ihr hochkroch wie der Nachgeschmack eines schlechten Essens.

»Ich hatte nur meine Wut im Kopf.« Jakob schloss für einen Moment die Augen. »Die war wie ein fetter roter Wattebausch. Kein Platz für irgendetwas anderes. Ich wollte Papa nicht erschießen. Ich wollte ihm nur drohen und ihm wehtun. So, wie er mir wehgetan hat. Er sollte wissen, dass er so nicht mit mir umgehen darf.«

Jakob begann wieder zu weinen, und Dora wünschte sich, ihn fest in die Arme zu nehmen. Aber da war dieser Wachmann. Deshalb legte sie nur ihre Hand auf seine und streichelte sie vorsichtig mit dem Daumen.

»Nie hat er mir etwas zugetraut. Immer hat er gesagt, was für ein Loser ich bin, dass ich es nie zu etwas bringen werde.«

»Und David? Hat der sich denn da rausgehalten?«

»Ach, der.« Jakob zog seine Hand unter ihrer hervor und wischte sich trotzig mit den Fäusten die Tränen aus den Augen. »Der war doch fast gar nicht mehr zu Hause. Hat irgendwas am Laufen.«

Dora wollte jetzt nicht erklären, was sie über die heimlichen Treffen wusste, dafür war später Zeit. »Also, was ist passiert, als du ins Büro gekommen bist?«

Jakob zog den Rotz geräuschvoll hoch. »Ich habe die Jacke aufgemacht und die Waffe rausgeholt. Papa hat gelacht und sich auf seinem fetten Chefsessel nach hinten gelehnt. Er hat sich so hin und her gedreht …« Jakob ahmte die Bewegung auf dem Holzstuhl nach. »Da habe ich gezielt, und die Waffe ist losgegangen. Ich wollte das gar nicht, aber dann … Irgendwie habe ich wohl noch mal abgedrückt.«

»Aber du hast gesagt, du hast dreimal geschossen. Weißt du das ganz sicher?«

»Ja!«, beteuerte ihr Enkel. »Er ist nach dem ersten Schuss aufgestanden, beim zweiten hat er sich an die Schulter gefasst, und nachdem ich das dritte Mal abgedrückt habe, ist er auf den Boden gefallen.« Jakob schüttelte sich. »Das ging alles superschnell. Zum Nachdenken war gar keine Zeit, und ich war so unglaublich wütend. Aber dann, als er auf dem Boden lag, habe ich Angst bekommen, hab die Waffe fallen lassen und bin abgehauen.«

Dora warf einen Blick zu dem Wachmann oben in der Box, der ganz sicher nur so tat, als lese er seine Zeitung. »Jakob, das ist jetzt ganz wichtig: Bist du sicher, dass das genau so passiert ist? Hast du in dem Schrecken nicht vielleicht doch die Waffe eingesteckt und irgendwo anders abgelegt oder weggeworfen?«

»Nein. Da bin ich ganz sicher.« Jakob machte eine Pause. Atmete tief aus. »Ich wusste nicht, was ich machen sollte. Deshalb bin ich erst mal aus dem Büro abgehauen, bevor die Sekretärin zurückkam.«

Dora versuchte, die Informationen zu sortieren. Wenn das wirklich so passiert war, dann stellte sich der Tathergang plötzlich ganz anders dar.

»Ich habe an der nächsten Hausecke angehalten, mein Handy auf anonym gestellt und den Notruf alarmiert. Da war viel Blut, aber Papa hat noch gestöhnt, als ich abgehauen bin.«

»Und dann bist du nach Hause?«

Jakob nickte. »Niemand hat mit mir darüber gesprochen, dass es vier Schüsse waren. Ich hab denen doch gesagt, dass ich die Waffe im Büro fallen gelassen habe und weggelaufen bin. Dass sie da irgendwo sein muss. Die Polizei hat aber immer nur gefragt, warum ich geschossen habe und wo ich die Waffe versteckt habe.«

»Hast du deshalb nichts gesagt?«

Jakob nickte. »Was hätte ich denn sagen sollen? Ich hab ja auch geschossen und dachte immer, dass ich ihn umgebracht habe. Dass er gestorben ist, weil der Notarzt zu spät da war.«

»Du hast auf Michael geschossen, das ist Fakt, Jakob.«

»Aber ich habe die Waffe nicht mitgenommen und ihn auch nicht umgebracht.« Jakob rutschte ein wenig näher an Dora heran und senkte die Stimme. »Es war wirklich schrecklich mit Papa in den vergangenen Monaten. Aber ich wollte ihn nicht umbringen, das musst du mir glauben, Oma!«

Für Jakob war die Neuigkeit offenbar das Ventil, endlich sein Schweigen zu brechen.

»Aber dann muss ja nach mir noch jemand in Papas Büro gewesen sein! Ich würde auf David tippen …«

»Jakob, weißt du eigentlich, was du da redest?« Dora war entsetzt. »Du sprichst von deinen Eltern! Und ganz egal, was die beiden dir angeblich angetan haben oder wie sie dich zuletzt behandelt haben, sie haben für dich gesorgt. Michael hat dich geliebt, das weiß ich! Und David sehe ich noch vor mir, wie er dich als Baby stundenlang herumgetragen hat. Der hat dich über alle Maßen verwöhnt.«

»Früher vielleicht.«

Dora schüttelte den Kopf. »Nein, Jakob, so etwas hört doch nicht einfach auf. Ich habe Michael immer geliebt, auch wenn wir uns manchmal furchtbar gestritten haben.« Unwillkürlich strich Dora mit den Fingern über die Narbe an ihrer Stirn. »Mutter oder Vater ist man für immer, egal, wie es gerade um die Beziehung zu den Kindern steht.«

»Vielleicht gilt das für dich, Oma. Glaub mir, David war nur noch mit seinem eigenen Leben beschäftigt. Der hatte sich verknallt, da bin ich sicher. War ständig unterwegs und hat nicht mal gefragt, wo ich gewesen bin, wenn ich mitten in der Nacht nach Hause gekommen bin.«

»Ach, Jakob.« Dora kämpfte mit den Tränen.

»Was passiert denn jetzt? Komme ich raus hier?«

»Ich spreche gleich mit Wolfgang. Und du erzählst alles deiner Anwältin. Verantworten musst du dich trotzdem, du hast auf deinen Vater geschossen. Ihn da liegen zu lassen, in seinem Büro …« Dora schluckte. »Warum bist du nicht zu mir gekommen? Warum hast du kein einziges Mal mit mir darüber geredet, wie schwierig es bei dir zu Hause ist?«

»Hättest du mir geglaubt? Du und Papa, ihr wart doch wie frisch verliebt. Ich hab's ja mal versucht, erinnerst du dich? Kurz vor meinem Geburtstag. Als du mich gefragt hast, was ich mir wünsche, da habe ich gesagt …«

»… eine eigene Wohnung.« Ja, Dora erinnerte sich. Auch daran, wie sie diese Äußerung abgetan hatte. »Und ich habe gedacht, du hättest einen Witz gemacht.«

»Nein.« Jakob schüttelte den Kopf. »Das ist genau das, was ich meine. Du hast gar nicht mehr richtig hingehört, wenn ich dir etwas erzählt habe, weil sich alles nur noch um Papa gedreht hat. Michael meint dies, Michael sagt das, ob ich darüber schon mit meinem Vater gesprochen habe und so weiter.« Jakob verschränkte die Arme vor der Brust. »Ich war allein. Niemand hat mir zugehört. David nicht, du nicht und Papa schon gar nicht. Und die einzigen Freunde, die ich hatte, hat Papa vergrault.«

Dora war sprachlos. Ihr Blick fiel auf die Uhr an der Wand über der Tür. »Ich muss gehen. Und mit Wolfgang besprechen, was der nächste Schritt ist.«

»Was passiert denn jetzt mit mir?«

»Sprich du mit deiner Anwältin. Berichte ihr alles genau so, wie du es mir gerade gesagt hast.«

Mit einem Mal hatte es Dora eilig. Denn plötzlich war ihr klar, was sie die ganze Zeit übersehen hatte.

Jakob

Jakob öffnete die Tür zum Büro seines Vaters.

Lilly hatte ihm alles erzählt. Am Telefon, nach der WhatsApp. Dass Michael sie an der Eisdiele abgepasst und sie erst gedacht habe, wie nett er doch sei. Dass das Bild, das sie sich aufgrund von Jakobs Schilderungen von Michael gemacht hatte, überhaupt nicht mit der Wirklichkeit übereinstimme.

Michael hatte gelächelt und gefragt, ob er ihr ein Eis spendieren dürfe, sie sei doch die Freundin von Jakob? Dann hatte er sie beiseitegenommen, und sein Ton hatte sich völlig verändert. Der ganze Mensch sei plötzlich zu einem Monster mutiert.

Er würde es ungemein begrüßen, wenn sie sich künftig von Jakob fernhalte. Sein Sohn habe aktuell nur eine einzige Aufgabe, nämlich sein Abitur zu bestehen, und zwar mit Bestnote. Jede Form von Ablenkung komme ungelegen, sie verstehe doch, was er meine?

Lilly war es kalt den Rücken hinuntergelaufen, und sie hatte sich an all die Geschichten erinnert, die Jakob ihr in den vergangenen Wochen erzählt hatte. Und dann hatte sie gesagt: »Ehrlich, ich hab dich sehr lieb, Jakob. Aber du musst verste-

hen, dass mir das echt Angst gemacht hat. Ich kann das nicht, ich kann nicht mit dir zusammen sein und immer Angst davor haben, dass dein Vater plötzlich wieder auf der Matte steht.«

Immerhin hatte Lilly nicht per WhatsApp Schluss gemacht. Aber vorbei war es trotzdem.

Im Vorzimmer war niemand. Genau so hatte Jakob es sich vorgestellt.

Er war zu Oma gefahren, hatte mit ihr reden wollen. Aber sie war nicht zu Hause. Tante Kirsten auch nicht. Aber seit Kurzem hatte er einen Schlüssel zum Haus seiner Großeltern, und als er es betrat, fiel ihm die Waffe ein. In Opas Schreibtisch. Da war seine Oma in den vergangenen drei Jahren garantiert noch nie dran gewesen. Sie sprach zwar immer davon, das Arbeitszimmer aufzuräumen, redete von dem dunklen Loch, das dringend etwas helle Farbe brauche. Aber ein dunkles Loch war das Arbeitszimmer noch immer.

Er war so wütend! Erst Lilly, die Schluss gemacht hatte, dann das gesperrte Konto. Sein Vater liebte ihn nicht, hatte ihn nie geliebt. Auch sein Dad interessierte sich einen Scheiß für ihn, vögelte mit irgendeinem Typen herum. Diesen Kerl im Auto hatte er doch leidenschaftlich geküsst, Jakob hatte ihn genau dabei beobachtet.

Es war sehr still im Büro.

Michael saß an seinem Schreibtisch und schaute auf, als Jakob, ohne anzuklopfen, die Tür öffnete.

Jakob streckte den Arm mit der Waffe aus, wie sein Vater es ihm gezeigt hatte, peilte sein Ziel an und drückte ab. Wunderte sich, dass Michael nichts sagte, nicht zuckte. Der Knall war irrsinnig laut.

Der zweite Schuss, nur Sekunden nach dem ersten, traf Michael an der Schulter. Das konnte Jakob sehen. Das Gesicht schmerzverzerrt, stand sein Vater auf und hob in einer abwehrenden Geste die Hände, als Jakob zum dritten Mal abdrückte.

Viel weniger Blut, als er gedacht hatte. Sehr viel weniger. Sein Vater stützte sich am Schreibtisch ab, stöhnend, und rutschte auf den Boden. Keine Schreie, kein Betteln, kein Weinen.

Jakob ließ die Waffe fallen, verließ das Büro und schloss die Tür hinter sich.

Er würde nach Hause gehen und Lilly einen Brief schreiben. Richtig auf Papier. Vielleicht würde doch noch alles gut werden.

Michael konnte vor Schmerzen keinen klaren Gedanken fassen. Zum Schreien reichte die Kraft nicht, sein Wimmern würde niemand hören.

Jakob hatte das Büro verlassen, die Tür hinter sich geschlossen. War Anke zur Post gegangen? Sie hätte die Schüsse doch hören müssen.

Er stöhnte lauter, als er bemerkte, dass jemand ins Büro kam, versuchte, um Hilfe zu rufen.

Aber nicht seine Assistentin stand vor ihm.

»Du verdammtes Arschloch!«, konnte er trotz der schrecklichen Schmerzen verstehen.

Dann kam der vierte Schuss und mit ihm die Schwärze.

Dora

Kirstens Wagen stand in der Auffahrt, als Dora aus dem Besuch im Gefängnis kam. Sie hoffte, dass ihre Tochter noch tief und fest schlief, damit sie in Ruhe ihre Theorie überprüfen konnte.

Dora blieb einen Moment lang in ihrem eigenen Wagen sitzen und schaute auf ihr Haus. Wenn diese Mauern Geschichten erzählen könnten, was würden sie wohl berichten? Vom Glück einer jungen Mutter und der Liebe zu ihren Kindern? Von den Tränen einer verzweifelten Ehefrau, die das Gefühl hatte, sich von ihrem Mann mehr und mehr zu distanzieren? Oder von der immerwährenden Hoffnung, dass doch noch alles gut werden würde. Mit allem und allen.

Dora zog den Zündschlüssel ab und stieg aus dem Wagen. Sie musste an die Fragen denken, die Kirsten vor Kurzem gestellt hatte: Wann hat das alles begonnen? Wann sind wir falsch abgebogen? An welcher Stelle in dieser Familie ist der erste kleine Riss entstanden, der sich schließlich in einen tiefen Spalt verwandelt hat?

Dora hatte keine Ahnung. Aber ihr war klar, dass sie Gewissheit brauchte, um überhaupt noch einen Schritt vor den anderen setzen zu können.

Sie schloss die Fahrertür und ging die wenigen Schritte bis zu Kirstens Auto.

Wie immer war der Zweisitzer unverschlossen. Dora schaute unter die Sitze, ins Handschuhfach, in die Fächer seitlich in den Türen. Nichts. Im Fußraum auf der Beifahrerseite standen mehrere Papiertaschen. Designerlabel. Ein Gürtel, eine Brieftasche, ein Karton mit Schuhen. Es war typisch für Kirsten, sich nach einem Streit mit Konsum abzureagieren. Dora fragte sich, mit welchem Geld Kirsten diese Einkäufe finanzierte.

Sie setzte sich für einen Moment auf den Beifahrersitz, dachte nach. Hatte sie sich getäuscht? Anderseits waren da Kirstens ständige Schmähungen gewesen, die von einem unglaublichen Hass auf ihren Bruder sprachen. Auch gestern, als sie bei David gewesen waren, hatte Kirsten keine Spur von Zuneigung erkennen lassen. Nicht den Hauch des Bedauerns über den Tod ihres Bruders.

Dora bekam kaum Luft. Es fühlte sich an, als läge eine tonnenschwere Last auf ihrer Brust.

Sie stand auf, schlug die Beifahrertür zu. Ging sehr langsam am Auto entlang zum Kofferraum. Zögerte einen Moment, öffnete dann entschlossen die Klappe. Ihr Blick fiel sofort auf den dunklen Stoff eines zusammengeknüllten Pullovers und eine weitere Papiertüte.

Als sie das Sweatshirt mit der einen Hand zur Seite räumte, polterte es, und eine Waffe kam zum Vorschein.

Und dann erinnerte sich Dora wieder.

Der dunkle Pullover unter dem Trenchcoat, der ihr seltsam vorgekommen war.

Der unverwechselbare Geruch einer abgefeuerten Waffe, der ihr in die Nase gestiegen war, als Kirsten an jenem Abend ihre Wange gestreichelt hatte.

Alle Puzzleteile fielen an ihren Platz.

Und Doras Familie fiel endgültig auseinander.

Danksagung

Manchmal ist es eine Begegnung, eine Nachrichtenmeldung, manchmal ein Ausflug. Wann einen die Idee für eine neue Geschichte erwischt, weiß man vorher nicht. In diesem Fall war es ein Abendessen. Deshalb geht mein ganz besonderer Dank an Monika und Agnes Steil, die durch ihre Freundschaft ohnehin jedes Treffen zu einem Ereignis machen, mir an diesem einen Abend aber eine Geschichte erzählt haben, die mich nicht mehr losgelassen hat: ein wahrer Fall in Berlin, der mich zu diesem Roman inspiriert hat.

Ich bin sehr froh, dass meine Familie mir Halt und Liebe gibt. Mann und Sohn, die mich aushalten, wenn ich da bin, und die es aushalten, dass ich oft nicht da bin.

Stephan, ohne Dich wäre ich nicht da, wo ich heute bin. Anker und Boje auf hoher See, bester Freund und Berater, liebevoller Mutmacher und Tröster. Auch wenn ich noch hundert Bücher schreibe, werde ich nicht ausdrücken können, was Du mir bedeutest.

Titus, bester Sohn, den man sich wünschen kann. Inzwischen immer mein erster Leser, wertvoller Resonanzboden und Ratgeber. Ich hoffe, ich kann all das, was Du mir gegeben hast, im Laufe der kommenden Jahre zurückgeben. Du machst mich glücklich und stolz.

Meine Eltern und meine Schwester sind immer da, wenn ich sie brauche. Vor allem meiner Mutter gebührt unendlicher Dank für die Liebe, die Nachsicht und Geduld, die sie auch immer dann noch mit mir hatte und hat, wenn ich in meinem Leben wieder einmal wilden Ideen hinterhergejagt bin.

Glücklicherweise gehören zu meinem Freundeskreis Fachleute aus Bereichen, die beim Schreiben durchaus hilfreich sind.

Kai Thomsen und Anne Ziemann haben mich in Sachen Recht und Ordnung belehrt, noch vorhandene Fehler gehen komplett auf meine Kappe. Kai hat am anderen Ende der Welt gesessen und gehofft, dass niemand am Flughafen auf seltsame Gedanken kommt, als er mir erklärt hat, wer erbt, wenn Familienmitglieder sich gegenseitig umbringen.

Die Kriminalpolizei in Flensburg und Bremen ist immer wieder hilfsbereit bei allen Ermittlungsfragen – auch dafür herzlichen Dank. Vor allem Ulf Petersen aus Flensburg möchte ich für seine Zeit und Geduld Danke sagen.

Jemanden anzurufen und zu sagen: »Ich bin Autorin und schreibe gerade an einem Buch über … Darf ich mal bei Ihnen gucken kommen?«, kann einem Türen öffnen. Andreas Bienzeisler hat mir Einblicke in das Bremer Jungengefängnis und traurige Seelen verschafft.

Hilke Theeßen hat einen prüfenden Blick darauf geworden, ob ich in Bremen und Umgebung alles an seinem Platz gelassen habe. Das gilt auch für die ausführlichen Antworten auf meine Fragen an Sonja Timm aus Kassel, die ich über mein einzigartiges Netzwerk der FM1-Frauen gefunden habe.

Da ich noch nie in meinem Leben ein Gewehr in der Hand hatte, hat mir Philipp Zerfass sehr geduldig etwas über das Jagen und Schießen erzählt. Danke für Dein Vertrauen.

Wenn ich nicht über all meine Ideen mit Kollegen reden könnte, wenn ebendiese Autorinnen und Autoren mich nicht bestärken und ermutigen würden, wer weiß, ob ich dann überhaupt noch schreiben würde? Eric Niemann aka Markus Friederici, was für ein Geschenk, Dich getroffen zu haben. Die anderen aus der Lexow-Bande der ersten Stunde machen mein Leben reicher: Simone Buchholz, Isabel Bogdan, Tatjana Kruse, Angeliqué Mundt, Till Raether, Romy Fölck, Frank Spilker.

Mein Agent Markus Michalek ist der Mann, der Ruhe in mein Autorinnenleben bringt. Ohne den jede Idee nur ein Gedanke bleiben würde.

Ein großer Dank geht an meinen Verlag dtv mit allen, die mich unterstützen, und hier insbesondere an meine Lektorin Hannelore Hartmann, die aus jedem Manuskript mit viel Hingabe und Begeisterung einen tollen Stoff macht.

Und last, but not least danke ich Dir, liebe Leserin, lieber Leser, dass Du dieses Buch gekauft, verschenkt, geliehen hast. Ich freue mich über die wachsende Fangemeinde auf Facebook, Twitter und Instagram und über die tollen Rückmeldungen, die ich immer wieder von Lesenden bekomme.

Ohne euch ginge gar nichts.